Jean-Claude Izzo

Die Sonne der Sterbenden

Jean-Claude Izzo

# Die Sonne der Sterbenden

Aus dem Französischen von
Ronald Voullié

Unionsverlag

Die Originalausgabe erschien 1999
unter dem Titel *Le soleil des mourants*
bei Flammarion, Paris.
Deutsche Erstausgabe

*Im Internet*
Aktuelle Informationen,
Dokumente, Materialien
*www.unionsverlag.com*


Rieterstrasse 18, CH-8027 Zürich
Telefon 0041-1-281 14 00, Fax 0041-1-281 14 40
mail@unionsverlag.ch

Umschlagbild: Getty Images/Taxi/Walter Bibikon
Druck und Bindung: GGP Media, Pößneck
ISBN 3-293-00320-6

*Den verletzten Männern,*
*und den Frauen, die sie überleben,*
*wenngleich nur recht und schlecht.*

*Für Catherine,*
*für diese Liebe.*

*Man muss die Farbe seiner Verletzung im Gedächtnis behalten, um sie den Sonnenstrahlen auszusetzen.*

Juliet Berto

*Es wäre falsch zu sagen, dass dieser Roman frei erfunden ist. Ich habe nur die Logik des Realen auf die Spitze getrieben und für einige Menschen, wie man sie jeden Tag auf der Straße treffen kann, Namen und Geschichten erfunden. Für Menschen, deren Blick uns allein schon unerträglich ist. Beim Lesen dieser Seiten kann sich also jeder wieder erkennen. Die Lebenden und die Sterbenden.*

*Jean-Claude Izzo*

# Prolog

Titi trug den Winter in sich. Jetzt gerade schien ihm sogar, die Kälte in seinem Körper sei noch beißender als auf der Straße. Wahrscheinlich deshalb hatte er aufgehört, vor Kälte zu zittern, sagte er sich. Weil er nur noch ein einziger Eisblock war, wie das Wasser im Rinnstein.

Eine Leuchttafel über dem Eingang der Apotheke zeigte die Temperatur an: – 8 °C. Und die Zeit: 20.01. Titi, kaum geschützt unter dem Vorbau eines Wohnhauses, hatte seit einer halben Stunde beobachtet, wie die Minuten verstrichen. Dann hatte die eisige Luft seinen Blick getrübt. Dennoch war ihm klar geworden, dass es nutzlos war, noch länger zu warten. Der weiße Lieferwagen von der Obdachlosenküche kam nicht. Die Stationen seiner Route konnten alle Hungerleider an den Fingern abzählen: Place de la Nation, Place de la République, Place des Invalides, Porte d'Orléans. Aber nie, absolut niemals kam er an der Place de l'Hôtel de Ville vorbei, dieser verfluchte Wagen! Und genau dort befand er sich, an der Place de l'Hôtel de Ville …

»Verdammte Scheiße!«, tobte er innerlich. »Du machst dich ja völlig verrückt, Titi!« Sein Blick kehrte zur Leuchttafel zurück, aber noch immer konnte er nur verschwommen sehen. »Reg dich nicht so auf, das lohnt sich nicht, du Blödmann!«, sagte er sich. »Ganz ruhig, ganz ruhig …«

Ja, Tag für Tag verlor er immer mehr den Boden unter den Füßen. Das hatte auch Rico zu ihm gesagt, als der erste Frost kam. Und dass er ins Krankenhaus gehen solle, sich versorgen lassen. Aber Titi wollte einfach nicht ins Krankenhaus.

»Du wirst krepieren«, hatte Rico gesagt.

»Na und, was solls! Krankenhaus ist dasselbe wie krepieren. Du gehst da rein, und du kommst mit den Füßen voran wieder raus. Würdest du da hingehen? Würdest du?«

»Du gehst mir auf den Geist, Titi!«

»Du mir auch, verdammt!«

Seitdem sprach Titi nicht mehr. Mit niemandem. Mit fast niemandem. Er konnte kaum mehr sprechen. Er hatte nicht mehr die Kraft dazu.

Die Ampel vor ihm sprang zum zweiten Mal auf Rot um. »Scheißwinter«, murmelte er. Er musste sich Mut machen, um über die Straße zu gehen. Furcht hatte ihn befallen. Titi sah seine Knochen brechen wie dünnes Glas. Trotzdem musste er rübergehen, um in den Metroeingang zu kommen.

Seine letzte Chance an diesem Abend bestand darin, Rico und die anderen in der Station Ménilmontant zu treffen. Sie fragten sich bestimmt schon, wo er sich seit dem Morgen herumgetrieben hatte. Vielleicht hatten sie etwas zu essen. Und einen Schluck Wein. Wein hielt den Körper am längsten warm und war besser als Kaffee, Milch, Schokolade und all dies Zeugs.

Ein kräftiger Schluck Wein, eine Kippe, und dann würde er sich umschauen, für die Nacht. Er musste unbedingt dort sein, bevor sie sich ins Heim oder in ihre Bude aufmachten. Vor allem hoffte er, dass Rico noch da war. Denn Rico war trotz allem sein Kumpel, schon seit zwei Jahren.

Titi machte vorsichtig einen Schritt. Dann zwei. Er schlurfte mit den Füßen über den vereisten Asphalt. An einer Ampel ließ ein Autofahrer, der sich über Titis unbeholfenen Gang amüsierte, die Scheinwerfer aufblitzen und den Motor aufheulen.

»Arschloch«, fluchte Titi vor sich hin, ohne zu dem Wagen aufzusehen, da er sich fürchtete, auszurutschen, hinzufallen und sich etwas zu brechen.

Erleichtert verschwand er im Metroeingang. Aber er war überrascht, dass ihm nicht wie üblich die Wärme entgegenschlug. Die Kälte schien auch die U-Bahn-Gänge fest im Griff zu haben. Er begann zu zittern, zog den Mantel vor seiner Brust zusammen und hockte sich hin.

»Habt ihr mal 'ne Kippe?«, fragte er ein junges Paar.

Aber er hatte wohl zu leise gesprochen. Vielleicht hatte er auch gar nicht richtig gesprochen, sondern nur in seinem Kopf. Das Paar ging auf dem Bahnsteig weiter, ohne einen Blick auf ihn zu verschwenden. Er sah, wie sie sich umarmten und lachten.

Endlich kam ein Zug.

»Wo zum Teufel bist du gewesen?«, fragte Dede.

Von den sechs Kumpanen in Ménilmontant war nur Dede übrig geblieben.

»Rico hat bis eben auf dich gewartet. Dann ist er losgegangen, um dich im Heim zu suchen. Ich mach mich gleich auch vom Acker.«

Titi schüttelte den Kopf. Von seinen Lippen kam kein Ton.

»Was ist los, Titi?«

Titi machte mit den Fingern die Gebärde des Essens.

»Ich hab auch nichts, Titi. Verdammt, ich hab auch nichts. Nich mal 'nen Schluck zu trinken.«

Titis Augen erloschen. Seine Lider fielen herab, und er nickte ein. Das Umsteigen in Belleville hatte ihn erschöpft. Mehrere Male wär er fast die Treppe runtergefallen.

»He, Titi! Bist du wirklich in Ordnung?«

Titi nickte.

»Ich muss los. Also ...« Dede zog eine zerknitterte Kippe aus der Tasche, glättete sie zwischen den Fingern, zündete sie an und steckte sie Titi zwischen die Lippen. »Ich werd ihm oben sagen, dass du noch da bist, Titi. Hörst du mich? Mach dir keine Sorgen, sie werden schon nach dir sehen.« Dede klopfte ihm freundschaftlich auf die Schulter und verschwand.

Der Bahnsteig war menschenleer. Titi rauchte vor sich hin, die Kippe zwischen den Lippen, die Augen geschlossen. Wieder nickte er ein.

Die Ankunft eines Zuges schreckte ihn auf. Mehrere Leute stiegen aus, die meisten in der Mitte des Bahnsteigs, aber niemand nahm Notiz von ihm. Titi zog am Rest der Kippe und warf sie fort. Er zitterte immer stärker.

Langsam stand er auf und ging bis zum Ende des Bahnsteigs. Dort schlich er sich hinter die Reihe mit den Plastikstühlen und legte sich mit dem Gesicht zur Wand nieder. Dann schlug er den Mantelkragen über den Kopf und schloss die Augen.

Der Winter, der in ihm steckte, trug ihn fort.

# Erster Teil

# 1

# »On the road again, und das für immer«, sagte Titi

Rico weigerte sich, die Fragen der Journalisten zu beantworten. Als Erster ihrer kleinen Gruppe von armen Teufeln war er am frühen Nachmittag zur Station Ménilmontant zurückgekehrt. Der Bahnsteig in Richtung Nation, auf dem sie sich gewöhnlich trafen, war abgeriegelt. Daher ging er auf den gegenüberliegenden Bahnsteig.

Der Zugverkehr war stillgelegt. Es wimmelte von Menschen. Zunächst die Rettungsdienste mit ihren Wiederbelebungsgerätschaften, dann die Polizisten und jede Menge Bahnbeamte. Als Rico sah, wie sie Titi forttrugen, wurde ihm klar, dass er tot war.

Ein Fernsehteam rückte an. Von den Lokalnachrichten. Die Journalistin, eine junge Frau mit strenger Miene und kurzen, fast kahl geschorenen Haaren, bemerkte ihn, und er wurde einige Minuten lang aufgenommen. Rico hatte nicht die Kraft, sich zu bewegen. Er war viel zu traurig.

Der Tod von Titi.

»Der Tod von Titi«, wiederholte die Journalistin. »So wurde er genannt, nicht wahr?«

Mit gesenktem Blick rauchte er weiter, ohne zu antworten. Er hatte nichts zu sagen. Was hätte er sagen sollen? Nichts. Der Sicherheitsbeauftragte der Bahngesellschaft hatte es der Journalistin bereits erklärt: »Die Obdachlosen sterben in den Metrogängen; solche Vorkommnisse gibt es diesen Winter fast jeden Tag, zumeist Herzversagen ...«

Für die Abendnachrichten ging Rico wie üblich zu *Abdel*, einer kleinen Araberkneipe in der Rue de Charonne. Er trank ein Bier, rauchte eine Kippe, sah Fernsehen, und keiner machte eine Bemerkung, dass er störe. Abdel gab ihm manchmal sogar einen Teller Couscous.

»Hast du den gekannt, von dem sie da gerade reden?«, erkundigte sich Abdel.

»Das war mein Kumpel.«

»Scheiße! Ruhe er in Frieden.«

Zu Ricos Überraschung stimmte der Bericht der Journalistin ziemlich genau. »Jean-Louis Lebrun, 45 Jahre alt, starb auf dem Bahnsteig der Metrostation Ménilmontant am Freitag gegen 22 Uhr. Am Samstag um 14.30 Uhr wurde er abtransportiert. Hunderte von Parisern gingen vorbei, ohne etwas zu bemerken. Ebenso wenig wie die Bahngesellschaft.«

»Was für eine Sauerei«, kommentierte Abdel.

»Bei Millionen von Fahrgästen ist das nicht verwunderlich ...«, äußerte sich der Sprecher der Bahn.

»Willst du noch ein Bier?«

»Ja, gern.«

Dann erschien Dede auf dem Bildschirm und schimpfte auf die Bahngesellschaft, dass sie Titi habe krepieren lassen. »Ja, ja ... als ich wegging, hab ich den Schalterbeamten gewarnt. Ich hab ihm gesagt, dass Titi nicht gut aussah. Eher wie ein Kranker. Ich hab gedacht, die würden den Rettungswagen rufen, und ...«

Der Stationschef behauptete natürlich, dass der Nachtdienst nicht informiert worden sei.

»Normalerweise«, schloss der Sicherheitsverantwortliche, »darf nachts niemand in den Metrostationen bleiben. Aber es kommt vor, dass unsere Überwachungsteams Mitleid haben und ein Auge zudrücken. Und das ist gestern Nacht zweifellos geschehen.«

Rico hörte nicht mehr hin. Mit kleinen Schlucken trank er sein Bier.

Sie hatten sich vor dem Gemeindesaal der Kirche Saint-Charles im Stadtteil Monceau kennen gelernt, als sie mit etwa zwanzig anderen auf dem Trottoir in der Schlange standen. Was das Essen betraf, war das der beste Ort in Paris. Dazu kam, dass die Leiterin der Anstalt, Madame Mercier, es verstand, mit raffinierten Namen den Wohlgeschmack ihrer Speisen zu erhöhen. So wurde zum Beispiel ein Schlag Nudeln mit Wurstfleisch, serviert in einer flachen Plastikschale, zu einem »Kessel Buntes mit Fleischpastete«!

Seitdem Rico diese Örtlichkeit entdeckt hatte, ging er manchmal dorthin, wie normale Leute ins Restaurant gehen. Allerdings nicht zu oft, denn vor dem Essen musste man sich zwei Minuten Andacht reinziehen und hinterher auch noch beten. Immer das Vaterunser, gefolgt von idiotischen Segenswünschen für den Heiligen-Vinzenz-von-Paul, »Freund der Armen«, für Unsere-Mutter-vom-Guten-Rat sowie für eine ganze Reihe von Heiligen, die jedesmal wechselten und Rico piepegal waren.

Aber dieser Schwachsinn war nicht das Schlimmste. Die Gemeinheit bestand darin, dass man seine Essenskarte anderthalb Stunden im Voraus beziehen musste. Der Gemeindepfarrer, Vater Xavier, schlug danach vor, in der Zwischenzeit einige Lektionen aus dem Katechismus durchzunehmen – »natürlich nur denjenigen, die das wünschen«. Natürlich waren die dann auch die Ersten, die sich zu Tisch begeben und das Tagesmenu von Madame Mercier entdecken durften.

Eines Abends hatte Rico sich darauf eingelassen, dem Pfarrer zu folgen. Eine Predigt, ein Kirchenlied, das war immerhin besser, als auf der Straße rumzustehen. Auf der Karte stand Kabeljau auf provenzalische Art, und Rico konnte sich nicht erinnern, wann er zum letzten Mal Kabeljau gegessen hatte. Das war eine höllische Stunde, die ihn deprimierend an seine Kindheit und die obligatorischen Religionsstunden erinnerte. Vater Xavier hatte seine Lektion mit folgenden Worten beendet: »Ja, meine Brüder, Christus hätte sich gern an den Schalen gelabt, die man den Schweinen vorwarf, aber niemand hat ihm welche gegeben.« Rico hätte um ein Haar laut in die Runde gefurzt und mied seither, auch wenn er den Kabeljau von Madame Mercier sehr gern mochte, den Katechismus.

Der Tag, an dem Rico und Titi sich kennen lernten, war der Karsamstag gewesen. Die Schlange hinter ihnen bestand aus etwa dreißig Männern und Frauen. Die Tür des Gemeindesaals war geschlossen, niemand konnte seinen Essensgutschein einlösen.

Sie warteten über eine Stunde, bis schließlich Vater Xavier kam und eine Erklärung abgab. Der Saal war an den heiligen Feiertagen geschlossen.

»Für diejenigen, die an Jesus Christus glauben, und ich weiß, dass das nicht bei allen der Fall ist, was aber nicht schlimm ist, muss daran erinnert werden, dass unser Herrgott an diesem Osterwochenende für uns gestorben ist.«

Alle hatten den Kopf gesenkt und sich gesagt, gut, gehen wir also zur Osterpredigt.

Nach einem Räuspern war der Pfarrer fortgefahren: »Wir werden weder heute noch morgen Essen ausgeben. Wir Christen feiern die letzte Mahlzeit, die Christus mit seinen Jüngern eingenommen hat ...«

»Sieh an, er stopft sich ein letztes Mal voll, und wir gucken in die Röhre!«, hatte Titi geflüstert.

»Amen, mein Bruder, und schnalle deinen Gürtel enger«, hatte Rico grinsend geantwortet.

Sie hatten sich angesehen und waren fortgegangen, ohne sich das Ende der Ansprache anzuhören. Auf der Suche nach einem anderen Ort, wo es etwas zu futtern gab.

»Rue Serrurier«, hatte Rico unsicher vorgeschlagen.

»Zu viele Leute. Außerdem ist das für heute Abend zu weit weg.«

»Dann Rue de l'Orillon ...«

»Mann, willst du mich verarschen! Da fängt man sich Durchfall ein. In den sechs Jahren, die ich auf der Straße lebe, hab ich mir alle Orte gemerkt, an denen ich mir etwas eingefangen habe. Soweit es geht, meide ich die. Nein, lass uns zur Trinité gehen. Das ist zwar kein Drei-Sterne-Lokal, aber die Menge machts auch ... Und es gibt jede Menge hübsche Studentinnen. Wirst schon sehen, ein Minirock hilft durchaus, den zusammengepappten Reis zu verdauen!«

Sie mussten lachen, und seither waren sie unzertrennlich.

Titi und Rico hatten niemals viel Worte darüber verloren, warum sie sich so gefunden hatten. Klar, trotz einiger Unterschiede waren ihre Lebenswege gleich. Aber während sie ihre Zigaretten rauchten, zogen sie es vor, über Wesentlicheres zu reden. Vor allem Titi.

Nach Ricos Meinung hätte Titi Professor oder Lehrer werden müssen. Irgendwas in der Art. Er hatte einen Haufen Bücher gelesen, und in ihren Gesprächen machte er oft Anspielungen darauf. An einem Nachmittag saßen sie am Square des Batignolles – an dem sie sich gern trafen – in der Sonne auf einer Bank und Titi sagte:

»Weißt du, in meiner Jugend habe ich Bücher von Burroughs, Ferlinghetti und Kerouac gelesen …«

Da Rico ihn ausdruckslos anstarrte, hatte er hinzugefügt: »Hast du niemals *Unterwegs* gelesen?«

Rico hatte seit der Schule überhaupt nichts mehr gelesen. Außer einigen Krimis und Groschenromanen. Dabei hatte er zu Hause eine regelrechte Bibliothek. Prachtausgaben mit illustrierten Umschlägen, die jeden Monat mit der Post kamen. Sophie hatte all das abonniert. Sie fand es toll, Bücher im Haus zu haben. Elegant, sagte sie. Aber auch sie las nicht. Sie zog Frauenmagazine vor.

»Ach, weißt du, ich und Bücher …«

»Schon gut. Das waren Beatniks. Hast du schon mal davon gehört?«

Für Rico waren Beatniks bloß Typen mit langen Haaren, Blumenhemden und umgehängter Gitarre. Er erinnerte sich an den Sänger Antoine. Auch an Joan Baez. *Love and Peace* und all das. Aber das war nie sein Ding gewesen. Mit sechzehn war er geschniegelt und gebügelt, wie aus dem Ei gepellt. Und er glaubte an ein Leben in Höchstgeschwindigkeit, wie in einem roten Ferrari.

»Diese Typen, die amerikanischen Beatniks, ich meine die echten, die machten per Anhalter Spritztouren durch die gesamten Vereinigten Staaten. Vagabundieren, das freie Leben ... Kerouac, dieser Schwachkopf, hat sogar etwas über ihre aberwitzigen Abenteuer geschrieben. *Gammler, Zen und hohe Berge ...!*« Titi versank in Schweigen.

»Ja ... *On the road again,* das war ihr Glaubensbekenntnis.«

Sein Blick war völlig in sich gekehrt.

»*On the road again*«, hatte er nachdenklich wiederholt. »Was für ein Schwachsinn!«

Beiden war klar: Ihr Weg war kein Weg mehr. Höchstens ein Sumpf, in dem sie Tag für Tag mehr versanken. Unweigerlich. Und selbst wenn jemand käme und sie bei der Hand nehmen würde, es war zu spät. Wer ihnen jetzt noch die Hand entgegenstreckte, war kein Freund mehr. Allenfalls wollte er helfen. Ein Plastikbecher mit heißem Kaffee. Eine Dose Corned-Beef. Ein Stück Schmelzkäse.

»*On the road again,* und das für immer, Rico, verstehst du ...«

»Arschlöcher«, murmelte Rico und trank sein Bier aus.

Die Ansagerin auf dem Bildschirm berichtete jetzt vom Drama Hunderter Autofahrer, die vom Skiurlaub zurückkehrten und auf den Straßen von schweren Schneefällen blockiert wurden. Sämtliche Hilfsdienste in den Alpen wurden mobilisiert, um diesen unglücklichen, in Not geratenen Familien zu helfen.

Rico lächelte und stellte sich vor, dass Sophie vielleicht auch im Schnee feststeckte. Sophie und Alain, Eric und Annie ...

»Arschlöcher«, murmelte er wieder und stand auf.

Abdel weigerte sich, Geld für die Biere anzunehmen. »Komm wieder, wann immer du willst.«

Rico zog den Kragen seines Lastwagenfahrerpullovers bis zum Mund hoch, schloss seinen Soldatenmantel, setzte seine Mütze auf und zog sie über die Ohren. Dann stürzte er sich mit den Händen in den Taschen in die Kälte. Laut Wetterbericht sollte die Temperatur in der Nacht unter minus zehn Grad fallen.

Die eisige Luft schlug auf ihn ein, genauso fahl wie das Licht der Straßenlaternen. Das war ein Abend, um bei der Heilsarmee zu essen, sagte er sich. Sie hatte ihren Sitz im *Palais de la Femme* an der Ecke der Rue Faidherbe. Für zehn Francs würde er dort seine tausendvierhundert Kalorien bekommen.

Plötzlich schnürte es ihm die Kehle zu. Titi!, schrie er innerlich auf. Er sah wieder, wie man seinen Leichnam forttrug. Titi, er, die anderen, sie waren nichts. Nichts. Das war die verdammte Wahrheit. Er beschleunigte seine Schritte.

2

## Erinnerungen, für nichts und wieder nichts

An diesem Abend beschloss Rico, Paris zu verlassen. Wenn schon krepieren, dann lieber in der Sonne, sagte er sich.

Alles, was ihm im Kopf umherschwirrte, seitdem er gesehen hatte, wie die Rettungsmannschaft Titis Leichnam wegschaffte, machte ihm klar: Er würde enden wie Titi. Es war eine Illusion zu glauben, dass er dem jemals entkommen und noch lange ein solches Scheinleben auf der Straße führen könnte.

Im Gegensatz zu anderen brauchte er sich allerdings nicht zu beklagen. Er hatte einen guten Schlafplatz und wurde in einigen Bars und von ein paar Händlern auf dem Aligre-Markt freundlich aufgenommen. Und wenn morgens das Postamt in der Rue des Boulets seine Tore öffnete, fand er Mitleid bei den Kunden. Aber das würde nicht immer so bleiben. Eines Tages wird er untergehen, wird ihm die Kraft ausgehen. Schon jetzt brachte er nichts Entscheidendes mehr zustande. Nur die Mechanismen der Gewohnheit funktionierten noch, nicht sein Wille.

Er streckte sich auf dem Rücken aus und rauchte eine Zigarette. Sein Magen krampfte sich zusammen. Es musste fünf Uhr sein. Hunger war der zuverlässigste Wecker. Er erinnerte sich an eine Bemerkung von Titi: »Als Kind dachte ich, dass Hunger so etwas wie Zahnschmerz ist, nur schlimmer. Inzwischen weiß ich, dass Hunger nichts Besonderes ist. Damit kommt man besser zurecht als mit Zahnschmerzen!« Rico lächelte. Titi und seine Zähne … schon längst hatte er einen nach dem anderen verloren!

Er griff nach der Wodkaflasche hinter sich und gönnte sich einen großen Schluck. Diese Flasche hatte er für fünfundsiebzig Francs bei einem arabischen Lebensmittelhändler im Faubourg Saint-Antoine erstanden, der die ganze Nacht geöffnet hatte. Einen Smirnoff. Das Bedürfnis nach starkem Alkohol war aufgekommen, als er den *Palais de la Femme* verlassen hatte. Das Linsengericht mit gepökeltem Schweinefleisch hatte seinen Magen besänftigt, aber weder seinen Schmerz noch seine Angst gelindert. Titis Tod hatte alle Schutzmauern durchbrochen, die er nach und nach zwischen seinem gegenwärtigen und seinem vergangenen Leben aufgebaut hatte.

Rico verzog das Gesicht. Die Flüssigkeit rann klebrig durch seine Kehle. Er hustete, kam wieder zu Atem und nahm einen weiteren Schluck. Mit geschlossenen Augen wartete er, bis sich die Wärme des Wodkas in seinem Körper ausbreitete, dann zog er an seiner Kippe und versuchte, wieder ein bisschen nachzudenken. Schon die ganze Nacht hatte er die Dinge in seinem Kopf hin und her gewälzt.

Ricos Schlupfwinkel lag an der Ecke Rue de la Roquette und Rue Keller. In einem Gebäude, das sich im Bau befand. In diesem Stadtteil riss man – wie in allen Arbeitervierteln – mit Volldampf die alten Wohnhäuser ab, um Luxusappartements zu bauen. Im Rathaus von Paris nannte man das »renovieren«.

Immer Ausschau haltend, hatte sich Rico an einem späten Nachmittag auf der Baustelle herumgetrieben. Das war vor sechs Monaten gewesen. Die Bauarbeiten schienen eingestellt worden zu sein, nachdem der sechs Etagen hohe Rohbau fertig war. Im Untergeschoss entdeckte er Garagen. Einzelstellplätze. In einer dieser Garagen richtete er sich für die Nacht ein. Eine sorgfältig zusammengefaltete Baufolie erwies sich als ausgezeichnete Matratze. Zum ersten Mal seit langer Zeit schlief er selig ein.

Um sechs Uhr überraschte ihn ein Wächter. Ein muskelbepackter Schwarzer in einer tadellosen blauen Uniform. *Paris Security* stand auf dem Wappen, das auf der linken Brusttasche aufgenäht war.

»Was zum Teufel machst du da?«

»Ich habe geschlafen.«

»Baustelle betreten verboten. Kannst du nicht lesen, Mann?«

»Betreten verboten, aber nicht schlafen«, scherzte Rico und raffte sein Zeug zusammen.

»Wo willst du hin?«

»Ich verzieh mich, oder?«

Der Wächter gab ihm eine Kippe und dann Feuer.

»Donnerwetter, eine Dunhill! So was hab ich schon lange nicht mehr gesehen.«

»Keine Eile. Du kannst hier bleiben.«

Sie musterten sich und zogen genüsslich an ihren Zigaretten.

»Ich hab nichts dagegen. Einverstanden.«

Der Wächter, er hieß Hyacinthe und war ein Madagasse, erklärte ihm, dass der Bauunternehmer Pleite gemacht hatte. Ein Firmenaufkäufer stand bereit, aber bis die Arbeiten wieder aufgenommen würden, könnte es noch dauern.

Rico richtete sich dort ein. Er holte all seine Sachen vom Gare de Lyon, die er dort auf zwei Schließfächer verteilt hatte: Rucksack, Schlafsack, Klamotten, einen kleinen Camping-Gaskocher, Kerzen, eine Porzellantasse und einige weitere Kleinigkeiten, die er hier und da aufgelesen hatte. Beim Aufstehen stopfte er alles unter die Folie, die ihm nachts als Matratze diente.

Jeden Morgen lud Hyacinthe Rico auf einen Kaffee und ein Croissant bei *Bébert* ein, einem Bistro weiter oben an der Straße, das sich störrisch weigerte, sich in diesem neuen Pariser Schickeriaviertel der neuesten Mode anzupassen.

»Ich war Wächter in einem Supermarkt am Stadtrand«, vertraute Hyacinthe ihm an. »Eines Nachmittags stieß ich auf einen Typ wie du …« Er nahm einen Schluck Kaffee. »Reg dich nicht auf Rico, das ist doch bloß eine Redensart, und es war mein Job, den Laden zu überwachen.«

»Ich weiß.«

»Der Typ schob einen Einkaufswagen mit ein paar Dosen Bier und einem Baguette vor sich hin. Ich sah, wie er in der Wurstabteilung stehen blieb. Er ließ sich eine Scheibe Schinken und ein Stück Pastete abschneiden und zog weiter durch die Regale …«

»Und begann zu essen!«

»Verdammt noch mal, so war es!«

»Das hab ich auch schon gemacht.«

»Als ich ihn wieder sah, trieb er sich bei den Fernsehern rum. In der Hand Brote mit Pastete und Schinken … Ich ließ ihn laufen. Er ging in aller Ruhe zur Kasse und bezahlte sein Bier, und … am Abend wurde ich gefeuert. Der Leiter der Wurstabteilung hatte mich verpfiffen.«

»Arschloch!«

»Arschlöcher gibt es jede Menge. Das sind dieselben, die keine Neger oder Araber ertragen können.«

»Warum bist du Wächter geworden?«

»Ich kann nichts anderes. Ich kann ja kaum lesen und schreiben. Und mein Job ist auch nicht schlimmer, als den Rambo in der Metro zu spielen!«

Als im Herbst die Arbeiten wieder aufgenommen wurden, beruhigte er Rico. Es gab keinen Grund, sich Sorgen zu machen. Die Garagen würden erst zum Schluss drankommen. Rico musste sich nur vor der Ankunft der Arbeiter vom Acker machen, damit Hyacinthe keinen Ärger kriegte. Aber noch immer kam es Rico so vor, als ob er bis in die Puppen schlafen konnte.

Er konnte seine Gedanken schon lange nicht mehr in den Griff kriegen. Sie kamen in Schüben, völlig ungeordnet, und er hatte Schwierigkeiten, sich auf eine Sache zu konzentrieren.

Seine Zigarette begann ihm die Finger zu verbrennen, und er klammerte sich an die Erinnerung an seinen letzten festen Wohnsitz. Das war schon drei Jahre her. Er lebte mit Malika zusammen. Aber es war nicht die Begierde nach Malika, die ihm jetzt nicht aus dem Sinn ging. Sie erregte ihn nicht mehr. Ebenso wenig wie Julie oder Sophie, in die er wahnsinnig verliebt war. Frauen gehörten jetzt zu einer anderen Welt. Sie waren genauso unerreichbar wie ein Festessen in einem Edelrestaurant.

»Wie machen sie das?«, hatte Titi gefragt, während er einer hübschen Brünetten nachschielte, die auf und ab ging, während sie auf die Metro wartete.

Sie trug einen Minirock unter einem offenen Mantel.

»Wie machen sie was?«

»Dass sie mit halb nacktem Hintern rumlaufen können, ohne zu erfrieren.«

»Wahrscheinlich heizt es ihre Möse auf, dass sie uns erregen«, hatte Rico gescherzt.

»Wahrscheinlich ...«

Aber Rico erregte das überhaupt nicht. Selbst die Vorstellung, seine Hand zwischen die Schenkel des Mädchens zu schieben, ließ seinen Schwanz völlig ungerührt. Er wichste seit langem nicht mehr. Sein Schwanz war schlapp, und kein Frauenbild brachte ihn dazu, sich zu verhärten und aufzurichten. Auch nicht das Bild von Sophie, wie sie sich umdrehte, damit er sie von hinten nehmen konnte. Nach einem kurzen Moment widerte ihn dieses Stück Fleisch, das zwischen seinen Fingern hin und her baumelte, an. Er ekelte sich.

»Ja«, nahm Titi den Faden wieder auf, ohne die Brünette aus den Augen zu lassen, »wir müssen uns wohl mindestens zehn blutige Steaks einverleiben, bis wir so eine Frau vögeln können.«

Sie war langsam an ihnen vorbeigegangen.

»Ham Sie vielleicht 'ne Kippe für mich und meinen Kumpel?«, hatte Titi gefragt.

Sie hatte gleichgültig mit den Schultern gezuckt.

»Wir sind nicht ihr Typ, mein Alter.«

So saßen sie da. Unfähig zu leben.

Rico drückte seine Zigarette aus und gönnte sich noch einen Schluck Wodka. Es wurde langsam warm in seinem Körper. Zum Nachdenken gab es nichts Besseres.

Er hatte Malika nichts nachgetragen. So war das Leben.

Jedem das seine. Und in einem bestimmten Moment muss man seine Haut retten. Das hatte sie getan. Zwei Jahre hatten sie zusammengewohnt. In der Rue Lepic. Eine kleine Zweizimmerwohnung, die auf den Hof hinausging, in der sechsten Etage. Malika arbeitete in der Telefonzentrale einer Firma in Issy-les-Moulineaux. Wie diese Firma hieß, wusste er nicht. Er hatte einen Job als Bote bei einem Händler mit Pornovideos gefunden und lieferte Kassetten in den schicken Pariser Stadtteilen aus, zweifellos Hardcore.

Mit Malika und ihm lief es einigermaßen. Es war nicht das große Glück, aber es ging. Ein Leben, das dem normalen Leben anderer, die er auf der Straße traf, ähnelte. Nicht so wie vorher, als er mit Sophie zusammenlebte, aber gerade normal genug, um glauben zu können, dass man wieder auf die Beine kommen würde. Dass es einen Neuanfang geben würde.

Eines Tages wurde ihm sein Mofa geklaut. Sein Chef weigerte sich, ihm ein anderes zur Verfügung zu stellen.

»Du musst dich ranhalten. Kein Mofa, kein Job. Ich kann nicht für alle Schwachköpfe wie dich Mofas kaufen. Der Nächste, den ich einstelle, muss ein Fortbewegungsmittel mitbringen. Das ist meine Bedingung. Entweder du treibst bis morgen ein Mofa auf, oder du bist gefeuert.«

»Sie können mich mal am Arsch lecken!«

Rico wurde halsstarrig. Und er fand keinen anderen Job. Die Beziehung zu Malika wurde gespannt. Denn es wurde schwierig, zu zweit vom Mindestlohn und vom ergänzenden Arbeitslosengeld zu leben.

Die Zeit verging. Ein Jahr. Rico verplemperte das Arbeitslosengeld, indem er sich von Bar zu Bar soff. Malikas Geduld war zu Ende. Als er eines Abends volltrunken, wie so oft, nach Hause kam, war die Wohnung leer. Malika war ausgezogen und hatte fast alles mitgenommen, was ihnen gehörte. Sie hatte ihm nicht einmal ein Wort hinterlassen. »Na denn«, sagte er sich bloß, »das ist nicht das Ende der Welt.« Dann war er wieder runtergegangen und hatte an der Place Blanche noch ein paar Gläser getrunken.

Rico behielt die Wohnung. Die Mietschulden häuften sich. Die Einschreiben. Die Benachrichtigungen des Gerichtsvollziehers. Am Abend vor der Räumung machte er sich davon und nahm nur Klamotten und einige Kleinigkeiten mit, die sich auf der Straße als nutzlos erwiesen. Das Wenige, das Malika dagelassen hatte, hatte er schon lange verhökert. Darunter auch das, was dem Vermieter gehörte. Den kleinen Kühlschrank und die Herdplatte aus der Kochnische.

Es war Ende Mai. Frühlingsduft lag in der Luft. Rico schlief unter freiem Himmel, am Square Henri IV. Den ersten Morgen erlebte er als einen Morgen des Glücks und der Freiheit. Er hatte einen Schlussstrich gezogen und war zur Erforschung des Unbekannten aufgebrochen. Nach diesen erbärmlichen Jahren mit Malika fühlte er sich von allen Fesseln befreit.

Mit einem Rucksack auf dem Rücken begann er ein anderes Leben, wie ein Tourist in Paris. Er verjubelte sechzig Francs bei einem herrlichen Frühstück an der Place du Châtelet, mit frisch gepresstem Orangensaft, Kaffee, Croissants und gebuttertem Brot. Als er die Bar verließ, sagte er sich, dass das Leben auf der Straße schon nicht allzu hart werden würde. Schließlich war er ja gut in Form, oder? Die Stadt gehörte ihm.

Als Titi ihm die Geschichte von den Beatniks erzählte,

musste Rico wieder an diesen ersten Morgen denken, ohne allerdings etwas davon zu sagen. *On the road again,* man stelle sich das mal vor, was für ein Schwachsinn! Denn sechs Monate später war klar, es gab keinen Weg mehr zurück. Was er mitgenommen hatte, nützte ihm nichts. Ans Wichtigste – gute Schuhe, ein Taschenmesser, eine Nagelschere, einen Schlafsack – hatte er nicht gedacht, so überzeugt war er gewesen, dass diese Situation nicht von Dauer sein würde.

Dafür hatte er allerlei Erinnerungsstücke.

»Nutzloser Plunder«, hatte Titi gesagt. »Du schleppst Briefe und Fotos mit dir rum. Das bringt dich nur zum Heulen und untergräbt die Moral. Wenn du alle Brücken hinter dir abbrechen willst, musst du sie zerreißen. Du musst dich entscheiden.«

Er hatte alles weggeschmissen. Sophies Briefe, ihre Fotos. Nur ein Bild von Julien hatte er aufgehoben. Ein Passfoto. Alles konnte er vergessen, aber nicht seinen Sohn.

Hyacinthe weckte ihn. »Verdammt, Rico, bist du verrückt! Weißt du, wie spät es ist? Es ist Arbeitsbeginn.«

Rico fühlte sich unwohl.

»Pack schleunigst deinen Kram zusammen.« Hyacinthe war stinksauer. Rico hatte zum ersten Mal ihre Vereinbarung gebrochen.

»Tut mir Leid«, sagte er und stand auf.

»Beeil dich!«

Rico räumte nichts auf. Er schob den ganzen Haufen unter die Folie. In diesem Moment war ihm alles egal, selbst Hyacinthe. Er wusste endlich, wohin er gehen wollte. Ein Ort zum Sterben.

»Ich verschwinde, Hyacinthe. Ich mach mich hier vom Acker.«

»Fang nicht an zu heulen. Ich hab nichts gesagt.«

»Das ist es nicht. Spätestens in zwei Tagen haue ich ab. Schluss, aus. Du wirst mich nicht wieder sehen. Ich gehe in den Süden. Nach Marseille. Marseille«, wiederholte er voller Freude.

Dort habe ich Rico getroffen. In Marseille. Und dort habe ich alles erfahren, was ich von ihm und diesem verdammten Leben weiß, mit dem jeder allein ist und jeder ein Verlierer.

## 3

# Wo die Bitterkeit und die Größe von Träumen zum Durchbruch kommen

Marseille. In Ricos unruhigem, qualvollem und schlechtem Schlaf waren die Klischees von Marseille aufgetaucht. Zuerst langsam. Dann in Schüben. Straßen, Plätze, Bars. Und das Meer, die Strände, der weiße Felsen …

Diese Erinnerungen tauchten in seinem Kopf auf wie Postkarten aus der Vergangenheit. Als ob man endlich seine Adresse wieder gefunden hätte und ihm einen seit fünfzehn Jahren verschollenen Brief zustellte. Die Erinnerung an Marseille. Gute Bilder waren das.

»Ich liebe dich, Lea.«

»Ich liebe dich auch.«

Lea.

Ihr Bild war Rico am frühen Morgen erschienen, als er wieder einschlief, nachdem er die Wodkaflasche geleert hatte. Sehnsucht nach einem verlorenen Glück. Das Gefühl, dass er vielleicht den falschen Lebensweg eingeschlagen hatte, als er sich eines Tages entschied, Sophie und nicht Lea zu heiraten.

Als er sie kennen lernte, begann Lea gerade mit dem Architekturstudium. Er war kurz zuvor in Marseille angekommen, nachdem er in Djibuti bei der Marineinfanterie seinen Militärdienst geleistet hatte. Mit seinen Regimentskollegen wartete er im Lager Sainte-Marthe, das im Norden der Stadt lag, auf seine Entlassung.

An einem späten Nachmittag, während er ziellos durch die Stadt schlenderte, bis er seine Kumpel für eine neue Spritztour durch die Nacht wiedertreffen würde, verlief er sich im Gewirr der kleinen Gassen.

Lea fotografierte die Fassade eines alten Wohnhauses. Sie stand mit dem Rücken zu ihm. Eine großzügig geschnittene, beige Leinenhose, ein weiter Seidenpullover, der ihren Hintern bedeckte, schwarze Locken.

Er trat näher. »Entschuldigen Sie bitte.«

Sie drehte sich um, und vor der Schönheit ihres Gesichts stockte ihm der Atem. Zwei tiefgründige, schwarze Augen. Eine feine Nase. Hohe Wangenknochen. Karminrote Lippen, die hübsch geformt waren.

»Ja?«

»Hm… Entschuldigen Sie«, sagte er verwirrt. »Können Sie mir sagen, wo es zum Alten Hafen geht?«

Sie sah ihn mit einem leichten Lächeln auf den Lippen erstaunt an. »Haben Sie sich etwa verlaufen?« In ihrer Frage schwang leichte Ironie mit. Auch ein wenig Kessheit.

»Ja … Ich bin nicht von hier.«

Angesichts seiner Ernsthaftigkeit begann sie zu lachen. »Aber in dieser Stadt kann man sich doch nicht verlaufen! Alle Straßen führen zum Meer hinunter.«

»Ja, gut, vielleicht … Aber … ich muss die richtige Straße, die hinabführt, verfehlt haben.«

Sie lachte immer noch, und Rico liebte dieses Lachen.

»Ich wollte gerade zum Hafen. Das ist nicht sehr weit.«

Eine Einladung.

Er folgte ihr und hütete sich, den geringsten Kommentar

abzugeben. Sie gingen schweigend nebeneinander. Sie schritt schnell aus, die Nase hochgereckt, mit einem Blick, als ob sie auf der Lauer läge. Lea reichte ihm kaum bis zur Schulter, und mehrfach hatte er Lust, seinen Arm um ihren Nacken zu legen. Aber er tat nichts dergleichen. Anbaggern, das war nicht seine Art.

»Sind Sie Fotografin?«, wagte er das Schweigen zu brechen.

»Nein, aber ich fotografiere gern. Sie auch?«

»Wie alle. Ein bisschen Klick-Klack, und das ist alles.«

Ein Lächeln zeichnete sich auf Leas Lippen ab, und er spürte, dass sie ihn aus dem Augenwinkel beobachtete.

»Da sind wir!«, sagte sie unterhalb der Rue Fort-Notre-Dame.

Da lag der Alte Hafen, gebadet im Licht der untergehenden Sonne. Er hatte einen blassen Ockerton, wie oft im Frühling.

»Ich mag diese Stadt.«

»Ich bewundere sie!«, rief Lea aus.

Rico lud sie zu einem Aperitif in der *Bar de la Marine* ein. Sie lehnte nicht ab. Ein, dann zwei Pastis, dazu knabberten sie kleine, auf orientalische Art zubereitete Erbsen und pikante schwarze Oliven. Rico erzählte nicht ohne Stolz von den zwölf Monaten, die er in Djibuti verbracht hatte. Die Landschaften, die Farben, die Gerüche. Die Wüste, der Assal-See, der Abbé-See. Und der Aufbruch der Karawanen nach Äthiopien … Seine Bewunderung war noch ungetrübt.

»Ich liebe diese Länder«, gestand Lea.

Ich liebe, ich bewundere. Ich mag nicht, ich verabscheue. Lea gehörte nicht zu den neutralen Wesen, die immer herumlavierten und sich der Meinung des anderen anpassen, um zu gefallen und zu verführen. Rico stand völlig in ihrem Bann und war bereit, alle Leidenschaften Leas zu teilen.

Sie war bereits in Ägypten gewesen und träumte davon, nach Jordanien und in den Jemen zu reisen. Vielleicht noch viel weiter, nach Kleinasien. Und nach Armenien, »das arme Land meiner Familie. – Aber nicht allein …«, fügte sie hinzu und sah ihn an.

Rico ergriff die Gelegenheit beim Schopf. »Wollen wir morgen losfahren?«

Sie lachte, und wieder sagte Rico sich, dass er dieses Lachen gern ein Leben lang hören würde.

Sie trafen sich jeden Abend zum Aperitif, bis er endlich entlassen wurde. Sie tauschten ihre Adressen aus und versprachen sich, voneinander hören zu lassen. Rico schrieb ihr, sobald er in Rennes angekommen war, und dann jeden Tag. Leas Briefe trafen bald mit derselben Regelmäßigkeit ein, und ihre angeblich freundschaftliche Korrespondenz nahm immer mehr verliebte Züge an.

»Komm«, schrieb sie einige Monate später einfach auf die Rückseite einer Postkarte.

Es war Ende Juni. Die einzige Arbeit, die Rico gefunden hatte – Regenmantelvertreter für eine deutsche Firma –, sollte erst im September beginnen.

Er reiste nach Marseille.

Auf dem Bahnsteig des Bahnhofs Saint-Charles waren sie zunächst schüchtern. Von Worten zu Gebärden überzugehen, ist nicht so einfach. Leas glänzende schwarze Augen näherten sich den seinen. Rico nahm sie schließlich in die Arme, und sie umschlangen sich mit so viel Ungestüm wie in den Briefen. »Meine Puppe aus Armenien«, flüsterte er ihr ins Ohr. Mit diesen Worten hatte er immer seine Briefe begonnen.

In dieser Nacht waren sie äußerst unbeholfen. Ricos

sexuelle Erfahrungen beschränkten sich auf Prostituierte in Rennes und später bei der Armee. Und für Lea war es das erste Mal. Es ging schnell, und sie empfanden wohl nicht viel Lust. Aber sie blieben lange aneinander geschmiegt, ohne zu sprechen. Rico glaubte in Leas Augen Erstaunen und Freude zu lesen, aber auch Skepsis. Er fühlte sich aus der Bahn geworfen. Die Liebe, so entdeckte er, war doch etwas anderes als zu bumsen.

»Geht es uns gut«, flüsterte Lea.

Sie zog vorsichtig das Laken über sich und schlief ein, oder tat zumindest so. Er tat es ihr nach, aber er schlief wirklich ein.

»Was nimmst du zum Frühstück?«, fragte sie ihn am nächsten Morgen, als er die Augen öffnete.

»Dasselbe wie du.«

»Also, schwarzen Kaffee. Ist schon fertig.«

Aus dem Fenster von Leas kleiner Zweizimmerwohnung an der Rue Neuve-Sainte-Catherine, zwei Schritte von der Abtei Saint-Victor entfernt, konnte man den Alten Hafen überblicken.

»Dahinten ist die Canebière. Und vor dir liegt das Fort Saint-Jean. Ich liebe es. In der Sonne ist es unheimlich schön. Dahinter, der Glockenturm von Les Accoules. Wir können heute da hingehen, wenn du magst?«

Rico drückte sie an sich. Wie oft hatte sie doch in ihren Briefen beschrieben, wie der Tag über der Stadt anbrach! Den Moment, in dem die Luft durchsichtig wurde und in dem, wie durch ein Wunder, die Dächer blau und das Meer rosig werden. Er fand all das genau so wieder, als ob er schon immer dort gelebt hätte. »In Marseille«, hatte sie geschrieben, »ist das die Stunde, in der man es liebt, sich folgendermaßen zu fühlen: aufrecht stehend, in der Mitte zwischen dem Licht und dem Meer. Dann erkennt man, warum man hier und nicht woanders ist, warum man hier und nicht woanders lebt.«

Das war so ein Tag, hatte Rico sich gesagt.

Danach war alles ein einziger Rausch. Der Überschwang Marseilles sprang ihn geradezu an. Noch gewaltsamer als bei seinem kurzen Aufenthalt im Frühling. So kam es ihm zumindest vor. Man redete mit lauter Stimme, lachte und kreischte bei jeder Gelegenheit und duzte sich inmitten des großen Hupkonzerts.

An der Place des Moulins, im alten Panier-Viertel in der Nähe des Hafens, entdeckte Rico, dass Marseille eine Hügelstadt ist. Lea hatte ihn die Stufen der Montée des Accoules hinaufsteigen lassen.

»Nur beim Gehen, beim Flanieren wird einem bewusst, dass man hier ständig aufwärts, abwärts und wieder hinauf geht.«

Rico hatte bis zu diesem Tag geglaubt, dass es nur einen einzigen Hügel gab, nämlich den, auf dem sich Notre-Dame de la Garde erhob. Die Gute Mutter der Marseiller, die auf allen Postkarten abgebildet war.

»Es ist so, als ob Marseille mit den Perspektiven spielt«, kommentierte Lea mit der Begeisterung einer guten Architekturstudentin.

Rico spürte, wie diese Stadt ihn einnahm. Mit der gleichen Sanftheit wie Leas Hände letzte Nacht auf seinem Körper. Er hatte plötzlich Lust, sie zu lieben, gleich dort, in einer dieser engen schattigen Gassen, die von Geschichte,

Gelächter und Schreien erfüllt waren. Diese Gassen mit klangvollen Namen, die ihn entzückten: Rue du Refuge, Rue de Lorette, Rue des Pistoles, Rue du Petit-Puits ...

An der Place de Lenche wurden sie von einem Gewitter überrascht, und sie flüchteten sich zu Lea. Durchnässt und lachend wie Kinder. Ihre erste Siesta in Marseille. Und ihre Körper fügten sich harmonisch zusammen, mit der süßen Lust der ersten Male: als ob Marseille sie wiegen und forttragen würde.

Rico erinnerte sich noch genau an das Licht, ein fast durchsichtiges Blau, das nach dem Gewitter ins Fenster fiel.

An einem Tag fuhren sie mit dem Bus. Lea wollte ihm den äußersten Ostteil der Stadt zeigen. Die kleinen Häfen von Les Goudes und Callelongue. Der Bus fuhr am Meer entlang, und nachdem er am Catalans-Strand, am Auffes-Tal, an Malmousque und der Fausse-Monnaie-Brücke vorbeigekommen war, öffnete sich die Reede von Marseille vor ihm. Riesengroß und schön. Ein Geschenk. Das Geschenk Leas an ihre Liebe.

Sie mussten zweimal umsteigen. Nach Madrague-de-Montredon ließ der von der Sonne ausgebleichte weiße Fels ihn zweifeln, ob sie sich überhaupt noch in der Stadt befanden. Ricos Augen konnten es gar nicht fassen. Er dachte an die Äolischen Inseln, zu denen seine Eltern ihn geführt hatten, als er noch ein Kind war.

»Das ist das Land der ewigen blauen Weite«, sagte Lea stolz und zeigte auf den Riou-Archipel.

Hier endeten der Lärm der Stadt und ihr Überschwang. Die Stille, die sie überfiel und kaum vom Töff-Töff der vom Meer zurückkehrenden Boote gestört wurde, war geradezu mit den Händen zu greifen. Salz und Jod. Lea und Rico setzten sich hinter einen Angler und vergaßen die Zeit.

Lea hüllte sich in Schweigen. Und nun war es Rico, der gern gesprochen hätte, der ihr gern gesagt hätte, dass er sich in Marseille verliebt hatte. Ihre Augen liebkosten sich in unvermittelter Zärtlichkeit, »in der die Bitterkeit und die Größe der Träume zum Durchbruch kommen«, wie Lea ihm schrieb, als sie an diesen Moment erinnerte, nachdem Rico ihr mitgeteilt hatte, dass Schluss sei, dass er jemand anderes gefunden habe. »Das war bestimmt der gleiche Blick«, hatte sie hinzugefügt, »den Penelope und Odysseus ausgetauscht haben, als sie sich trennten.«

Aber diesen Brief hatte Rico nur überflogen. Sein Herz war woanders. Bei Sophie.

Als Hyacinthe ihn schüttelte, damit er aufstand, fragte Leas Stimme noch: »Was bringt dich zum Lächeln?«

»Du. Marseille. Ich. Wir. Wir beide, hier.«

Sie waren in der Rue Longue-des-Capucins. Hier vermischten sich die Düfte aller Märkte des Maghreb, Afrikas und Asiens. Sie stiegen genauso zu Kopf wie das Glück. Mögliche Formen des Glücks.

Rico hatte nicht gewagt hinzuzufügen: »Wir, für immer, vielleicht.« Er hätte es tun sollen.

Diese unveränderlichen Erinnerungen, die einzigen schönen Erinnerungen, die ihm geblieben waren, riefen nach einer erneuten Reise nach Marseille. »Um zu sterben«, gestand mir Rico, »um wenigstens in treuer Erinnerung an solche Momente zu sterben, glaubst du nicht?«

# 4

# Seltsam, dass man hassen und immer noch lieben kann

Draußen schneite es. Ein feiner und eisiger Schnee, der nicht einmal den Kindern Freude machte. In der Metro starrten alle noch grimmiger vor sich hin als sonst. Rico stieg in Ménilmontant aus, um seine Kumpel zu treffen und ihnen zu sagen, dass er fortgehen würde.

»Verdammt, wo bist du denn abgeblieben?«, fragte Dede ihn. »Zwei Tage haben wir dich nicht gesehen. Wir haben uns echt Sorgen gemacht!«

Am Ende des Bahnsteigs saßen Jeannot, Fred und Lulu rund um zwei Schachteln, die mit so etwas Ähnlichem wie Paella gefüllt waren. Dede rauchte und sah zu, wie sie aßen.

»Das sieht ja aus wie ein Festmahl«, scherzte Rico.

»Der Typ vom Partyservice«, antwortete Jeannot. »Du weißt schon, der am Boulevard, Ecke Rue Oberkampf. Hat uns das geschenkt, heute Mittag, als Fred und ich bei ihm vorbeikamen.«

»Anscheinend haben sie gestern Abend im Fernsehen etwas über uns gebracht«, erklärte Fred. »Dass wir zu hunderten vor Hunger und Kälte in den Straßen von Paris krepieren ...«

»Und seine Frau, die von dem Serviceheini, der kamen die Tränen. Und drum ... Willst du was abhaben?«, fragte Lulu und reichte ihm den Plastiklöffel.

Rico schüttelte den Kopf. »Kein Hunger.« Seit dem Abend zuvor hatte er nichts mehr gegessen. Er hatte es versucht, kriegte aber nichts runter, nicht mal einen Keks. Eine schmerzende Kugel umspannte seinen Magen. Zu viel Traurigkeit. Er hatte auf Flüssignahrung umgestellt. Bier und Wein. Und auch ein paar Tassen Kaffee.

»Die Sache ist nämlich so«, scherzte Dede, »wenn wir alle in diesem Winter krepieren, wird das zu Unruhen in der Hauptstadt führen! Großartig, die Leute!«

Die drei anderen lachten über den Scherz.

Dede hatte eine große Klappe. Und eine Ironie, einen Zynismus, der Rico manchmal irritierte. Aber er mochte ihn trotzdem. Auch Titi hatte Dede gemocht.

Sie drei hatten sich immer gut verstanden. Zweifellos deshalb, weil sie nicht alles hinnahmen, obwohl sie aus der Sicht der Gesellschaft ja gar nicht mehr existierten. Jeannot, Fred und Lulu waren da anders. Man brauchte nur zu sehen, wie sie sich voll stopften, um das zu verstehen. Deshalb war Titi gestorben. Weil seine Würde es ihm verbot, noch weiter abzusacken. Er hätte die Paellareste bestimmt nicht angerührt.

Rico hatte sich oft gesagt, dass er Titi gern früher getroffen hätte. Ihn zum Freund gehabt hätte. Titi hätte ihn niemals verlassen. Im Gegensatz zu den anderen, an die er jahrelang geglaubt hatte und die sich verpisst hatten, als seine Schwierigkeiten begannen. Vincent, Philippe, Robert und Eric.

Eric. Sein alter Kumpel vom Gymnasium, mit dem er viele Streiche ausgeheckt hatte. Sein Trauzeuge, der ihn nicht mal angerufen hatte, als Sophie fortgegangen war. Vincent, Philippe und Robert hatte Rico aus seinem Gedächtnis gestrichen. Endgültig. Aber nicht Eric. Ihm konnte er nicht verzeihen.

Er hätte sich allerdings schon lange klar machen sollen, dass Eric so war. Das lag in der Logik der Dinge. Eric stand auf der Sonnenseite des Lebens. Auf der Seite der Welt, wo Geld, Glück und Herkunft sich paarten. Das medizinische Labor, das er von seinem Vater geerbt hatte, florierte. Er war von einem guten Team umgeben, rührte selber keinen Finger und strich am Monatsende eine Menge Kohle ein, die vorsichtig reinvestiert wurde und Rendite abwarf.

Eines Abends waren sie sich in einem Restaurant in die Haare geraten.

»Ich hab die Nase voll von all diesem humanitären Gefasel!«, hatte Eric sich aufgeregt. »Du weißt genauso gut wie ich, dass diese Arbeitslosen nur Schwachköpfe sind. Wichser. Wenn sie arbeiten wollten ...«

»Das ist die Krise, Eric. Aber du, du willst nichts davon hören und sehen. Selbst in meiner Berufssparte gibt es Entlassungen.«

»Hört bloß auf!«, hatte Annie, Erics Frau, sich eingemischt. »Schluss mit Politik. Davon gibts schon genug im Fernsehen ...«

»Du hast Recht, Liebling. Trotzdem sollte man alle Neger und Araber nach Hause schicken, das würde Platz für Franzosen schaffen, die in der Scheiße stecken.«

»Eric hat nicht ganz Unrecht«, warf Sophie ein. »Aber das eigentliche Problem ist doch, was wir über die Feiertage machen, oder nicht? Fahren wir auf die Antillen oder in die Berge?«

Auf dem Heimweg hatte er sich mit Sophie gestritten. Nicht etwa, weil sie Eric Recht gegeben hatte – ihm war völlig egal, was sie dachte –, sondern weil, wie sie durchaus wusste, ihre finanzielle Lage mehr als schwierig war.

Nach der Geburt von Julien hatte sie bei der Bank, bei der sie arbeitete, ihre Beurlaubung beantragt. Die Rolle einer Frau, hatte sie beschlossen, bestand darin, sich um das Kind zu kümmern. Sie stammte nicht umsonst aus der Vendée, die als eine der konservativsten Gegenden Frankreichs gilt! Und als Julien zur Schule kam, beschloss sie, ihre Tätigkeit als Unternehmensberaterin nicht wieder aufzunehmen. Sie wäre Hausfrau, wie Annie.

Rico schuftete und schuftete und erweiterte seine Außendienstfahrten auf Westfrankreich. Gewiss, es kam mehr Geld rein. Aber es war doch schwierig, auf dem gleichen Fuß wie Eric und Annie zu leben. Umso mehr, als ein großer Teil seiner Einkünfte in die Rückzahlung des Darlehens für die großartige Villa floss, die sie sich in Rothéneuf, in der Nähe von Saint-Malo, gekauft hatten.

An einem Nachmittag, als sie auf ihrer Bank am Square des Batignolles saßen, hatte Rico sich hinreißen lassen, Titi all das zu erzählen. Er war schwer niedergeschlagen. Es war die Zeit des Schulbeginns, und er war »nicht da«, bei Julien. Jedes Jahr ging es ihm zu dieser Zeit schlecht. Noch mehr als zu Weihnachten. Er mochte Weihnachten nicht. Die Mitternachtsmesse, das große Familienessen, der Tannenbaum, die Geschenke, all dies piekfeine Pharisäertum.

»Wozu soll das gut sein, wenn du herkommst?«, hatte Sophie geantwortet, als er sie anrief. »Wir können gut ohne dich leben.«

Bei der Scheidung – die erst ein Jahr nach Sophies Auszug stattfand, weil er diese Prozedur hartnäckig ablehnte – hatte Rico nicht mal ein Besuchsrecht bekommen. Alkoholiker und gewalttätig. Sophies Anwalt war es gelungen, das dem Scheidungsrichter glaubhaft zu machen, um zu rechtfertigen, dass seine Mandantin das eheliche Heim verlassen hatte. Alle Frauen seiner Freunde hatten dem voll und ganz beigepflichtet. Als erste Annie. Annie, das war schon richtig, hatte er als »verdammte Betschwester« beschimpft. Aber er war an jenem Abend nicht betrunken gewesen, nur wütend – und verletzt.

Titi, dem Ricos Geschichte nahe ging, hatte daraufhin zum ersten Mal von sich selbst erzählt. Rico hatte damals verstanden, was sie verband. Sie hatten an dieselbe Sache geglaubt. Sie hatten von Liebe geträumt, einer echten Familie und einem gewissen Wohlstand. Auch von Sicherheit und Stabilität. Und dann war alles zusammengebrochen, ohne dass sie eigentlich wussten, warum.

»Ich werd es dir irgendwann erzählen, ich hatte keine Lust mehr zu kämpfen. Geld, Erfolg, all dieser Unsinn … Die Straße ist voll von anständigen Typen wie uns, Rico. Nach all diesen Jahren hab ich kapiert, dass dieses vorbildliche Leben zum Kotzen ist. Ich, das kannst du mir glauben, ich werd nicht mehr in ihre Welt zurückkehren.«

Rico hatte oft über Titis Worte nachgedacht. Sosehr er sie auch in seinem Kopf hin und her wälzte, er konnte sich nicht darüber klar werden, ob er Lust hatte, in sein vorheriges Leben zurückzukehren oder nicht. Bis er gestern nach Rennes gekommen war.

Nachdem er Hyacinthe verlassen hatte, machte Rico sich auf den Weg, um beim Postamt in der Rue des Boulets die Hand aufzuhalten. Ohne große Begeisterung. Aber er musste unbedingt etwas Geld zusammenbringen.

Außerdem hatte das Betteln einen Vorteil. Es erlaubte einem, nicht zu denken. Wer am Postamt die Tür aufhalten wollte, die Hand ausstrecken, Guten Tag sagen, Auf Wiedersehen, Danke, Vielen Dank, Auf Wiedersehen, Einen schönen Tag – der brauchte einen völlig leeren Kopf.

»Sobald du dich an die Arbeit machst, musst du dich auf ein Minimum an Worten und Gebärden konzentrieren. Die Geldstücke müssen in deine Hand fallen. Ein Maximum.«

Titi hatte ihn all das gelehrt, als Rico ihm erzählte, dass er kaum sechzig Francs pro Tag machte.

»Das musst du immer im Kopf haben, Rico. Wer die Hand ausstreckt, ist ein für alle Mal aus dem Kreislauf herausgefallen. Endgültig.«

Rico hatte diesen Moment hinausgeschoben, solange es ging. Aber eines Morgens um sechs Uhr hatte er doch damit begonnen, nachdem er vierundzwanzig Stunden ohne einen Sou verbracht hatte. Er hatte sein ganzes Scheitern begriffen, und dass es absolut war.

»Ich hab mich unheimlich geschämt.«

»Wir alle haben uns geschämt. Aber wenn du da nicht drüber hinwegkommst, bist du tot, Rico.«

Das Schamgefühl hatte Rico immer noch. Aber er hatte ein Mittel gefunden, um damit zurechtzukommen. Die Erniedrigung ertränken. Er goss sich einen Liter Wein rein, dann einen oder zwei Kaffee, um den Geruch zu verbergen, und konzentrierte sich auf jede Person, die das Postamt betrat. Es kam vor, dass er hundert bis hundertfünfzig Francs einnahm, wenn er acht Stunden schuftete. An diesem Tag machte er hundertachtundfünfzig Francs. Ein guter Tag, um Julien zu besuchen, hatte er gedacht.

Am Bahnhof von Montparnasse nahm er den vorletzten

TGV nach Rennes. Falls ein Schwachkopf von Kontrolleur ihn in Le Mans rausschmeißen sollte, konnte er sein Glück noch mit dem letzten Zug versuchen, der ohne Zwischenaufenthalt von Le Mans nach Rennes fuhr. Aber er wurde nicht kontrolliert.

Wie jedes Mal, wenn er nach Rennes kam, etwa einmal pro Monat, schlief er in der Parkgarage hinter dem Busbahnhof. Am Morgen trank er einen Kaffee in der Bahnhofsgaststätte, dann wusch und rasierte er sich in der Toilette der Bar.

Um acht Uhr ging er in die Innenstadt, in die Rue d'Antrain, wo das *Collège de l'Adoration* lag, eine Privatschule, in die Sophie Julien sogleich geschickt hatte, nachdem sie sich getrennt hatten und sie nach Rennes gezogen war. In dieser Schule waren auch die Kinder von Eric und Annie. Und auch Armel, die Tochter von Alain, dem Mann, mit dem Sophie zusammenlebte.

An eine Mauer gegenüber vom Eingang gelehnt, rauchte er zwei Zigaretten. Sophies Auto kam an. Ein weißer Golf GTI. Er richtete sich auf. Sophie hatte ihre Gewohnheiten. Ganz gleich, wie der Verkehr war, sie hielt auf der Fahrbahn, nicht weit von der Stelle, wo er stand.

Armel stieg aus dem Wagen, dann Julien.

»Guten Tag«, sagte Rico.

Julien starrte ihn an. Jedesmal wenn Rico so aufkreuzte, schenkte Julien ihm den gleichen Blick. Ein Blick, in dem er nichts lesen konnte. Weder Verachtung noch Zärtlichkeit, Freude oder Gleichgültigkeit. Nichts.

»Beeil dich«, rief Sophie. Sie war aus dem Wagen gestiegen, ohne sich um Ricos Anwesenheit zu kümmern. Sie nahm Armel bei der Hand, und Julien folgte ihr. Sie gingen über die Straße. Vor dem Eingang umarmten Julien und Armel Sophie und gingen in die Schule. Julien drehte sich nicht um.

Rico baute sich vor Sophie auf.

Ihre blauen Augen sprühten Funken. »Ich habs eilig.« Die blonden Haare fielen kaskadenartig auf den Kragen ihres beigen Kaschmirmantels, der trotz der Kälte offen stand. Sie trug einen weißen Rollkragenpulli, dazu einen engen, kastanienfarbenen Rock, der ihre schönen Beine bis weit über den Knien zeigte.

Rico musste unwillkürlich an Titis Frage denken, an dem Tag, als er der Brünetten im Minirock nachstarrte. »Wie machen sie das?« Heute wusste Rico die Antwort. Sie waren einfach glücklich. Und das Glück hielt warm.

Er stand kaum einen Meter von ihr entfernt. Sie war immer noch schön und begehrenswert. Wenn sie gesagt hätte: »Komm«, er wäre ihr gefolgt und hätte alles vergessen, was sie ihm angetan hatte. Ja, er hätte ihr verziehen. Man konnte hassen und immer noch lieben. Das hatte er noch nie verstanden, und das würde er auch nie verstehen.

»Ich gehe fort. Ihr werdet mich nicht mehr wieder sehen.«

»Ich glaube, das ist wirklich das Beste, für uns alle.«

Sie stieg in ihren Wagen und fuhr los.

Rico blieb verloren mitten auf der Straße stehen. Eine junge Frau trat auf ihn zu. »Nehmen Sie«, sagte sie und steckte ihm eine Zehn-Francs-Münze in die Hand. »Trinken Sie etwas Warmes.« Und sie lief zu ihrem Wagen – einem grünen 4x4 Mitsubishi –, der ebenfalls auf der Fahrbahn parkte.

Als der 4x4 abgefahren war, stand er da wie erstarrt, völlig konsterniert. Er umschloss das Geldstück in seiner Hand.

Immer fester, bis es wehtat. Dann warf er es wutentbrannt auf die Straße.

»Miststück!«, schrie er schließlich.

Damit meinte er Sophie. Aber es galt auch für alle Sophies dieser Welt, die Klamotten von Chanel oder Dior trugen und die im Rover, Xsara oder 4x4 durch die Gegend fuhren, wie diese blöde Kuh mit ihren zehn Kröten!

Wie lange hatte er keinen Zorn mehr verspürt? Seit Jahren. In diesen drei Jahren, in denen er die Resignation kennen gelernt hatte. Die Gleichgültigkeit gegenüber anderen und der Welt.

Warum zum Teufel war er sauer auf diese Frau und ihr Almosen? Dort, mitten auf der Straße, sah er genauso aus wie das, was er war. Ein Obdachloser, ein Penner. Und das verdankte er Sophie. Auf Sophie war er sauer. Nur auf sie.

»Miststück!«

Wegen ihrer Kälte, ihrer Verachtung.

»Miststück!«

Wie konnte sie ihre Liebe vergessen und verleugnen? Und dass er der Vater ihres Kindes war? Wie konnte sie Julien aufziehen, ohne an ihn zu denken?

»Miststück«, murmelte er und begann zu heulen.

Rico brauchte Stunden, bis er sich von diesem düsteren Morgen erholt hatte. Er strich stundenlang durch die Straßen der Innenstadt. An diesem Tag fühlte er sich hier als Fremder, obwohl er jahrelang hier gelebt hatte. Die Stadt, die Leute erschienen ihm feindselig.

Um halb sechs stand er erneut vor dem Kolleg. An derselben Stelle.

»Ich möchte ihn umarmen«, sagte er zu Sophie, als sie aus dem Wagen stieg.

Sie antwortete nicht und ging über die Straße. Als die Kinder herauskamen, flüsterte sie Julien etwas ins Ohr, und er sah, wie sie mit dem Kopf auf ihn deutete. Sie gingen zum Auto. Rico trat näher.

»Möchtest du deinen Vater umarmen?«, fragte sie Julien.

Er antwortete nicht. Seine Augen ließen Rico nicht los. Augen wie seine Mutter. So blau, so sanft konnten sie sein.

Sophie öffnete die hintere Tür, und Julien schlüpfte hinein, gefolgt von Armel, die unbeweglich hinter den beiden gestanden hatte und Rico anstarrte, als ob er ein Marsmensch wäre.

»Du siehst, er will nicht.«

Wütend fuhr sie los. Im Rückfenster glaubte Rico das ihm zugewandte Gesicht Juliens zu sehen. Aber darauf hätte er nicht schwören können.

## 5

# In einer Kakofonie von Schmerzen und Tränen

Rico hatte in diesem Moment nicht den kleinsten Schimmer, wieso er jetzt mit Dede zusammen war und sich unter dem Vorbau eines Wohnhauses in Neuilly den Hintern abfror. Ein Abend wie ein schwarzes Loch, das Gebärden und Worte zu schlucken schien.

Er sah noch, wie Jeannot, Fred und Lulu die Paellareste hinunterschlangen, als ob das ihre letzte Mahlzeit wäre. Rico erinnerte sich daran. Und wie Dede ihm dann die Bierflasche gereicht und ihn erneut gefragt hatte: »Wo zum Teufel bist du gewesen?«

Rico hatte einen großen Schluck genommen und sich eine Kippe angesteckt. Er hatte sich noch nicht wieder von seinem Ausflug nach Rennes erholt. Juliens Gleichgültigkeit. Die Verachtung von Sophie. Ein Schraubstock quetschte sein Herz. Sich wieder mitten auf der Straße stehen zu sehen, mit diesem blöden Zehn-Francs-Stück in der Hand, das drehte ihm den Magen um und verursachte ein Kotzgefühl.

»Ich bin einfach so rumgelaufen ... Der Tod von Titi«, hatte er geantwortet, widerwillig, um sich zu rechtfertigen.

»Diese Arschlöcher! Ich hab es ihnen gesagt, im Fernsehen, dass der Typ von der Bahn Titi krepieren ließ.«

»Ich weiß. Ich hab dich in den Nachrichten gesehen.«

»Und weißt du was? Sie haben ihn abgelöst.«

»Wen?«

»Dieses Arschloch, das in jener Nacht Dienst hatte!«

Rico bedauerte es, über den Tod seines Freundes gesprochen zu haben. Er war nicht gekommen, um über Titi zu reden, sondern wollte nur Bescheid sagen, dass er fortging. Aber in seinem Kopf war eine zu große Kakofonie aus Schmerzen und Tränen. Er hatte sich das Bier geschnappt und noch einen großen Schluck reingezogen.

Jeannot hatte als Erster gerülpst.

»Inschallah!«

Fred und Lulu eilten, es ihm gleichzutun. Ein Spiel unter ihnen. Wie furzen.

»Komm mit!«, hatte Dede vorgeschlagen. »Wir trinken einen Kaffee im *Tonneliers*. Ich lad dich ein.«

»Wo wollt ihr hin?«, fragte Fred.

»Ein bisschen Luft schnappen. Wir kommen bald wieder.«

Es war schön im *Tonneliers*. Eine wohlige Wärme, leicht verraucht, wie in allen Bistros in diesem Viertel, das zu einer anderen Epoche, zu einem anderen Paris zu gehören schien.

»Wenn man denkt, dass Titi noch hier sein könnte ...«

»Ich glaub nicht«, hatte Rico eher für sich, als um Dede zu antworten, gemurmelt.

»Was glaubst du nicht, was hast du gesagt?«

»Titi wollte nämlich nicht mehr. In seinem Kopf. Verstehst du? In seinem Kopf hatte er beschlossen, dass Schluss ist.«

»Vielleicht ... Aber verdammt, er hätte trotzdem in einem Bett im Krankenhaus krepieren können. Ein sauberer Abgang ... Und nicht wie ein räudiger Hund ...«

»Titi«, fuhr Rico fort, »ist in die Metrostation zurückgekommen, um zu sterben. Das war sein letztes Zuhause. Der Treffpunkt seiner Kumpel ... Ich hau aus Paris ab, Dede.«

»Scheiße, und wo willst du hin?«

»In den Süden. Nach Marseille.«

Rico sah, wie sich Erstaunen auf Dedes Gesicht breit machte. »Hast du da was Bestimmtes vor?«

»Nein ... Nur ein paar schöne Erinnerungen ... Jedenfalls kann ich nicht mehr hierher kommen, ich halt das nicht mehr aus.«

Dede schüttelte den Kopf. »Willst du eine von meinen Kippen?«

Eine Schachtel Camel.

»Donnerwetter, du bist ja ein Luxusraucher!«

»Genau. Man gönnt sich ja sonst nichts!«

Sie mussten grinsen.

Rico wusste nicht, wie Dede sich auf der Straße durchschlug. Ob er bettelte oder ob er einen kleinen Schwarzarbeiterjob hatte. Sicher war nur, dass er von der ganzen Bande am wenigsten wie ein Penner aussah. Er trug einen schwarzen Mantel, der fast neu aussah, und darunter eine schwarze Lederjacke und eine Kordsamthose. Er sah fast elegant aus.

Rico wusste von Dede nur, dass er fünf Jahre in der Fremdenlegion gewesen war, dann als leitender Angestellter in einer Druckerei gearbeitet hatte, deren Hauptauftraggeber die Bank Crédit Lyonnais war. Als die Bank in Probleme geriet, reduzierte die Druckerei ihr Personal, und er war einer der Ersten, die entlassen wurden. Dede war als Einziger nicht in der Gewerkschaft gewesen.

»Wie kommst du runter?«

»Mit dem Zug. Nachts.«

Mit dem TGV war das nicht zu schaffen, das ging nur auf kurzen Entfernungen wie Paris–Rennes. Aber auf den Langstrecken wurde es oft ernst. Wenn man vom Kontrolleur geschnappt wurde, musste man beim nächsten Halt aussteigen und wurde im Allgemeinen von den Bullen empfangen. Oft wurde man sogar von den Mitreisenden denunziert, bevor der Kontrolleur die Fahrscheine überprüfte.

»Ich begleite dich ein Stück, wenn du willst. Ich hab einen alten Kumpel in Chalon. Wir können bei ihm essen und schlafen. Ich hab auch das Bedürfnis nach Luftveränderung.«

Diese Idee hatte Rico gefallen. Es war immer besser, nicht allein zu reisen. »Heute Abend? Passt das bei dir? Wir treffen uns im Gare de Lyon. In der Bar, gegenüber von der Ankunftshalle. Dann suchen wir uns einen Zug aus.«

Ricos Tasche war gepackt. Sie lag unter der Folie in seinem Unterschlupf in der Rue de la Roquette. Am Morgen hatte er sich bereits von Hyacinthe verabschiedet und diesmal darauf bestanden, den Kaffee und die Croissants zu bezahlen. Um sich bei ihm zu bedanken. Bébert, dem niemals etwas von den Gesprächen entging, hatte ihnen sogar noch einen Calva ausgegeben.

»Super!«, antwortete Dede. »Trinken wir noch ein Bier, um das zu feiern! Ferien! Das ist, als ob wir in die Ferien fahren würden, nicht wahr?«

Sie waren vom Kaffee zum Bier übergegangen, und dann vom Bier zum Schnaps. Die Runden gingen auf Dede. Die Wärme und der Alkohol waren Rico leicht in den Kopf gestiegen. Das beruhigte seinen Hunger, und seine Qualen. Die Worte gingen ihm leichter von der Zunge, es war, als ob er sich mit Titi unterhalten würde. Rico wusste nicht mehr, worüber sie gesprochen hatten und was er Dede erzählt haben mochte. Er erinnerte sich nur an den Moment, als Dede gesagt hatte: »Gut, wollen wir jetzt los?«

»Okay«, hatte Rico geantwortet. »Ich folge dir.«

Draußen war es bereits dunkel.

Und jetzt standen sie unter diesem verdammten Vorbau eines Wohnhauses an der Ecke der Seitenallee der Avenue de Neuilly und der Rue Poincaré, zwei Schritte von der Metrostation Les Sablons. Der immer dichter fallende Schnee begann auf der Erde liegen zu bleiben. Rico spürte, wie die Kälte in ihn eindrang, obwohl, abgesehen von den Augen, kein Stück seiner Haut direkt der Luft ausgesetzt war.

Dede zog eine halbe Flasche Rum aus der Tasche, die er gekauft hatte, als sie *Les Tonneliers* verließen. Er gönnte sich einen kräftigen Schluck.

»Was machen wir hier eigentlich, Dede? Kannst du mir das sagen?«

»Wir warten, verdammt! Ich hab es dir doch erklärt. Hier, nimm!«, sagte er und reichte ihm die Flasche.

Rico nahm einen Schluck, dann zwei, dann drei. Die Temperatur in seinem Körper stieg um mehrere Grad.

»Aber Scheiße, auf was warten wir denn?«

Ein roter Clio fuhr langsam an ihnen vorbei und hielt ein Stück weiter an. Ein junger Mann in einer schwarzen Skijacke stieg aus und lief zum Geldautomaten an der Straßenecke.

»Na bitte, genau darauf haben wir gewartet«, sagte Dede. »Unser Opfer! Komm!«

Mit drei Schritten standen sie neben dem jungen Mann. Rico hörte, wie ein Klappmesser aufsprang. Dede setzte dem jungen Mann die Klinge an den Hals.

»Pass auf die Karre und die Straße auf!«, befahl er Rico.

Der junge Mann rührte sich nicht.

»Wie viel kannst du ziehen? Dreitausend?«

Er schüttelte mit dem Kopf.

»Tausendfünfhundert«, stammelte er.

»Tausendfünfhundert! Das ist ja gar nichts!«

»Ich habe wirklich nicht mehr. Ich bin Student und …«

»Los, steck deine Karte rein und gib zweitausend ein.«

»Das wird nicht gehen.« Seine Stimme zitterte.

»Verdammt noch mal, mach, was ich dir sage!«

Der Automat gab eine Botschaft aus, und Dede zischte: »Was, tausendzweihundert! Mehr kannst du nicht ziehen?«

»Ich hab schon zweihundert und vierhundert gezogen. Ich darf nicht mehr als tausendachthundert pro Woche ziehen.«

»Scheiße!«, stöhnte Dede. »Hast du das gehört? Er darf nur tausendachthundert Eier pro Woche ziehen! Und so was wohnt bei den Reichen in Neuilly, verdammt!«

Der Automat spuckte die Scheine aus, die Dede schleunigst einsteckte. »Gut. Hat die Tussi, die bei dir ist, auch eine Karte?«

»Lasst sie in Ruhe«, wagte der junge Mann aufzubegehren.

»Du hast mich nicht richtig verstanden. Mein Kumpel da, der spricht nicht viel, der gehört eher zu denen, die draufhauen. Also, er wird jetzt deine kleine Mieze holen, und wenn keiner Geschichten macht, wird alles gut gehen. Bring sie her!«, rief er Rico zu.

Rico gehorchte ganz mechanisch. Er war völlig ausgeklinkt und blickte nicht mehr durch. Am liebsten hätte er einen Schluck Rum genommen, aber Dede hatte die Flasche wieder eingesteckt.

Er öffnete die Wagentür. Die Musik schlug ihm ins Gesicht. Rock 'n' Roll. Der Typ sang:

*Tchao les gars à quand l'enfer*
*Plus qu'à j'ter les dés en l'air ...*

Rico forderte die junge Frau auf: »Folgen Sie mir.« So, wie er das sagte, klang es weniger wie ein Befehl, sondern wie eine Einladung.

»Was?«

Rico packte sie am Handgelenk. Es war warm und weich. Und sehr fein. Seine Finger konnten es umspannen. Ihn schauderte. Die Haut einer Frau. Bilder schossen durch seinen Kopf. Sophie. Ihr weißer Körper. Er drückte etwas fester zu, nur damit seine Finger besseren Kontakt mit der Haut bekamen.

*Toutes les nuits j'compte les jours*
*Toutes les nuits j'compte les jours*

»Was?«, wiederholte die Frau jetzt erschreckt.

»Kommen Sie mit. Und bloß kein Geschrei!« Jetzt hatte er fast den richtigen Ton getroffen. »Und nehmen Sie Ihre Tasche mit.« Er zog sie bis zum Automaten.

»Jacques«, schluchzte sie auf, als sie die Klinge von Dedes Messer am Hals ihres Freundes sah.

»Schon gut, Camille. Hol deine Kreditkarte raus.«

»Du ziehst den Höchstbetrag!«, befahl Dede.

»Neunhundert«, antwortete Camille leise.

»Verdammt, man könnte glauben, dass wir bei den armen Schluckern in La Courneuve sind!«

Der Automat weigerte sich, neunhundert Francs auszuspucken. Er hatte keine Hundert-Francs-Scheine mehr und konnte nur noch Summen herausgeben, die ein Vielfaches von zweihundert Francs waren.

»Bring sie zurück«, befahl Dede, nachdem er die vier Scheine einkassiert hatte.

Rico führte Camille zum Wagen zurück, aber dieses Mal wagte er nicht, sie beim Handgelenk zu packen. Er griff nach ihrem Arm und öffnete die Tür.

»Einen schönen Abend noch«, sagte er. Das war durchaus ehrlich gemeint. Er sah sie ein letztes Mal an und schlug die Tür zu. Als er sich umdrehte, merkte er, dass er keuchte.

Dede kam heran und stieß Jacques vor sich her. Dessen schwarze Skijacke war jetzt unter Dedes Arm geklemmt. »Jetzt kannst du weiterfahren. Und mach keinen Unsinn, wie etwa die Polizei mit deinem verdammten Handy anrufen. Ich hab mir deinen Namen und deine Adresse gemerkt. Und ich weiß, wie ich dich wieder finde, das kannst du mir glauben.«

Jacques legte den ersten Gang ein, würgte den Motor ab und startete noch mal. Schließlich gelang es ihm loszufahren.

»Hier nimm, ein Geschenk«, sagte Dede und gab Rico die Skijacke. »Ich hab gleich gesehen, dass die dir gut passen müsste.«

»Du bist völlig verrückt.«

»Fang nicht an zu heulen, Rico. Los, wir müssen verschwinden.«

»Ich muss ein paar Schritte gehen. Ich muss laufen, Dede.« Sein pfeifender Atem war abgehackt und schnell, als ob er gerade den Himalaya erstiegen hätte.

»Oh. Wirds denn gehen?«

»Keine Sorge. Zehn Uhr am Gare de Lyon.«

»Ich werde da sein. Dann können wir teilen.« Und Dede verschwand im Schlund der Metro.

Rico ging langsam die vor ihm liegende Straße hinunter. Ein heftiger Schmerz quälte ihn am unteren Ende des Rückens auf der rechten Seite. Rippenfellentzündung hatte man vor einem Monat bei *»Ärzte für die Welt«* festgestellt. Aber Rico war nicht wieder hingegangen, um sich behandeln zu lassen.

Er hustete. Er blieb unter einem Vordach stehen und wartete ab, was geschehen würde. So etwas hatte er in seinem ganzen Leben noch nicht gemacht. Selbst in den schlimmsten Zeiten auf der Straße war es ihm nie in den Kopf gekommen, Leute zu überfallen. Was ihn überraschte, war, dass er keinerlei Gewissensbisse verspürte, keinerlei Scham, die beiden jungen Leute ausgeplündert zu haben. Im Moment schien alles egal zu sein.

Er fragte sich, was Titi davon gehalten hätte. Wäre er Dede gefolgt, wenn er noch am Leben wäre? Nein, bestimmt nicht. Nein ... Wenngleich, vielleicht doch ... Wie immer überschlugen sich die Gedanken in seinem Kopf.

Er musste an die junge Frau denken. Camille. An die Berührung ihrer Haut. Das hatte ihn wirklich erschüttert. Die letzte Frau, die er liebkost hatte, war Malika. Vor drei Jahren. Seitdem ... Seitdem tauchten die Frauen immer wieder in ihm auf. Die lebhafte Erinnerung an Lea. Die immer noch starke Begierde nach Sophie ... Die Phantome seiner Liebesgeschichten.

Nach und nach wurde seine Atmung wieder normal. Und die Rückenschmerzen ließen nach. Dabei fielen ihm

Dedes Worte wieder ein: »Ein bisschen Knete für die Reise ist doch nicht schlecht, oder?«

Klar, hatte Rico gedacht. Vor allem, da er nur noch fünfzig Kröten in der Tasche hatte.

»Aber deine Geschichte gefällt mir nicht.«

»Verdammt, Rico, du begleitest mich, du wartest auf mich im Hintergrund, und das ist alles. Okay? Und dann hauen wir ab.«

»Okay«, hatte er schließlich gesagt. »Ich begleite dich.«

Die Sanftheit von Camilles Haut. Dieses Glücksgefühl war unvergleichlich, es war gut, dass er mit Dede mitgegangen war.

Plötzlich spürte er die Wärme der Jacke, die er gegen den Bauch gepresst hielt. Sie war fast neu, und im Kragen war eine Kapuze eingerollt. Er streifte seinen Soldatenmantel ab und zog sie an. Dann machte er sie bis oben hin zu und zog sich die Kapuze über den Kopf, ohne seine Kappe abzunehmen. Nach wenigen Augenblicken spürte er in seinem Körper eine wohlige Wärme. »Genial!« Wenn Dede ihm die Hälfte der Knete abgeben würde, wie er es versprochen hatte, würde das die schönste Nacht sein seit seiner ersten auf der Straße.

## 6

# Eine Nacht, in der sich keiner um den anderen kümmert

Während der Reise hatte Rico einen Albtraum. Er erwürgte Sophie. Am Abend zuvor hatte sie ihm ihre Entscheidung mitgeteilt, ihn zu verlassen. »Eine reiflich durchdachte Entscheidung.«

Ricos Albtraum begann folgendermaßen. Es war ganz früh am Morgen. Auf der Türschwelle. Er konnte sich nicht entscheiden, einfach so ohne ein Wort zu gehen. Als ob bereits alles ein für alle Mal gesagt worden wäre. Nach kurzem Zögern ging er in das Zimmer. Er wollte mit Sophie noch einmal von der Liebe reden, die er für sie empfand. Und sie auch bitten, während dieser Woche noch einmal nachzudenken. Nichts zu übereilen. Sich Zeit zu nehmen. Es war unwichtig, was zwischen ihr und Alain geschehen war. Wichtig waren sie. Sophie, Julien und er. Die Familie, die sie bildeten. Ja, all diese Worte lagen Rico auf der Zunge, als er die Zimmertür öffnete.

Sophie schlief friedlich mit einem Lächeln auf den Lippen. Sie schien weit entfernt von dem Drama zu schlummern, das sich in ihm abspielte. Diese Ankündigung ihrer Trennung. Das Ende ihres gemeinsamen Lebens, das er gewollt hatte und für das er alles gegeben hatte.

Auf dem Bettrand sitzend, rauchte er eine Zigarette und sah zu, wie sie schlief. Er betrachtete sie so gern im Schlaf.

Das tat er öfter, wenn die Sorgen ihn aufschreckten. Ihn überkam dann ein Gefühl wie in den ersten Tagen. Dieselbe Zärtlichkeit. Die Jahre ihrer Ehe hatten nichts daran geändert. Aber sie an diesem Morgen so friedlich und lächelnd schlafen zu sehen, brachte ihn aus der Fassung. Woher kam dieses Lächeln? Aus welchen Träumen?

Also drückte er seine Zigarette aus und begann, Sophie wütend zu schütteln. Die Erniedrigung, sich betrogen und gehörnt zu wissen, verwandelte sich in Zorn. Er spuckte seine Wut geradezu heraus.

»Du träumst wohl von ihm, du Schlampe!«

Das Erste, was er in ihren Augen sah, war Furcht. Und der Drang zu schreien. Aber schreien konnte sie nicht. Ricos Finger schnürten ihre Kehle zu.

»Lass los«, flehte sie ihn an, als sie etwas zu Atem kam.

Er saß inzwischen rittlings auf ihr. Drückte mit der ganzen Last seiner Hüften. Sie wehrte sich, stieß das Laken zurück, um ihn besser zurückdrängen zu können. Er würgte sie, mit Hass und Lust. In Sophies Blick stand Entsetzen. Ihre schweren, wunderschön weißen Brüste hüpften unter der Pyjamajacke hin und her. Er hatte Lust, sie herunterzureißen. Und auch das Laken wegzureißen. Mit Gewalt ihren nackten Körper zu genießen. Sie zu Tode zu ficken.

Rico würgte immer noch. Bis der Atem ausging. Sein Atem. Er selbst war es, den er würgte. Je mehr er Sophies Hals umklammerte, umso mehr erstickte er selbst. Dann sah Rico sich wie in einem Spiegel. Mit verdrehten Augen und heraushängender Zunge. Tot oder fast tot. In einer Ecke des Spiegels sah er Julien, der weinte und sein Frühstück haben wollte. Aber er drückte immer noch. Mit aller Kraft. Bis zum Ersticken.

Sein Mund öffnete sich ganz weit, schrie nach Sauerstoff.

»He, Rico! Hör auf!« Dede schüttelte ihn.

Er erwachte keuchend aus seinem Albtraum. Rico wusste nicht, warum, aber er mochte den Blick nicht, mit dem Dede ihn in diesem Moment ansah. Was er in seinen Augen sah. Ein Albtraum seiner selbst.

»Hier, trink einen Schluck.« Dede machte ein Bier auf. Bevor sie in den Zug stiegen, hatten sie im Bahnhof ein Zwölferpack gekauft.

»Wo sind wir?«, fragte Rico und stürzte das Bier hinunter.

»Keine Ahnung! Er kommt nicht voran, dieser Bummelzug.«

Rico stecke sich eine Kippe an.

»Schlecht geträumt, was!«, meinte Dede.

Rico nickte. Er hatte keine Lust zu sprechen. Wollte die schmutzigen Bilder aus seinem Kopf vertreiben.

»Wir sind voll von schlechten Träumen«, fuhr Dede fort. »Das ist nun mal das Leben.«

Ob uns die schlechten Träume, die tief in unserem Kopf oder in unseren Herzen versteckt sind, eines Tages einholen? Das fragte sich Rico jedesmal, wenn er diesen Albtraum hatte – was glücklicherweise nur selten vorkam, da das Würgen immer schlimmer wurde und niemand da war, um ihn aufzuwecken, wie Dede eben im Zug oder ich später in Marseille. Dennoch, und Rico bestand entschieden darauf, trotz allem, was Sophie ihm angetan hatte, war er nie darauf aus gewesen, sie umzubringen. Weder an jenem Abend noch später. Es geschah alles ganz anders als in seinem Albtraum.

Sophie war seit Monaten auf Distanz zu ihm gegangen. Ihre Beziehung war flügellahm geworden, Rico spürte es. Beide hatten sich in ein familiäres Schweigen gehüllt, bei dem das kleinste Alltagsproblem sogleich zu Streit führte. Meistens ordnete sich Rico Sophies Meinung unter, und sie versöhnten sich wieder. Sehr oft im Bett. Auch nach all den Jahren begehrte Rico sie immer mehr. Er liebte ihren Körper. Ein freigebiger Körper, der im Laufe der Zeit aufgeblüht war und den sie durch lange Jogging-Touren am Strand trainierte. Bei der Liebe war Sophie das völlige Gegenteil der gesitteten, bürgerlichen Frau und keineswegs die steife Person, als die sie sich gern in Gesellschaft gab. Eine wunderbare Liebhaberin, die so begierig nach Lust war, dass Rico immer wieder überrascht war.

»Glaub mir, diese Marienkinder sind im Bett etwas ganz Besonderes!«, meinte Titi. Sie saßen reichlich angetrunken auf ihrer Bank am Square des Batignolles. »Je mehr sie zur Kirche gehen, umso mehr lieben sie es, Unzucht zu treiben. Das Theresen-Syndrom nenne ich das. Teresa von Avila, weißt du, wer das ist? Diese verfickte Heilige, die besessen von der Ekstase war.«

Rico bekam einen irrsinnigen Lachanfall.

»Du lachst, du lachst ... Aber es ist so, seit dem kleinen Jesus reicht denen das normale Vögeln nicht! ... Wie die Amerikanerinnen, du weißt schon, durch und durch puritanisch ... Aber wenn du denen einmal den Slip runtergezogen hast, hast du einen Blick auf das andere Amerika. Mit denen kannst du es zwei, drei Mal pro Nacht treiben ... Und die machen unglaubliche Dinge mit dir!«

»Hör auf!«

»Hör auf!«, hatte Sophie geschrien.

Ein neuer Streit war ausgebrochen. Weil er darauf beharrte, keine Zugehfrau zu engagieren.

»Du hast doch nichts anderes zu tun.«

Sie hatte ihn verächtlich angesehen. »Ja, so kenne ich dich.«

»Was soll das heißen?«

»Das soll heißen, dass ich es schon immer gewusst habe. Für dich sind Frauen nur gut für die Küche, den Haushalt ... und fürs Bett.«

Sophies Böswilligkeit war offensichtlich. Dieser Streit war wie alle anderen nur ein Vorwand, um sich ihm zu entziehen und den Gedanken aufzubringen, dass alles vorbei war. Vielleicht – aber Rico weigerte sich immer, das zu glauben – empfand sie in jener Phase Lust dabei, grausam mit ihm umzugehen. Zumindest bis zu ihrem Verhältnis mit Alain. »Diese andere Liebe, die«, wie sie ihm eines Tages schrieb, »mich entspannt hat.«

»Blödsinn!«, hatte er geantwortet und war etwas lauter geworden. »Du willst alles, Sophie, alles! Aber ich kann das nicht bezahlen. Nicht jetzt. Scheiße! Weißt du, wie hoch unsere Schulden sind?«

Sie hatte gelächelt. Ihr erstaunliches Lächeln, bei dem sie ihre Lippen hochzog, wie manchmal bei der Liebe während der stärksten Lust. Ein Fleisch fressendes Lächeln. »Ich dachte, du hast einen neuen Vertrag an Land gezogen.«

Rico war Vertreter mehrerer Firmen für Konfektionskleidung. Ein Beruf, den er sich nicht wirklich ausgesucht hatte und der ihn nicht begeisterte, den er aber beharrlich ausübte. »Das ist noch nicht ganz ausgemacht. Aber sogar, wenn das klappt, weiß ich immer noch nicht, wie ich all das schaffen soll ...«

»Wobei auch noch zu berücksichtigen ist, dass du deine Hemden bügeln musst. Denn für mich ist Schluss damit!«

Damit hatte sie das Wohnzimmer verlassen und die Tür zugeknallt. Als er sich schlafen legte, nachdem er sich etwas beruhigt hatte, hatte Rico keinerlei Annäherungsversuche gemacht. Er konnte einfach nicht mehr nachgeben.

»Sophie«, hatte er geflüstert.

Sie hatten seit fast einem Monat nicht mehr miteinander geschlafen. Seit diesem Streit. Er hatte den neuen Vertrag in der Tasche, und infolgedessen musste er jede Woche auf Tour gehen. Nantes, Brest, Caen. Eine unveränderliche Rundreise. Sein Bermudadreieck.

Sophies Körper hatte sich bei seiner Berührung versteift. »Lass mich zufrieden.«

»Was ist los?«

Sie hatte die Nachttischlampe angemacht und sich im Bett aufgesetzt. »Ich liebe einen anderen Mann.«

Sie hatte ihre Knie unters Kinn gezogen und ihm ihr Gesicht zugewandt. Ihr Engelsgesicht, sanft und leuchtend. Rico wusste damals nicht, ob ihre Augen Mitleid oder Traurigkeit ausdrückten.

»Ich liebe einen anderen Mann«, hatte sie leise wiederholt. »Ich wusste nicht, wie ich es dir sagen sollte. Ich wusste nicht einmal, wie ich es mir sagen sollte. Alles ist so schnell gegangen ... Aber ... Wir ... Mit uns ist es vorbei, verstehst du? Ich liebe einen anderen.«

»Du liebst mich nicht mehr.«

Das war keine Frage, sondern nur die verzweifelte Formulierung einer Tatsache.

Rico war aufgestanden und hatte ohne ein weiteres Wort

und ohne sie anzusehen das Zimmer verlassen. Im Wohnzimmer hatte er sich einen Whisky eingeschenkt. Um nachzudenken. Bilder und Worte waren in seinem Kopf vorbeigezogen. In Zeitlupe. Die Bewegungen, die sie gemacht hatte. Die Worte, die sie ausgesprochen hatte. Auch ihr Zögern. Ihr Schweigen. Und manchmal ihre tränenumflorten Augen.

Whisky für Whisky hatte er sich davon zu überzeugen versucht, dass nichts verloren war, dass noch alles möglich war. Und sie, *seine* Sophie, sie liebte ihn auch, was immer sie sagte. Er hatte das an der Art und Weise gemerkt, wie sie ihm die Dinge erklärte, wie sie ihre Hand auf seine legte. »Du bist so lieb zu mir, ich weiß ...«

Er war auf dem Wohnzimmersofa eingeschlafen, die leere Whiskyflasche zu seinen Füßen. Gegen neun Uhr morgens war er hochgeschreckt. Die Denkmaschine lief immer noch weiter. »Ich liebe einen anderen Mann.« Alain. Sie hatte seinen Namen nicht genannt, aber er wusste, dass er es war. Der einzige Junggeselle in ihrer Gruppe. »Du liebst mich nicht mehr.« Sie hatte mit Schweigen geantwortet. Das Gesicht unter der Masse ihrer blonden Haare verborgen. Erschöpft und mit trockenem Mund hatte er sich den Tatsachen gebeugt. Er hatte Sophie verloren, für immer. Er hatte sich angezogen und war losgegangen. Bis Nantes war er wie ein Irrer gefahren.

Das also war wirklich in jener Nacht geschehen. In der ersten geöffneten Bar, die er fand, begann Rico den Tag mit einem Cognac. Beim dritten wusste er, dass sein Leben aus der Bahn geraten war.

Rico schwieg. In kleinen Schlucken trank er sein Bier. Dede saß ihm gegenüber. Ab und zu sahen sie sich wortlos an, dann verloren sich ihre Blicke im Fenster des Abteils, in der Schwärze einer Nacht, in der keiner sich um den anderen kümmerte.

Wie verabredet, hatten sie sich im Gare de Lyon getroffen. In der Brasserie unter dem Restaurant *Le Train bleu*. Dede hockte mit abgespannter Miene hinter einem doppelten Espresso. Als Rico sich ihm gegenüber hinsetzte, hatte er das Bündel Geldscheine, die ihm zustand, über den Tisch geschoben. »Dein Anteil«, hatte er gesagt.

Und Rico hatte das Vergnügen, dieses Geld in seiner Hand zu spüren. Fast zwei Wochen brauchte er nicht mehr betteln, hatte er sich gesagt.

Sein Anteil.

Sie sprachen nicht über das, was einige Stunden zuvor geschehen war. Rico wollte nicht daran denken. In seinem tiefsten Inneren war das gegen seine Prinzipien gewesen. Man klaute nicht. Selbst in den schlimmsten Zeiten auf der Straße hatte er niemals an so was gedacht. Aber Dede würde ihm eines Tages bestimmt vorschlagen, es noch einmal zu machen, und er war sich sicher, dass er nicht Nein sagen würde. Er war jetzt ein anderer. Mit Titis Tod, so erkannte er, war er »umgekippt«.

In der Bahnhofshalle hatte Rico überrascht viele Typen gesehen, die wie er allein oder in Gruppen herumlungerten. An den üblichen Stellen. Tabakläden, Zeitungsstände, Geldautomaten ... Rico fühlte sich fern von ihnen. Anders. In seiner schicken Jacke ähnelte er den anderen Leuten, jenen Reisenden, die auf den Bahnsteigen auf und ab gingen.

Das ist ja verrückt, sagte er sich, wie leicht es ist, Illusionen zu erzeugen. Eine neue Jacke, und man kann in der Menge untertauchen. So gekleidet, zog man nicht mehr den

Blick der anderen auf sich. Natürlich nur, solange man nicht auf seine Füße sah. Die Schuhe zeigen, was einer ist. Als er beim Postamt bettelte, konnte er Arbeitslose von denen unterscheiden, die Arbeit hatten. Durch einen einzigen Blick auf ihre Füße.

»Als ich zum Studieren nach Paris kam«, hatte Titi ihm erzählt, »habe ich mehr als einen Monat fast ohne einen Sou gelebt. Ich hatte ein Dienstmädchenzimmer in der Rue de Luynes, an der Ecke vom Boulevard Raspail. Morgens band ich mir den Schlips um, zog meinen einzigen Anzug an und ging Brot kaufen. Die Bäckerin überschüttete mich mit ebenso vielen freundlichen Banalitäten wie ihre anderen Kunden. Weil ich entsprechend aussah. Sie konnte sich nicht vorstellen, dass ich zu Hause mein Baguette ohne alles runterwürgen würde.«

Kleider machen Leute, was immer man auch sagt. Wenn er sich jetzt vor dem Elektronikladen auf den Boden setzen würde, hatte Rico gedacht, würde man ihn sofort als das erkennen, was er war: ein Hungerleider. So war es einfach. Und er würde dieselben Blicke auf sich ziehen: Mitleid, Verachtung, Herablassung, Ekel, Angst ... Vor allem Angst. Das Elend macht Angst. Die Arbeitslosen, die ins Postamt kamen, sahen ihn niemals an, sagten ihm weder Guten Tag noch Auf Wiedersehen. Die meisten von ihnen wussten, dass es von der Arbeitslosigkeit bis zum Leben auf der Straße nur ein kleiner Schritt war. Ein Jahr, sechs Monate, eine Woche ...

Er hatte die Halle mit der Sicherheit desjenigen durchquert, der einen Zug nehmen musste. Und der ein Ziel hatte. Dies war der Höhepunkt seiner Irrfahrt. Er hatte keinen Ort, zu dem er zurückkehren konnte. Nichts mehr, das ihn zurückhalten konnte. Nicht einmal mehr den Blick von Julien. Als der Zug losfuhr, pulsierten seine Gedanken bis in die Tiefen seiner Seele.

Trotz der Daunenjacke war ihm plötzlich kalt. Eine Kälte, die von innen kam. Wie es in den letzten Wochen so oft bei Titi vorgekommen war. Selbst mitten in der Sonne auf ihrer Bank am Square des Batignolles.

Der Zug fuhr langsamer.

»Ich glaub, wir sind gleich da«, sagte Rico gähnend.

Es war fünf Minuten vor zwei Uhr nachts. Sie waren die beiden einzigen Reisenden, die am Bahnhof von Chalon-sur-Saône ausstiegen.

»Scheißkaff!«, schimpfte Dede vor sich hin, als er feststellte, dass der Bahnhof und die umliegenden Bistros geschlossen waren.

Draußen hatte es reichlich geschneit, und der erste Wetterbericht informierte die Einwohner, dass das Thermometer in dieser Nacht auf –12 Grad gefallen war.

## 7

## Was an einem Tag wahr ist, kann an einem anderen Tag nicht mehr wahr sein

»Scheißkaff«, fluchte Dede unaufhörlich vor sich hin. Dabei sprach er das Wort in einem schleppenden Tonfall aus, den er sich bei der Fremdenlegion angewöhnt hatte und der besagen sollte, dass dieser Ort es wirklich verdiente, auf der Landkarte ausradiert zu werden. Chalon-sur-Saône verdiente an diesem Morgen nichts Besseres. Aber Dede hätte dasselbe bestimmt von jeder französischen Stadt gesagt, die mit Schnee bedeckt war und unter einem eisigen grauen Himmel lag.

Das *Terminus,* die erste Bar, die aufmachte, war auch nicht viel gastfreundlicher. Der Wirt hinter der Theke starrte sie an wie räudige Hunde. Kein Guten Tag, kein Lächeln.

»Ja?«, fragte er lakonisch, fast ohne die Lippen zu bewegen.

»Einen doppelten Espresso mit Calva«, antwortete Rico.

»Dasselbe«, sagte Dede. »Und eine Tartine.«

»Ja, für mich auch eine Tartine«, fügte Rico hinzu.

Der Blick des Wirts wanderte von Rico zu Dede. Ohne ihn anzusehen, legte Rico fünfzig Francs auf die Theke, und der Typ fand wie ein Automat wieder zu den üblichen Handgriffen eines Barmannes.

Gewiss, sie sahen ziemlich übel aus. Als sie aus dem Zug ausgestiegen waren, waren sie auf dem Bahnsteig geblieben, auf einer Bank, die durch ein Dach geschützt war. Rico hatte vergeblich nach Pappkartons gesucht, um sich gegen die eisige Kälte zu schützen. Mit dem Rücken gegen ihre Taschen gelehnt, hatten sie schlaftrunken eine Kippe nach der anderen geraucht und darauf gewartet, dass eine Bar aufmachte.

Vorsichtig bewegten sie sich auf dem glatten Boden der Avenue du 8 Mai 1945. Das von der Kälte erstarrte Chalon erwachte nur langsam. Aber der Schnee auf den Gehwegen war bereits von Fußstapfen gekennzeichnet.

Jo, der Kumpel von Dede, wohnte im Thalia-Viertel, hinter dem Gewerbegebiet, am Nordende der Stadt. Äußerst widerwillig hatte der Wirt vom *Terminus* ihnen erklärt, wie sie dort hinkamen.

»Wir hätten auf ihn hören und mit dem Bus fahren sollen«, nörgelte Rico. Sie marschierten schon eine gute halbe Stunde, und Rico kam außer Atem. Der Schmerz am Ende seines Rückens war stechend wiedergekehrt. Er sollte sich Paracetamol kaufen, sagte er sich.

»Ich hab nicht gedacht, dass es so weit ist«, stieß Dede hervor.

»Drei Kilometer sind eben drei Kilometer.«

»Scheißkaff! Mist!«

So wie sie jetzt Chalon entdeckten, war es weit von der Vorstellung entfernt, die Rico sich davon gemacht hatte. »Eine tolle Stadt, glaube ich«, hatte er im Zug zu Dede gesagt.

Auf einem Seminar über neue Verkaufsstrategien hatte Rico sich mit einem Typ angefreundet, der in dieser Gegend arbeitete. Er hieß Blandin oder Blondin, er wusste es nicht mehr so genau.

»Mein Bereich ist die Weinstraße! Echt Klasse, wie du dir vorstellen kannst. Beaune, Puligny-Montrachet, Mercurey,

Givry, Rully ... Komm doch mal auf ein Wochenende vorbei«, hatte er vorgeschlagen. »Wir machen eine Rundreise. In Chalon gibt es jede Menge Weinhäuser, allein das ist schon einen Ausflug wert. Chalon ist einmalig in Burgund.«

Rico hatte mit Sophie darüber gesprochen. Aber Burgund, das war nicht das Ziel ihrer Träume. Da konnte er sie lange mit Froschschenkelravioli in Morchelsauce oder einem Hechtrücken mit Sauerkirschen locken, die man im *Moulin de Martorey* kosten konnte, das Blandin wärmstens empfahl. Für sie gab es nur das Gebirge im Winter zum Skifahren und das Meer im Sommer – natürlich nicht das Mittelmeer – zum Segeln. Das einfache Land widerte sie an; es war, ganz gleich wo, hinterwäldlerisch. Was den Wein betraf, so genügte es ihr, dass etwas Teures im Glas war. Ganz gleich, woher er kam.

So hatte Rico Chalon-sur-Saône und die Weinstraße aus seiner Erinnerung gestrichen. Wie er im Laufe der Jahre auch manch anderes aus seinen Träumen strich, an dem ihm früher etwas gelegen hatte. Einen Spaniel haben, Saxofon spielen lernen, zu Fuß nach Compostela pilgern, Petra in Jordanien besichtigen ... Er war nur noch auf Sophie eingestellt, auf ihre Wünsche und ihr Glück.

Als sie aus dem Thalia-Viertel herauskamen, verliefen sie sich auf der Höhe der Autobahnausfahrt Chalon-Nord, und sie mussten mehrfach nach dem Weg fragen – was nicht einfach war. Auf dieser Hauptverkehrsstraße waren sie praktisch die einzigen Fußgänger, und die meisten Geschäfte waren noch geschlossen. »Hier muss es sein«, murmelte Dede, als sie in einem Sozialbauviertel ankamen.

In dieser Vorstadt war das Haus von Jo leicht zu finden. Der letzte Wohnblock am Feldrand. Zwar aus Beton, aber wie Rico zu Dede bemerkte, sah es hier doch ganz anders aus als in den Außenbezirken von Paris. Monique öffnete ihnen die Tür. Sie trug ein Baby auf den Armen. Jo war nicht da. Vor vier Monaten hatten ihn die Bullen einkassiert. Wegen Mord.

»Eines Morgens haben sich die Gendarmen auf ihn gestürzt«, erzählte Monique. »Ein ganzer Haufen! Denn Jo war schon vor zwei Monaten zu lebenslänglich verurteilt worden in ... Wie heißt das noch, wenn man nicht da ist, nicht zum Prozess erscheint?«

»In Abwesenheit verurteilt«, antwortete Rico.

»Ja, das ist es. In Abwesenheit. In Abwesenheit lebenslänglich verurteilt, weil er in einem besetzten Haus in Aubervilliers einen Typen ermordet haben soll. Nur dass Jo in seinem ganzen Leben noch nie in Aubervilliers gewesen ist und nicht mal wusste, wo das lag.«

Rico erinnerte sich an diese Affäre. Es war im Fernsehen davon die Rede gewesen, als er eines Abends bei Abdel ein Bier getrunken hatte.

In einem besetzten Haus in Aubervilliers war die Leiche von Jean Marceau, genannt »der Belgier«, gefunden worden. Ein harmloser, etwa sechzigjähriger Clochard. Fünfundzwanzig Rippenbrüche. Zu Tode geprügelt. Schläge, Würgemale und innere Blutungen. Die Polizei hatte ein Paar verhaftet. Rita und Ignacio, zwei Penner, die zehn Liter Wein pro Tag in sich hineinschütteten. »Ja, sie haben gestanden, dass sie an der Schlägerei teilgenommen hatten. Aber Moustache hatte den Belgier getötet. Um ihm seine monatliche Rente zu klauen. Der Belgier hatte sie gerade bekommen, und es war einfach zu viel, wie er vor uns damit angegeben hat.«

So etwas geschah öfter. Rico hatte das wie die meisten anderen schnell begriffen. Auf der Straße hieß es: jeder für sich. Die Schlägerei konnte sich um alles Mögliche gedreht haben: ein Schlafsack, eine Nagelschere, ein Kamm, eine Flasche Wein und sogar eine halb leere Schachtel Zigaretten. Und natürlich um Geld, vor allem an dem Tag, an dem die Stütze ausgezahlt wurde.

Wie oft war Rico verprügelt worden, seitdem er auf der Straße war? Er wusste es nicht mehr. Das letzte Mal in den Buttes-Chaumont, an einem Nachmittag im Frühling. Er schlief auf einer Bank und spürte plötzlich Hände. Zwei Jugendliche durchwühlten seine Taschen und seine Unterhose. Er hatte sich gesträubt, und die Kerle begannen, ihn zu verdreschen. Sie klauten ihm seine ganze Knete. Glücklicherweise hatte er zuvor, erinnerte Rico sich, seine Schulden in den Bistros schon bezahlt. Seitdem mied er, wenn er allein war, bestimmte Orte und Metrostationen wie Châtelet, Château-Rouge und Pigalle, wo man, wie er am eigenen Leibe erlebt hatte, mit Sicherheit gerupft wurde.

»Moustache?«, fragte Dede. »Du meinst Moustache, den Basken?«

»Ja, genau den«, antwortete Monique und verzog das Gesicht. Dede kannte Moustache, den Basken. Als er ihm begegnet war, in Montpellier, zog er schon seit einigen Monaten mit Felix, einem wortkargen jungen Kerl, durch die Gegend, der ständig einen Fußball mit sich rumschleppte. Dede hatte sich einige Wochen im Corbières-Gebiet herumgetrieben, während der Weinernte.

»Ein seltsamer Typ, dieser Moustache. Eigentlich ganz nett, aber nicht ehrlich. Ein noch schlimmeres Großmaul als ich«, fügte Dede lachend hinzu. »Daher passten wir nicht besonders gut zusammen.«

Seit dem Tod des Belgiers, erzählte Monique weiter, war

Moustache unauffindbar. Aber die Bullen hatten etwas in der Hand. Einen ziemlich guten Beweis. Sie hatten eine Sozialversicherungskarte bei Moustaches Sachen in dem besetzten Haus gefunden. Und auf der Karte stand der Name von Jo.

»Als die Gendarmen Jo verhafteten, wollten sie, dass er ein Stück Papier unterschrieb. ›Spiel nicht den Schlaukopf‹, sagten sie zu ihm. ›Erkenne die Tatsachen an. Wir können beweisen, dass du es warst.‹«

»Aber verdammt«, fragte Dede, »wie zum Teufel ist seine Sozi-Karte in Moustaches Tasche gekommen?«

»Vor etwa sechs Monaten«, erklärte Monique, »ist Moustache hier bei uns vorbeigekommen. Mit Felix im Schlepptau. Etwa so wie ihre beide heute Morgen. Sie hatten keine Knete mehr. Wir haben ihnen ein bisschen geliehen und ihnen saubere Klamotten gegeben. Jo arbeitete damals, als Betongießer. Er ging früh weg und kam spät wieder. Felix hat einen kleinen Job bei einem Bauern gefunden, nicht weit von hier, für Kost und Logis. Aber Moustache gammelte den ganzen Tag rum. Jo ging das langsam auf den Wecker. Eines Tages sagte er ihm, er solle sich vom Acker machen. Sie haben sich heftig gestritten.«

Die Fortsetzung war einfach. Moustache schlich sich am frühen Morgen davon – nachdem er Jos Taschen gefilzt hatte.

»Verdammte Scheiße!«, schrie Dede entrüstet. »Kannst du dir so was vorstellen?«, fragte er Rico.

Rico war leicht eingenickt. Es war angenehm warm in der Wohnung. Er hatte das Gefühl, dass die Wärme den Schmerz in seinem Rücken beruhigte. »Wie alt ist er?«, warf er ein und deutete auf das Baby.

»Sechzehn Monate. Sie heißt Maeva und ist ein Mädchen.«

»Darf ich sie mal halten?« Die Worte waren ihm herausgerutscht. Aber die Lust, dieses Kind in die Arme zu nehmen, war ganz plötzlich über ihn gekommen. Ein früheres Leben stieg in ihm auf.

Überrascht lächelte Monique Rico zu. »Klar, wenn du möchtest.«

Rico fand die Handgriffe wieder, die er nach der Geburt von Julien angewandt hatte. Das war wie Schwimmen, man konnte es nicht verlernen, dachte er. Er wiegte Maeva, deren Augen sich schlossen, langsam hin und her. Warum, fragte er sich, warum kann das, was an einem Tag wahr ist, an einem anderen Tag nicht mehr wahr sein?

Als sie in ihr neues Haus in Rothéneuf umgezogen waren, war Julien gerade zwei Jahre alt geworden. Sophie und er waren glücklich wie am ersten Tag ihrer Ehe. Eines Tages, als er nach Lorient aufbrach, um einen neuen Kunden anzuwerben, hatte Rico in seiner Brieftasche eine kleine Notiz von Sophie gefunden. »Ich fühle mich wohl hier. Ich liebe es, dich hier zu spüren, in den Garten zu gehen, das Meer anzusehen und den Wellen zu lauschen. Julien wird hier bestimmt glücklich. Und wir beide auch, mein Liebster. Vielen Dank, dass du mir all das geschenkt hast. Ich habe Glück gehabt. (Aber du auch, nicht wahr?) Ich liebe dich.«

Rico hatte sich nie entschließen können, diesen kleinen Zettel wegzuwerfen. Er hob ihn zusammengefaltet in seinem Personalausweis auf, und obwohl er ihn auswendig konnte, las er ihn ab und zu noch einmal. Nur um sich zu überzeugen, dass es diese Momente jemals gegeben hatte.

»Und hast du Neuigkeiten von Jo?«, fragte Dede, als Monique mit zwei Bieren zurückkam.

»Nun ja, es geht auf und ab. Er ist unschuldig, obwohl die

Aufseher darüber lachen. Im Gefängnis, sagen sie, schwört jeder, dass er unschuldig ist, vor allem die Schuldigen. Und da Jo einige Dummheiten gemacht hat, als er noch jünger war ...«

»Diese Arschlöcher!«

»Habt ihr einen Anwalt?«, erkundigte Rico sich. Maeva war eingeschlafen, aber er wiegte sie weiterhin vorsichtig hin und her, während er sein Bier trank.

»Einen jungen Pflichtanwalt, denn ich kann solche Leute ja nicht von meiner Stütze bezahlen ... Aber er macht einen ganz guten Eindruck. Er sammelt einen Haufen Papier. Gehaltsabrechnungen, Stempelkarten. Sachen, die beweisen sollen, dass du nicht um Mitternacht einen Kerl in Aubervilliers vermöbeln kannst und dann um fünf Uhr morgens in Chalon bei der Arbeit sein ...« Monique ereiferte sich. »So ein Beweis muss doch genügen! Und inzwischen steckt mein Jo schon vier Monate im Loch. Und dieser verdammte Richter hat ihn immer noch nicht verhört. Es hat nicht mal eine Gegenüberstellung mit den beiden anderen gegeben, mit Rita und Ignacio. Obwohl, wie der Anwalt sagt, alles auf ihnen beruht, auf ihrer Aussage.«

Rico bekam einen heftigen Hustenanfall. Maeva wachte auf und begann zu weinen. Wortlos gab er sie an Monique zurück. Er konnte nicht sprechen. Das Bedürfnis zu spucken verstopfte ihm die Kehle.

»Bronchitis«, murmelte er, nachdem er in ein altes Papiertaschentuch gespuckt hatte.

Bronchitis war der Name, den er der Krankheit gegeben hatte, die ihm die Lunge zerfraß.

## 8

# So ist das Leben, die Liebe kommt abhanden

Erschöpft von mehreren Hustenanfällen war Rico auf dem Sofa eingeschlafen. Über die Kloschüssel gebeugt, hatte er mehrere Male gespuckt und dann richtig gekotzt. Dicker, gelblicher Schleim. Blass und keuchend war er ins Wohnzimmer zurückgekehrt, mit vor Schmerz tränenden Augen.

»Gehts wieder?«, fragte Monique besorgt.

»Hast du Paracetamol?«

»Ich hab nur Aspirin.«

Rico verzog das Gesicht. Er wusste nicht warum und worin der Unterschied bestand, aber Aspirin verschaffte ihm keinerlei Erleichterung. Im Krankenhaus hatte man ihm Surbronc gegeben, um seinen Husten zu beruhigen, und dazu Pulmicort mit einem Inhalationsapparat zum besseren Durchatmen. Das hatte etwas gebracht. Aber diese Medikamente bekam man nur auf Rezept. Die Apotheker schickten ihn immer wieder ins Krankenhaus. Und dorthin wollte er nicht mehr. Wenn er nur einen Fuß da reinsetzte, würden ihn die Ärzte bestimmt nicht mehr rauslassen.

»Ist nicht so schlimm«, sagte Rico und ließ sich aufs Sofa fallen. »Ihr braucht euch keine Sorgen zu machen.«

»Und wenn doch?«, antwortete Dede.

»Es ist wirklich alles in Ordnung.«

Er trank sein Bier aus und machte es sich auf dem Sofa so bequem wie möglich. Die Stimmen von Dede und Monique entschwanden immer mehr in die Ferne. Monique hatte ihren Bericht wieder aufgenommen, zweifellos glücklich, dass sie mit jemandem über das Unglück reden konnte, das Jo und ihr zugestoßen war.

»Die Aufseher nennen ihn Lebenslänglicher. Lebenslänglicher, zum Duschen! Lebenslänglicher, zum Spaziergang! Lebenslänglicher, in die Kantine! Alles nur, um ihn auf die Palme zu bringen! Also, Jo hat dem Anwalt die Geschichte mit Moustache erzählt ... Er hat Moustache nicht verpfiffen, verstehst du? Jo ist kein Denunziant, du kennst ihn ja. Aber er hat seine Freiheit verteidigt ... Und dann gibt es ja auch noch uns, und die Kleine. Das ist doch richtig, oder?«

Der Alkoholmangel ließ Rico aufwachen. In der Wohnung war es still. Dede, Monique und Maeva waren nicht mehr da. Rico quälte sich aus dem Sofa und ging in die Küche. Im Kühlschrank war kein Bier mehr. Im Wandschrank auch nicht. Er begann hektisch zu werden. Das war seine alltägliche Angst, nichts mehr zu trinken zu haben, wenn der Mangel spürbar wurde.

Unter der Spüle entdeckte er schließlich eine Flasche Castelvin, die noch zu drei Vierteln voll war. Er öffnete sie und hielt sie unter die Nase. Der Wein roch sauer. Er setzte die Öffnung der Plastikflasche an den Mund und testete, ob das Zeug noch trinkbar war. Es ging. Er nahm einen tiefen Schluck. Die Flüssigkeit rann in ihn hinein wie ein dreckiges Rinnsal in einen Gully. Ekelhaft, aber der Stoff hatte immerhin elf Prozent. Befriedigt gönnte er sich einen zweiten Schluck.

Als Sophie fortgegangen war, hatte er angefangen zu trinken. Um sich zu trösten, und um vor allem zu vergessen. Dann, um sich zu zerstören. Immerhin konnte er das heute so sehen, aber damals hatte er nicht über die Dinge nachgedacht. Trinken war einfach notwendig geworden. Lebenswichtig. Von einem oder zwei Whisky als Aperitif war er zur halben Flasche pro Abend übergegangen. Ein Glas nach dem anderen. Ohne seine Dosis Alkohol konnte er nicht mehr einschlafen. Dann wankte er ins Schlafzimmer, zog sich aus und ließ sich ins Bett fallen. Nachts wachte er oft auf. Gegen drei Uhr morgens. Dann fing er wieder von vorn an, nachdem er ein oder zwei Glas Wasser getrunken hatte.

Wenn er zu Hause allein war, hatte er das Gefühl, der Alkohol helfe ihm, besser nachzudenken und zu verstehen. Aber natürlich gab es nichts zu verstehen. Zwei Wesen, zwischen denen es eines Tages schief geht. Wie ein verpasstes Rendezvous. So ist das Leben, die Liebe kommt abhanden, und das Glück wird zum Drama.

Wie abgesprochen, war Sophie mit ihren Sachen in einer Woche ausgezogen, in der Rico in der Bretagne unterwegs war. Samt den Möbeln, die von ihrer Familie stammten. Das nagelneue Zimmer von Julien. Und allem Krimskrams, an dem sie hing.

Er hatte zu ihr gesagt: »Nimm mit, was du willst, mir liegt nichts daran.« Eines Abends in einem Hotelzimmer hatte er sich vorgestellt, wie Sophie das Gemälde von Mariano Otero von der Wand nahm, einem spanischen Maler, der seit Jahren in Rennes lebte und regelmäßig in einer Galerie in Dinard ausstellte. An einem Sonntag waren sie mal hingegangen.

*Der Kuss* hieß das Bild. Rico gefiel die Sinnlichkeit, die auf dem Bild freigesetzt wurde. Die Zärtlichkeit. Er hatte Sophie dieses Gemälde zu ihrem fünften Hochzeitstag geschenkt. »Ich liebe einfach diesen Augenblick, wie beim ersten Mal, als unsere Lippen sich halb öffneten, ein wenig bebend …« Das hatte er gesagt, nachdem sie es ausgepackt hatte.

»Das hab ich mir schon gedacht! Oh! Ich liebe dich!« Und ihre warmen Lippen hatten sich wieder mit derselben Erregung geöffnet. Er spürte, wie sich ihre feuchte und feste Zunge gegen seine drückte. Ihre schönen, schwellenden weißen Brüste streckten sich seinen Händen entgegen, seinen Liebkosungen. Dann ihr nackter Körper, der sich ihm darbot, direkt auf dem Wohnzimmerboden. Die Liebe, irrsinnig. Aus ein und demselben Hauch. Geboren aus dem Kuss.

»Darf ich es mitnehmen?«, hatte sie fast gleichgültig gefragt.

Er hatte Ja gesagt. Es war ein Geschenk. Er gehörte nicht zu denen, die ihre Geschenke zurücknahmen. Und was lag schon daran? Dieser *Kuss* hatte ohne ihre Küsse keinen Sinn mehr.

»Und das?« Sophie zeigte auf einen alten Sessel, den sie bei einem Trödler erstanden hatten.

Und das? Und das? Er hatte wieder Ja gesagt, immer wieder Ja. All das interessierte ihn nicht mehr.

Als er von seiner Vertreterreise zurückgekehrt war, hatte er eine gut gemeinte Notiz auf dem kleinen Wohnzimmertisch vorgefunden. »Geh nicht gleich ins Schlafzimmer und auch nicht in das von Julien, sonst bekommst du einen Schock.«

Aber er war sogleich durch alle Zimmer gegangen. Leer oder halb leer. Das Echo seiner Schritte hallte durchs ganze Haus. Bruchstücke ihrer letzten Diskussionen fielen ihm wieder ein: »Ich weiß nicht, wie ich es dir sagen soll … Mit Alain, das ist … wie etwas ganz Bedeutendes. Einfach und bedeutend … Alles ist so selbstverständlich. Das Gute und das Schwierige … Und das Leben ist kein Problem mehr …« Als er die Zimmertüren eine nach der anderen öffnete und wieder zumachte, hatte er gespürt, dass das Leben nicht mehr das Leben war. Dass es sich von ihm zurückzog. Mit der Stille breitete sich der Tod aus.

An jenem Abend machte er sich Spaghetti mit Butter. Er aß sie im Stehen. Dabei hörte er alte Chansons von Aznavour.

*L'amour, c'est comme un jour,*
*Ça s'en va, ça s'en va l'amour …*

Chansons zum Weinen, wann immer man weinen wollte. Dafür hatte er Aznavour schon immer geliebt.

*De soleil en ripailles et de lune en chamaille*
*et de pluie en bataille, l'amour …*

Mit dem Teller in der Hand ging er von einem Zimmer ins andere, öffnete die Türen und machte alle Lampen an. Jedesmal wenn er wieder durch das Wohnzimmer kam, gönnte er sich ein großes Glas Rotwein. Ein Saint-Émilion. Château-Robin 1997. Verdammt gute Flaschen, die Eric und er von einem Junggesellenausflug ins Bordeaux-Gebiet mitgebracht hatten.

Rico leerte die Flasche, ließ sich in einen Sessel fallen und ging dann zum Whisky über. Aznavour sang *Mourir d'aimer.* Ein Zusammenschnitt von vierzig Titeln. Damit konnte man einen ganzen Abend verbringen. Später schlüpfte er total betrunken ins Bett, und weinend wichste er in Gedanken an Sophie. Die Kehle voller Schluchzer kam er zum Höhepunkt. Und die Schluchzer begleiteten ihn die ganze Nacht.

Auf diese Weise verbrachte er die erste Woche. Sich jeden Abend mit Alkohol abfüllen. Wichsen. Den Kopf voller Wortfetzen von Sophie: »Es tut mir Leid, dass ich dir wehgetan habe. Es tut mir Leid, dass es dir schlecht geht ... Das ist für mich eine Belastung. Ich lebe damit, aber das lässt mich nicht los ...« Dann schrie er: Schwachsinn! Schwachsinn! »Ich möchte, dass du eines Tages wieder glücklich wirst. Ich möchte dich wieder lächeln sehen ... Du verdienst Liebe, Zärtlichkeit, Glück ...«

Schwachsinn! *Worte, Worte*, wie Dalida sang. Leeres Gerede! Worte, die man ausspricht und sogleich vergisst, wenn man in den Armen eines anderen liegt. Im Bett des anderen, und wenn sein hart aufgepumptes Glied ganz tief eindringt ... Sophie, die sich von Alain vögeln lässt. Nicht zu vertreibende Bilder, die ihn erneut das Glas füllen ließen. Ein letztes Mal, und dann ab in die Heia ... Aber jeden Abend war ein Glas mehr nötig.

Sophie!, rief er keuchend. Sophie, weinte er. Und er wichste weiter. Bis sein geröteter, fast entzündeter Schwanz ihm die Finger verbrannte.

Er wichste sich bis zur Ohnmacht.

Bis er nicht mehr lieben konnte.

Als das Wochenende kam, stellte er fest, dass ihn niemand angerufen hatte. Keiner seiner Freunde. Nicht mal Eric. Alle, und als Erster Eric, waren mit fliegenden Fahnen ins Lager von Sophie und Alain übergegangen. Rico war in ihrem Paar der Verlierer, und die intakten Paare mochten keine Verlierer.

Sehr viel später, an einem Mittag, an dem sie sich trafen, um über die Scheidung zu sprechen, hatte Sophie ihm erzählt, dass die Begegnung von ihr und Alain, die alles ausgelöst hatte, von Annie eingefädelt worden war. An einem Sonntag, an einem dieser Sonntage, an denen er zum x-ten Mal auf einem Verkaufsförderungsseminar in Paris war, hatte sie ihre Schwester Isa, deren Mann Claude, Sophie und Alain zum Essen eingeladen.

»Weißt du, das hat mich echt schockiert«, hatte Sophie hinzugefügt.

Sie meinte das ernst. Und er glaubte ihr.

»Und das hab ich Annie in der Küche auch gesagt.«

»Was stellst du dich so an«, hatte sie geantwortet. »Dein Göttergatte (Annie nannte Rico immer so, wobei sie in das Wort so viel Verachtung wie möglich legte), dein Göttergatte wird sich doch bestimmt auch kleine Abenteuer mit seinen Kolleginnen gönnen.«

»Vielleicht. Ich weiß es nicht.«

»Denk doch bloß an all diese Tagungen und Seminare ... Die Männer, glaub mir, man muss sie fest in der Hand halten und immer leicht köcheln lassen.«

Sie mussten lachen. Und Annie hatte verschwörerisch gefragt: »Soll ich euch gegenüber oder nebeneinander setzen?«

Annie hatte sich sicherlich nicht vorgestellt, dass dieses Essen Sophies Leben umwälzen würde. Auch nicht, dass es ihre Beziehung zerstören würde. Vielleicht wollte sie nur, dass Sophie und Alain miteinander schliefen und dass sie, warum auch nicht, zu einem Liebespaar wurden. Sie verabscheute Rico derartig, dass dieser Gedanke ihr keineswegs missfiel.

Als Sophie ihm gestand, dass es »einen anderen Mann« gab, wusste Rico sofort, dass es sich um Alain handelte. Es konnte gar nicht anders sein. Er sah sehr wohl, wie Alain bei jeder Begegnung um sie herumscharwenzelte. Oder während ihrer Skiurlaube. Es amüsierte Rico sogar, wenn er Alain dabei überraschte, wie er begehrliche Blicke auf Sophies Hintern warf oder auf ihre Beine starrte, wenn sie sie übereinander schlug. »Ja, sie ist schön, du Mistkerl«, dachte er, »aber sie ist nur für mich da.«

Nur für ihn. Aber nichts ist für immer gegeben. Nichts ist für immer errungen. Das hätte er wissen müssen, er, der so viele Chansons im Autoradio hörte! Wenn er etwas weniger von sich überzeugt oder etwas eifersüchtiger gewesen wäre, hätte er vielleicht gemerkt, dass Sophie nicht unempfindlich für Alains Blicke und sein Begehren war.

Nur einmal hatte Rico sich Sorgen gemacht.

Alain, der sich damit brüstete, ein guter Fotograf zu sein, hatte sie alle eingeladen, um die Dias von ihrem letzten Skiurlaub anzusehen. Diese Art von Ritual fand Rico schon immer besonders nervtötend und bescheuert. An diesem Tag ließ er sich allerdings nicht nach den ersten Bildern in der Dunkelheit versinken. Auch wenn sie nicht immer im Vordergrund stand, war Sophie auf fast allen Fotos abgebildet.

Das letzte Dia kam. Sophie hatte es aufgenommen. Alain saß mit gespreizten Beinen auf dem Hintern im Schnee. Zwischen seinen Beinen stand aus Schnee geformt ein erigiertes Glied mit zwei schönen runden Hoden. Alain sah lachend ins Objektiv, die Zunge leicht herausgestreckt. Alle waren in Lachen ausgebrochen. Sophie noch mehr als die anderen.

»Hättest du gern an dem Schwanz gelutscht?«, fragte er sie, als sie wieder zu Hause waren.

»Du bist wirklich vulgär. Das war doch nur ein Scherz.«

»Vulgär? Ich? Ich wäre niemals auf so eine Idee gekommen. Und erst recht nicht darauf, mich auch noch von der Frau eines Freundes damit fotografieren zu lassen.«

»Du bist ein Spielverderber. Du siehst überall nur etwas Böses.«

Rico sprach im Gegensatz zu seiner Gewohnheit mit etwas lauterer Stimme. »Ich sehe, was ich sehe. Dass er dir seinen Nogger angeboten hat. Das ist es, was ich sehe! Und ich frage mich, ob dir das gefallen hat.«

»He, he ... man könnte ja fast meinen, Monsieur ist eifersüchtig«, antwortete sie spöttisch. »Ein richtiger Spielverderber. Du musst immer und überall ... ich weiß nicht, wieso ... einen tieferen Sinn suchen, wo es gar keinen gibt. Annie und Isa waren auch dabei, und wir haben viel gelacht. Wenn du auch nur ein Fünkchen Humor hättest, hättest du es tun und uns zum Lachen bringen können ...«

»Großartige Idee. Nächstes Mal werde ich ihnen meinen Hintern zeigen!«

Sophie ging schlafen, ohne die Tür zuzuknallen, wie sie es manchmal tat. Als er sich zu ihr ins Bett legte, blätterte sie in einem Frauenmagazin. Eine Sonderausgabe zum Thema Schlankheit. Er warf einen Blick über ihre Schulter.

»Interessiert dich das?«

»Ich interessiere mich für dich«, antwortete er liebenswürdig.

»Das weiß ich«, sagte sie lächelnd. »Ich mach das Licht aus, oder?«, fügte sie hinzu und setzte ihre Worte gleich in die Tat um.

»Entschuldige bitte, wegen vorhin«, flüsterte er ihr ins Ohr und drückte sich an sie.

Das meinte er zwar nicht ernst, aber er hatte Lust, sie zu vögeln. Nur um sich wegen Alain zu rächen. Wegen seines Schneeschwanzes. Wegen des Lachens, das er seiner Frau entlockte. Wegen seiner Begierde nach ihr. Nur deswegen. Und um sich zu beruhigen. Sich zu überzeugen, dass er immer noch der Mann ihres Herzens war. Und dass sein Schwanz für sie unersetzbar war.

»Entschuldige«, wiederholte er und schob seine Hand unter ihre Pyjamajacke.

»Es ist schon spät ...«

»Spät, wofür?«

Er drückte sein hartes Glied gegen ihren nackten Hintern. Sophie öffnete die Schenkel ein wenig, damit er sie besser streicheln konnte, wie sie es liebte. Aber Rico drang mit einer heftigen Bewegung gewaltsam in sie ein.

»Ah!«, schrie sie auf. »Der ist ja riesig.«

Er hob sie hoch, um sie besser von hinten nehmen zu können. Und zum ersten Mal in seinem Leben vögelte er mit Sophie, ohne die geringste Liebe zu empfinden, ohne die geringste Zärtlichkeit. Er fickte sie, nur für sich. Gebieterisch. So wie man sein Territorium markiert.

Nachdem Sophie fortgegangen war, fragte Rico sich öfter, ob sie in dieser und den folgenden Nächten an Alain dachte, wenn er sie vögelte.

Er wusste die Antwort, so war es.

»Elende Schlampe«, sagte er und stellte die Flasche auf die Spüle.

»Ich mach mir nichts daraus. Ich spiele Fußball.«

Felix beobachtete Rico. Schon seit einigen Minuten.

## 9

# Eidechsenkopf, Eidechsenschwanz

Felix lächelte Rico breit zu. Ein schüchternes und tieftrauriges Lächeln. Irritierend.

»Ich heiße Felix.«

Rico war so in Gedanken versunken gewesen, dass er ihn nicht eintreten gehört hatte, und er war hochgeschreckt, als er vor sich schweigend und unbeweglich einen schlaksigen Typ stehen sah, der den Anschein erweckte, als habe er alles mitgehört, was er sich in seinem Kopf erzählt hatte.

Das konnte nur Felix sein, wie Rico wusste. Der Kumpel von Jo und Dede. Wegen des Fußballs, den er unter dem Arm hielt. Aber Rico war trotzdem überrascht. Er hatte nicht im Traum daran gedacht, dass Felix immer noch in der Gegend war. Dede und Monique hatten nichts davon gesagt, zumindest bevor er eingeschlafen war.

Felix hüpfte nun von einem Bein aufs andere, als ob er dringlichst pissen müsste.

»Wie bist du reingekommen?«, fragte Rico.

»Reinkommen, rausgehen ... Das ist kein Problem.«

Rico konnte die Augen nicht von diesem struppigen Kopf lösen, der vor ihm hin und her wackelte. Und vor allem nicht von der Tätowierung, die Felix am linken Auge hatte. Ein Eidechsenkopf.

»Eidechsenkopf«, sagte Felix. Er schob seinen Ball vom linken unter den rechten Arm, öffnete seine linke Hand und streckte Rico die offene Handfläche hin. Ein Eidechsenschwanz.

Sie sahen sich schweigend an. Felix hörte auf herumzuhüpfen und erklärte mit eintöniger Stimme: »Monique und Dede sind in den Supermarkt gegangen. Einkaufen. Es war nichts mehr im Kühlschrank.«

»Willst du?«, fragte Rico schließlich und reichte Felix die Flasche.

Er schüttelte den Kopf und zog eine Grimasse. »Ich spiele Fußball.«

Rico nickte, um zu sagen, dass er verstand. Dann trank er erneut einen tiefen Schluck, sah nach, wie viel noch in der Flasche war, und beschloss, sie auszuleeren. Wenn sie zum Supermarkt gegangen waren, würden sie bestimmt Wein mitbringen. Dede würde das nicht vergessen.

»Wohnst du hier?«, fragte Rico und folgte Felix ins Wohnzimmer.

»Nein«, antwortete er und pflanzte sich aufs Sofa. »Im Wald. Ich hab da eine Hütte.«

»Du lebst in einer Hütte. Bei diesem Wetter?«

»Ich kann in Häusern nicht schlafen. In den Häusern stinkt es nachts.«

Rico antwortete nicht. Erneut war er fasziniert von diesem Eidechsenkopf, der in Felix' linkem Augenwinkel verschwand. Er fragte sich, ob sich der Eidechsenschwanz bewegte, wenn Felix mit den Augen zwinkerte.

»Ist dir das noch nicht aufgefallen? Dass es nachts in den Häusern stinkt. Sobald man einschläft, kommt so ein Geruch auf. Ein Geruch nach ... Ver-we-sung«, sagte er und dehnte jede Silbe, als ob er das Wort gerade entdeckt hätte.

Rico zuckte mit den Schultern. Davon wusste er nichts. Wie man in einem Haus lebte, hatte er vergessen. Aber hier, in dieser Wohnung, war es etwas anderes. Wie in einer Zwischenwelt, in der er nicht bleiben würde.

»Ich kann dabei nicht atmen. Früher war mir das nicht so wichtig ...« Felix hörte auf zu sprechen. Er lächelte Rico zu, schnappte sich die Fernbedienung und machte den Fernseher an. »Mittwochs gibt es jede Menge Zeichentrickfilme. Die seh ich unheimlich gern. Und deshalb bin ich hergekommen.«

Er zappte von einem Kanal zum anderen, bis seine Aufmerksamkeit von Bildern erregt wurde. »Die *Power Ranger*! Echt geil!« Den Ball an seine Brust gepresst, machte er es sich auf dem Sofa bequem und sagte kein Wort mehr. Völlig gebannt von den bewegten Bildern.

Am Nachmittag hatte Dede Rico erzählt, dass niemand wusste, woher Felix kam. Moustache hatte ihn eines Tages im *»Casa de Toulouse«* getroffen, einer Sozialbetreuungsstelle von Abbé Pierre. Er schlief neben den Containern, die als Schlafsaal dienten. Alle hielten ihn für verrückt. Eines Abends hatte Moustache ihm aus Spaß vorgeschlagen, gemeinsam durch die Gegend zu ziehen. Seitdem klebte Felix wie eine Klette an Moustache. Bis zu dem Tag, als Moustache sich nach seinem Streit mit Jo davonmachte, ohne ein Wort zu sagen.

Seit damals, erzählte Dede, hatte Felix nicht mehr gesprochen. Er konnte nur noch zwei Sätze sagen: »Ich bin allein« und »Ich spiele Fußball«. Und er wiederholte sie hartnäckig. Laut Abdul, einem der Betreuer im *Casa*, war Felix nach einem langen Aufenthalt in der Psychiatrie auf der Straße gelandet. Davor hatte er in einem kleinen landwirtschaftlichen Betrieb gearbeitet. Daher wohl auch seine Vorliebe für die Natur.

Dadurch, dass er jeden Tag eine Viertelstunde mit ihm Fußball spielte, hatte Felix wieder ein wenig zu sprechen begonnen. Besonders mitteilsam aber wurde er nie.

»Er erinnert sich an nichts«, hatte Dede hinzugefügt. »Nur an Bruchstücke. Dass er im Waisenhaus aufgewachsen ist. Dass er eine Frau und ein Kind hatte. Und dass all das ›sehr lange her‹ ist. Aber seit wann er auf der Straße lebt, bleibt ein Geheimnis. Als ob er kein Zeitgefühl mehr hätte.«

»Und seine Tätowierungen?«

»Er sagt, dass er sie sich auf der Straße hat machen lassen. Aber wo, weiß kein Mensch! Wenn du ihm zu viele Fragen stellst, antwortet er immer: ›Mehr will ich nicht sagen.‹«

»Ich mag die Reklame nicht«, stieß Felix aus. Und er zappte weiter. Dann drehte er sich zu Rico um und sagte lächelnd: »Ein Ball ist besser als ein Hund. Er ist viel treuer. Sogar viel treuer als eine Frau. Ist deine Frau auch abgehauen?«

Rico nickte.

»Ich bin auch allein. Aber inzwischen geht es, ich spiele Fußball, weißt du.«

»Ja, ich weiß.«

Ein weiterer Trickfilm fesselte Felix' Aufmerksamkeit, und er schien Ricos Anwesenheit völlig zu vergessen.

Rico begann erneut nervös zu werden. Der Wein, den er sich reingekippt hatte, hatte nicht die erwartete Wirkung gehabt. Er hatte immer noch Durst. Einen Moment lang dachte er daran, zu Dede und Monique in den Supermarkt zu gehen, aber als er wieder an den vielen Schnee und die

Kälte draußen dachte, fand er nicht den Mut dazu. Hat ja auch keinen Sinn, sagte er sich, sie würden ja gleich wiederkommen.

Einmal hatte er versucht, mit dem Trinken aufzuhören. Einige Monate, nachdem er Titi getroffen hatte. Damals – am Ende seines ersten Jahrs auf der Straße – zog er sich etwa vierzig Flaschen Bier am Tag rein. Kronenbourg oder Bavaria, je nach dem, was er sich leisten konnte. Er lebte in Zeitabschnitten von vier bis fünf Stunden. Dann musste er schlafen, bis es wieder Zeit wurde, seine Dosis zu sich zu nehmen. Und das lief drei oder vier Mal pro Tag so ab.

»Hör mit dem Bier auf und geh zu Wein über«, hatte Titi ihm damals geraten. »Und versuch, dich auf vier bis fünf Liter zu beschränken. Fünf Liter, das ist meine Dosis. Du darfst nicht mehr als fünf trinken. Wenns mehr wird, drehst du durch. Das ist wie ein Teufelskreis.«

»Ja, du hast Recht«, antwortete er Titi. Über den Alkohol und seine Wirkungen wusste er bereits alles. Das völlige Fehlen von Reflexen. Das ewige Kribbelgefühl in den Beinen. Der Gleichgewichtsverlust. Schon in der letzten Zeit, als er mit Malika zusammenlebte, war er auf der Treppe immer wieder auf die Schnauze geflogen. Und selbst nachts, wenn er pissen ging, fiel er oft hin.

Aber er war unfähig, sich zu kontrollieren. Er stieg auf Wein um, auf Bienvenu oder Fleurval, aber das Bier gab er nicht auf.

»Wie viel hast du seit heute Morgen getrunken?«, fragte Titi ihn.

Sie hatten beschlossen, eine Runde über Sacré-Cœur zu drehen, aber auf den Treppen von Montmartre begann Rico bereits schlapp zu machen. Erschöpft, atemlos.

»Mach mal halblang, Titi! Für wen hältst du dich? Etwa für Jiminy Grille? Lass mich gefälligst in Ruhe hier sitzen!« Er ließ sich auf eine Stufe fallen. Entschlossen, sich nicht mehr zu rühren, bereit, an Ort und Stelle zu sterben. Er war völlig entkräftet. Seine Beine trugen ihn nicht mehr.

»Na gut. Krepier doch, du Idiot!« Titi stieg noch einige Stufen hoch und drehte sich dann um: »Ich werd auf dich runterpissen, dann bist du ein Penner in der Gosse …«

Rico steckte sich eine Kippe an. Er machte nervös zwei Züge und begann zu heulen wie ein kleines Kind, das bei einer Dummheit überrascht wurde. Ohne dass er es bemerkte, war Titi wieder runtergestiegen und hatte sich neben ihn gesetzt.

»Verdammt, hör auf zu heulen!«

Titi versuchte ihm zu erklären, dass er das allein nicht in den Griff bekam. Ärztliche Hilfe sei notwendig. Am besten im Krankenhaus. Er könne ihn begleiten, morgen.

Aber Rico hörte natürlich nicht auf Titi. Er sagte sich, dass er es schon schaffen würde. Und zwar allein. Nur um sich zu beweisen, dass er noch in der Lage war, sein Leben zu beherrschen. Am nächsten Tag und an den folgenden mied er alle Orte, an denen er Titi hätte treffen können.

Drei Tage hielt er durch. Drei Höllentage. Zum Verrücktwerden. Am zweiten Tag begann er zu schwitzen und zu zittern. Literweise trank er Wasser. Er hatte gehört, dass Alkohol austrocknete und dass man viel Wasser trinken müsse.

Am Mittag des dritten Tages passierte der »Unfall«. Er ging die Rue Alexandre-Dumas hinauf. Plötzlich verkrampften sich seine Hände. Es war unmöglich, die Finger auszustrecken. Dann verkrampfte sich sein ganzer Körper. Sein Blick begann zu verschwimmen. Seine Beine wurden weich.

Und er brach zusammen. Eine Frau schrie: »Mein Gott!«. Daran konnte er sich noch erinnern. Und an die schrille Hupe eines Autos, denn sein Körper war auf die Fahrbahn gerollt.

Als er wieder zu sich kam, lag er im Krankenhaus. Die Ärzte verpassten ihm eine Standpauke. In ähnlichen Worten wie Titi. Mit dem Trinken aufhören zu wollen, war lobenswert. Aber das war eine schwierige Angelegenheit. Man brauchte Hilfe. Eine Nachbehandlung. »Vor allem mit einer Leberzirrhose wie bei Ihnen«, sagte der Arzt zu ihm. Er erklärte Rico, dass der Vitamin-B-Mangel bei seiner Ernährung die Giftigkeit des Alkohols erhöhe. Man müsste seinen Vitaminhaushalt wieder auffüllen, durch Injektionen. Zehn Spritzen pro Monat, und das über drei Monate.

In den fünf Tagen, die er im Krankenhaus verbrachte, schöpfte Rico wieder Mut. Essen, Unterkunft und Pflege. Alles wurde wieder gut. Einmal geheilt, konnte er sich wohlgerüstet wieder auf den Weg machen.

Sich wieder in den Griff bekommen. Er ließ sich diesen Ausdruck auf der Zunge zergehen wie einen Zaubertrank und tischte ihn den Krankenschwestern auf, wann immer sie Zeit hatten, ihm zuzuhören. »Ich muss mir sofort einen Job besorgen, nichts Großartiges, aber einen kleinen Job, nicht wahr. Das muss doch möglich sein, oder? Kleine Jobs gibt es doch genug. Bote, Auslieferer, Fensterputzer ... Nur um mich wieder in den Griff zu kriegen.«

In der ersten Woche versäumte er keine Injektion. Alle zwei Tage eine. Dann ging er nur noch in größeren Abständen hin. Und eines Tages ließ er es ganz sein. Auf der Straße zu leben, verschlang seine ganze Energie. Die Zeit, die er im Krankenhaus verbrachte, die Zeit, die er brauchte, um dorthin zu gehen und zurückzukehren, fehlte ihm beim Betteln. Mit vierzig oder fünfzig Francs am Abend in der Tasche wurde das Leben wieder sehr hart.

»Warum geben sie uns während der Behandlung nicht ein bisschen Geld?«

»Das ist ein Krankenhaus«, antwortete Titi ihm. »Ein Krankenhaus und nicht die Wohlfahrt.«

Rico fand das nicht zum Lachen.

Mit Titis Hilfe steuerte er sein Verhältnis zum Alkohol. Er trank, aber vernünftig. Damit es nicht wieder zu Mangelerscheinungen kam. Und auf Titis Rat bemühte er sich, seinen Wein immer im selben Laden zu kaufen und seine Biere immer in derselben Bar zu trinken.

»Bezugspunkte«, hatte Titi ihm gesagt. »Wenn dir auffällt, dass du dieselbe Visage an einem Tag schon zu oft gesehen hast, weißt du, dass du über die Grenzen hinausgegangen bist.«

Vier Liter Wein und zehn Bier, das war die Regel. Aber unmerklich wich er davon ab. Er gönnte sich »Extras«. Schnäpse. Wodka, Whisky. Zuerst in der Nacht, dann schon am späten Nachmittag. Und Titis Tod machte auch nichts besser.

Er spürte, dass der Eidechsenkopf auf ihn gerichtet war. Felix beobachtete ihn. Mit demselben Blick wie vorhin in der Küche. Rico stellte fest, dass seine Hände feucht waren. Mechanisch wischte er sie an seinen Jeans ab.

»Soll ich dir Wein besorgen?«, fragte Felix.

»Weißt du denn, wo?«

»Beim Nachbarn. Ein Rentner. Er hat immer Vorräte, und er kennt mich. Soll ich dir eine Flasche besorgen?«

Rico gab Felix fünfzig Francs, und er ging, ohne seinen Ball loszulassen, zum Nachbarn. Er brachte eine Flasche Valombré mit zurück. Die oberste Preisklasse von Castelvin, in einer Glasflasche.

»Hier«, sagte Felix und gab ihm das restliche Geld zurück. »Er hat sie dir für fünfzehn Francs überlassen. Das ist teuer, aber er ist ein armer Alter, das kann man ihm nicht vorwerfen. Und er ist immer da, falls …«

Ricos Hände zitterten, als er die Flasche öffnete. Felix nahm sie ihm ab und schenkte ihm ein Glas ein. Rico trank es langsam aus und schenkte sich noch eines ein, aber ohne es anzurühren. Jetzt, wo er einen Liter Wein vor sich hatte, war er beruhigt.

»Für mich ist der Geruch zu stark«, sagte Felix. »Ich ertrag das nicht. Weder Wein noch Bier oder sonst was.«

»Hast du nie getrunken?«

»Früher schon, glaub ich. Wie alle. Aber … heute …«

»Heute spielst du Fußball.«

»Ja. Das ist wichtig. Wir können ja gleich mal ein bisschen kicken. Du wirst sehen, ich bin gut.«

»Mal sehen.«

»Ja, nachher. Wenn sie wieder da sind. Wir habens ja nicht eilig, nicht wahr?«

Rico spürte, wie Felix ihm sympathisch wurde. Er wirkte wie ein großer Junge. In seiner Art, sich zu bewegen und zu sprechen. Sehr ungelenk, und zugleich sehr sicher. Was Rico vorhin in der Küche überrascht hatte, war die Art und Weise, wie Felix schaute. Als ob er sich fragte, wo er war und, vielleicht, wer er war. Der Eidechsenkopf verstärkte dieses Gefühl bestimmt noch.

Was würde wohl geschehen, wenn man versuchte, ihm

den Ball wegzunehmen, überlegte Rico. Würde er gewalttätig werden? Oder sich wortlos zum Sterben in eine Ecke zurückziehen? Aber wozu sollte man das herausbekommen. Es änderte nichts an dem, was Felix war.

»Und, gibt es was im Fernsehen?«

»Ich weiß nicht«, antwortete Felix, erfreut über diese Komplizenschaft. »Soll ich mal zappen?«

Ein echter Kindskopf, sagte Rico sich erneut. Er nahm einen Schluck Wein und lehnte sich bequem auf dem Sofa zurück. Dann spürte er, wie Felix' Nacken sich an seine Schulter lehnte. Den Eidechsenkopf zum Fernsehen gewandt. Beruhigend war das. Alles lief gut, jetzt. Eine Folge mit Inspektor Gadget begann.

»Juchu!«, rief Felix. »Das ist ein Leben, nicht wahr?«

Leben, dachte Rico, gibt es kein anderes mehr.

# 10

# Augenblicke des Nichts, der vergehenden Zeit gestohlen

In dieser Nacht schlief Rico auf dem Sofa, und er schlief schlecht. Auf der Suche nach einer bequemen Lage wälzte er sich unaufhörlich hin und her.

Hinter der Trennwand im Wohnzimmer wimmerte Maeva manchmal vor sich hin, und er hörte, wie Monique beruhigend auf sie einflüsterte. Einmal begann sie zu weinen, und Monique stand auf. Mit der Kleinen im Arm kam sie heraus, durchquerte das Wohnzimmer und ging in die Küche.

»Pst, psst ... Hier, meine Kleine ... Ist ja schon gut ... Komm ...«

Seitdem Jo in Haft war, sagte Rico sich, nahm Monique Maeva zu sich ins Bett. Nähe und Wärme, beides war gleichermaßen tröstlich. Aber in dieser Nacht hatte Dede Maevas Platz eingenommen. Den Platz ihres Vaters. Und natürlich litt die Kleine darunter.

Am Abend – sie waren beim sechsten oder siebten Pastis, sie zählten nicht – hatte Dede sich zu Rico gebeugt und ihm zugeflüstert: »Ein tolles Weib ... Findest du nicht?« Mit einer Kopfbewegung hatte er zur Küche gedeutet, wo Monique Spaghetti Bolognese zubereitete.

Das war keine Frage, sondern ein schlichter Hinweis für Rico, dass die beiden heute Nacht zusammen schlafen würden. Und dass Rico das verstehen müsse. Wenn sich mal die seltene Gelegenheit ergab, zum Zug zu kommen, durfte man sie sich nicht entgehen lassen.

Ja, das konnte er verstehen. Seit Rico auf der Straße lebte, war er nur zweimal zum Zug gekommen. Mit Monika, einer kleinen Deutschen, die am Boulevard Edgar-Quinet hauste. Er hatte ihr im *Café Odessa* einen Halben und ein Sandwich ausgegeben und sie danach in einem Toilettenhäuschen gebumst. Und dann mit einer Hure, in der Rue du Caire, um sein erstes Jahr als Penner zu feiern. Dreihundert Mäuse hatte der Fick gekostet. Ein Vermögen.

»Du steckst ihn rein, du holst ihn raus, und das wars«, hatte Dede eines Abends gesagt, als Rico mit der Bande dabei war, den Frauen in der Metro nachzuschielen. »Und die verlorene Knete tut dir noch lange Leid. Nicht wahr, Titi?«

»Meine Augen sind billiger als mein Schwanz! Das sage ich mir immer. Und wenn ich dafür blechen soll, dann müsste das schon so ’ne Art … Claudia Schiffer sein!«

»Sieh mal die da!«, hatte Fred ausgerufen. Eine kleine Brünette, mit einem zu großen Hintern, der in ihre Jeans gezwängt war, ging gerade an ihnen vorbei.

»Das ist doch nur ein Pummelchen, du Blödmann!«, hatte Lulu erwidert.

»Red doch keinen Blödsinn! Wenn ich die vernaschen könnte …«

»Und du, wie hältst du es damit?«, hatte Rico Dede gefragt.

»Wenn ich eine aufgable, geh ich ins Hotel. Ich vögle am liebsten in einem Bett.«

Titi, der langsam betrunken wurde, hatte geträllert:

*Rentrer chez soi, le cœur en déroute*
*et la bite sous le bras ...*

Rico hatte mit den Schultern gezuckt. Monique, ein tolles Weib? Vielleicht. Aber die Vorstellung, sie zu umarmen, brachte ihn nicht dazu, einen hochzukriegen. Nichts an ihr erregte seine Lust. Sie hatte den schlaffen, erschöpften und vorzeitig gealterten Körper von Frauen, denen das Leben nichts geschenkt hatte.

»Sie ist die Frau deines Kumpels«, antwortete Rico schlicht.

»Ja, schon ... Aber dieser Schwachkopf von Jo, wer weiß, wie lange er noch sitzen muss. Vielleicht lebenslänglich, wie sie sagen. Denn mit ihrer verdammten Justiz ... Und sie«, fügte er grinsend hinzu, »sie hat seit vier Monaten nichts mehr zu beißen gekriegt!«

»Glaubst du nicht, dass Felix ... Dass Felix und sie ...«

»Das hätte sie mir gesagt.«

Rico hatte nicht nachgehakt. Wie ihm gerade aufging, war ihm irgendetwas an diesem Tag entgangen.

Dede und Monique waren kurz nach Mittag von ihrer Einkaufstour zurückgekommen.

»Scheißkaff!«, hatte Dede ausgerufen, als er eintrat. »Eine offene Kneipe in dieser Gegend zu finden, ist gar nicht so einfach!«

Dede und Monique hatten auf dem Heimweg ein paar Bier getrunken. Um sich Mut zu machen, wieder in die Kälte hinauszugehen.

»Hier ist es besser«, hatte Monique gescherzt und die Einkaufstüten ausgepackt.

Schinken, Würstchen und Käse zum Mittag. Spaghetti,

Hackfleisch und Tomatensauce für den Abend. Und eine Flasche Pastis, ein Zwölferpack Bier und sechs Flaschen Wein, die sie in Maevas Kinderwagen verstaut hatten.

»Ich habe einen Guten genommen«, hatte Dede beteuert und eine Flasche vorgezeigt. »Corbières.«

Domaine du Capitoul, stand auf dem Etikett. Das roch nach Süden. Aber der Wein war kein Vergleich mit den hiesigen. Aus den Anbaugebieten rund um Chalon, wo es die Lagen Beaune, Mercurey, Rully, Pommard, Volnay oder Corton gab. Die Weine, von denen ihm sein Arbeitskollege Blandin erzählt hatte.

In dieser schlaflosen Nacht musste Rico wieder an die Reise nach Burgund denken, auf die er verzichtet hatte. An alles, was er in seinem Leben nicht gemacht hatte. Was er nicht erlebt hatte und was ihm nun unzugänglich geworden war. Auf dem Sofa ausgestreckt, mit einer großen Decke über sich, lag er da wie auf dem Totenbett und zog die Bilanz seines Lebens.

Das Bild seiner im Krankenhaus sterbenden Mutter drängte sich ihm auf. Die Erinnerung an ihre fahlen und verweinten Augen. Ein Blick, der endlich den großen Fehler eingestand, der darin bestanden hatte, alles zu akzeptieren, alles zu erdulden, um immer nur – in ihren Vorlieben, ihren Meinungen und sogar ihrer Art, sich zu kleiden – ein Schatten ihres Gatten zu sein. Raymond. Dieser Vater, der sich kaum sechs Monate nach ihrer Beerdigung wieder mit einer jungen Cousine seiner Mutter verheiratete. Marie-Laure.

»Ich bin noch jung«, rechtfertigte er sich.

»Das werfe ich dir gar nicht vor, wie du genau weißt.«

»Wenn deine Mutter nicht krank gewesen wäre, hätten

Marie-Laure und ich ... Unsere Geschichte lief schon über fünf Jahre ... Ich liebe sie, kannst du das nicht begreifen?«

Rico antwortete nicht. Marie-Laure war Vaters letzte Eroberung, aber bestimmt nicht seine erste. Die Tränen seiner Mutter an manchen Abenden, an denen Raymond nicht da war, hatten sich tief in sein Gedächtnis eingegraben.

Ricos Schweigen war seinem Vater unangenehm. Er seufzte und fuhr fort: »Ich habe mir nichts vorzuwerfen. Nichts. Ich habe deine Mutter getreulich bis zum Ende begleitet.«

»Und nachts hast du dir ebenso getreulich Marie-Laure vorgenommen!«

»Du hast nicht das Recht, so mit mir zu sprechen!«

Alles, was Rico seit Jahren auf dem Herzen lag, stieg ihm die Kehle hoch. Vaters Egoismus. Seine Selbstgefälligkeit. Und seine Art, über das Leben anderer zu bestimmen. Zu entscheiden, was gut für ihn und schlecht für sie war.

»Ich will dir mal was sagen, auch wenn dich das vielleicht noch mehr schockiert, ich bin nur wegen dir bei deiner Mutter geblieben ... Ich ...«

»Ach nein, sieh mal an! Du hast dich also für mich geopfert!«

Während seines Militärdienstes in Djibuti hatte Rico Raymond einen Brief geschickt. Um ihm zu sagen, dass er nur ein dreckiger Egoist war. »Nur für euch schufte ich mich zu Tode.« Diese Worte hatte er ständig im Munde geführt. »Für euch.« Aber nie hatte man ihn sagen hören: »Ich liebe euch.«

Sie hatten sich jahrelang nicht mehr gesehen. Kein Brief, kein Anruf. Nur eine Postkarte, um ihm Juliens Geburt mitzuteilen, und die hatte Sophie geschrieben. Selbst als Rico abstürzte, hatte er sich nicht an ihn gewandt. Er ekelte sich zu sehr vor diesem Mann, und er schämte sich zu sehr über sich selber. Erst nach sechs Monaten des Herumirrens und der Erniedrigungen auf der Straße war er resigniert nach Saint-Brieuc gefahren. Sein Vater, die letzte Hoffnung.

Er hatte am Büroausgang auf ihn gewartet. Der Mann, der mit eiligen Schritten auf ihn zukam, schien ihm ein Fremder zu sein. Oder umgekehrt. Denn dieser Mann war sein Vater, aber Rico war nicht mehr sein Sohn. Anstatt ihn zu umarmen, reichte sein Vater ihm die Hand, und Rico drückte sie überrascht wie bei einem x-beliebigen Menschen.

»Worum du mich am Telefon gebeten hast, ist unmöglich«, begann Raymond. Sie saßen an einem Tisch in der *Taverne du Chapeau-Rouge* in der Nähe der Kathedrale. »Ich habe keine fünfzigtausend Francs, und ich kann sie mir auch nicht leihen. Marie-Laure und ich haben gerade ein Haus in Auray gekauft. Ein altes Fischerhaus, an dem noch viel gebaut werden muss.«

Rico dachte an das Grab seiner Mutter, das er verwahrlost und ohne Blumen vorgefunden hatte. Vor dem Treffen mit seinem Vater war er auf den Friedhof gegangen. Diese graue Grabstätte hatte ihm einen Stich ins Herz versetzt; es gab nur eine Tafel mit der Aufschrift: »Meiner verehrten Gattin ... Meiner geliebten Mutter ...« Das erschien ihm noch erbärmlicher als der Tod. Mit dem wenigen Geld, das er noch in der Tasche hatte, war Rico in die Stadt gefahren und hatte einen Strauß Margeriten geholt.

»Ich war auf dem Friedhof«, stieß er bösartig aus. Zorn stieg in ihm hoch. Und seine alte Verbitterung.

»Ich hatte keine Zeit, mich darum zu kümmern«, antwortete sein Vater.

Sie starrten sich an. Wie bei einem Duell.

»Und was willst du machen?«, setzte Raymond wieder an, nachdem er seinen Halben geleert hatte.

»Interessiert dich das wirklich?«, murmelte Rico und stand auf.

Sein Vater hielt ihn nicht zurück. Er lud ihn nicht ein, den Abend mit ihnen im Haus zu verbringen. Eine Nacht zum Schlafen dazubleiben. Einige Tage. Sie gaben sich nicht einmal die Hand.

Jedem sein eigenes Leben, brummte Rico und steckte sich eine Kippe an. Während er rauchte, fragte er sich, ob das Leben im Grunde nicht nur die Fähigkeit ist, seinen eigenen Wanst zu verteidigen, um inmitten dieses ganzen menschlichen Irrsinns zu überleben … Vielleicht hatte sein Vater sogar Recht gehabt. Vielleicht hatte Sophie Recht gehabt. Er war doch der Beweis dafür, oder? Er war abgestürzt, und für sie war alles weitergegangen. Das Leben. Die Liebe.

Nein, sagte er sich und schlug die Decke zurück, das konnte nicht sein. Aber was war es dann? Typen wie Titi, die intelligent waren und alles gelesen hatten. Wenn sogar Typen wie Titi abstürzten, dann musste irgendwo irgendwas nicht richtig laufen. Aber was, zum Teufel?

Er erinnerte sich an ein Lied, das Titi gern vor sich hin sang. Ein altes Lied, von dem er weder den Titel noch den Namen des Sängers kannte:

*C'est du toc, du bidon, de l'esbroufe,*
*du trompe-l'œil, du clinquant, du faux-vrai,*
*de la came à balourd, de la mousse,*
*pour finir c'est l'amour qui fout le camp …*

Die Liebe, die sich davonstiehlt. Überall. So war es eben zwischen Mann und Frau, Vater und Sohn, Bruder und Schwester. Zwischen zwei Freunden …

Wie viele waren es, die wie er durch die Straßen irrten? Die zählte keiner mehr. Man sagte, tausende. Man zählte nur die Toten, und das auch nur im Winter.

»Kann durchaus sein, dass ich noch 'ne Weile hier bleibe«, hatte Dede ihm eröffnet. »Bei ihr.«

»Gut … Aber ich muss weg. Ich will morgen weiterfahren in Richtung Marseille.«

»Kein Grund zur Eile!«

»Ich weiß.«

Sie hatten sich noch eine Runde Pastis eingeschenkt, und Dede war aufgestanden und hatte Monique ihr Glas in die Küche gebracht, als ob er instinktiv wieder auf die Gepflogenheiten von Liebespaaren verfallen wäre. Rico hörte, wie sie anstießen, sich umarmten und lachten.

Als Dede zurückkehrte, sagte er immer noch in vertraulichem Ton: »Weißt du, ich hab dir letztens gut zugehört. Du musst dir diese Frau aus dem Kopf schlagen. Diese Sophie.«

»Warum sagst du mir das?«

»Weil sie dein Herz gefressen hat, diese Schlampe. Und jetzt zerfrisst sie dir den Kopf. Ich meine, sie verdient das nicht.«

Rico war erstaunt, Dede so reden zu hören.

»Sie verdient, ich werd es dir sagen … Sie verdient nichts anderes, als an irgendeiner Straßenecke gefickt zu werden, ganz gleich von wem.«

Rico musste bei diesem Gedanken lächeln. »Was würde das ändern?«

Dede zuckte mit den Schultern. »Das weiß ich doch nicht. Du müsstest das wissen.«

»Die Spaghetti sind fertig!«, rief Monique in der Küche. Dann kam sie mit dem Glas in der Hand ins Wohnzimmer. »Wo ist denn Felix?«

»Eben war er noch da«, antwortete Dede. »Hast du ihn weggehen sehen?«, fragte er Rico.

Rico antwortete nicht. Ihm fiel ein, wie Felix am Morgen gesagt hatte: »Reinkommen, rausgehen ... Das ist kein Problem.« Felix war diskret. Schweigsam. Ein Schatten. Oder vielleicht sogar ein Phantom. Ihrer aller Phantom.

Ricos Zigarette war zu Ende. Er drückte sie aus und schenkte sich ein Glas Wein ein. Ohne zu zittern, füllte er es randvoll. Und leerte es sorgfältig mit geschlossenen Augen. Sophie stand nackt vor ihm. Sie tanzte, mit den Hüften wiegend. Ihr schöner, gewölbter Hintern war ihm zugewandt. Er hatte echt Lust, sie wie in seinem Albtraum zu erwürgen.

## 11

# Sonne, Sonne … aber auch Bedauern

Draußen war es noch dunkel. Rico trank in der Küche zwei große Gläser Wasser und dann einen Kaffee. Er schnappte sich die Pastisflasche, schenkte das Glas halb voll und schluckte es in einem Zug hinunter. Der Anisgeruch ließ in erschauern. Er verzog das Gesicht und schenkte sich noch eine, etwas kleinere, Dosis ein, die er trank, nachdem er sich eine Zigarette angesteckt hatte.

Jetzt konnte er nicht mehr einschlafen. Im Grunde wusste er nicht, ob er überhaupt geschlafen hatte oder nur vor sich hin gedöst. Aber er fühlte sich nicht erschöpft. Er hatte keine Hustenanfälle mehr gehabt, jedenfalls nicht so heftige wie am Morgen, und seine Rückenschmerzen schienen verschwunden zu sein. »Das ist die Landluft«, hatte Felix gesagt, als sie am Nachmittag zum Parkplatz runtergegangen waren. »Die Städte sind der Tod.«

Im Schnee hatten sie ein bisschen hin und her gekickt. Felix erwies sich als Meister in der Kunst des Dribbelns – mit den Füßen, den Knien, der Brust und dem Kopf. Rico hatte dieses einfache Vergnügen wieder entdeckt. Ein kindliches Vergnügen. Gegen eine Konservendose treten. Mit einem Kieselstein dribbeln. Mit einem richtigen Ball spielen. Noch etwas, worauf er verzichtet hatte, Fußball. Sein Vater hatte es nie gewollt, das konnte nur zu schlechten Bekanntschaften führen. Stattdessen war er Mitglied bei den Pfadfindern geworden. Die Kinder dort kamen aus Familien, mit denen man verkehren konnte, und man lehrte dort die wahren Regeln des Gemeinschaftslebens. Rico wurde in den ersten Ferienlagern sogleich in verbotene Lüste eingeweiht. Schüchterne Berührungen. Verstohlene Küsse. Masturbation.

»Ich bin gut! Echt!«, wiederholte Felix unaufhörlich, wobei er von einem Fuß auf den anderen sprang. Er freute sich wie ein Kind.

»Hast du mal richtig gespielt? In einer Mannschaft?«

»Amateur.«

»Hast du als Amateur gespielt?«

»Amateur. Das bin ich. Ich seh mir die Spiele im Fernsehen an.«

Gespräche mit Felix waren nicht etwa unmöglich, aber ziemlich konfus. Nach zwei oder drei Sätzen setzte er oft einen Schlusspunkt, indem er sagte: »Ich möchte nicht mehr davon sprechen.«

»Früher hatte ich eine Vespa. Eine echte. Eines Tages bin ich damit losgefahren, mit meiner Frau. Um eine Tour durch Frankreich zu machen.«

»War das schön?«

»Sie mochte die Vespa nicht besonders. Und Camping auch nicht. Aber ich möchte nicht mehr davon sprechen.«

»Gut, ich verstehe.«

»Und du?«

»Ich hab nie eine Vespa gehabt!«

Felix war in Gelächter ausgebrochen. Er schien glücklich zu sein. »Los, komm her! Komm her! Zieh ab!«, hatte er geschrien, nachdem er den Ball zurückgespielt hatte.

Dann hatte Felix darauf bestanden, ihm seine Hütte zu zeigen.

Sie waren eine gute Viertelstunde an den verschneiten Feldern entlangmarschiert. Die einzigen Spuren auf dem Weg waren die, die Felix am Morgen hinterlassen hatte, als er zu ihnen gekommen war. Mehrere Male hatte er sich nach Rico umgedreht, um sich zu vergewissern, dass er mitkam. Und jedesmal glaubte Rico zu sehen, wie ihm die Eidechse aus Felix' Augenwinkel zulächelte.

Seine Hütte war ein kleiner Schuppen für Gartenwerkzeuge. Am Rande eines Wäldchens.

»Schön, nicht?«

Im Inneren ein Feldbett und ein Schlafsack. Auf einer Kiste ein Campingkocher, eine italienische Espressokanne und Blechbecher. In einer Ecke ein Wasserkanister. Und an eine Wand gepinnt ein Foto von Sophie Marceau mit nackten Brüsten.

»Das ist meine Frau«, hatte Felix mit einem Anklang von Bewunderung gesagt. »Also eigentlich nicht ...«, hatte er lachend präzisiert. »Meine Frau wollte ihr immer ähnlich sehen. Schon seit der Schule.«

Er hatte eine Frage von Rico erwartet, aber der hatte nur bestätigt: »Sie hat schöne Brüste.« Dann war er leicht spöttisch fortgefahren: »Aber ich denke, du möchtest nicht mehr darüber sagen.«

»So ist es«, grinste Felix. »Ist besser so.«

Der Landwirt, der ihn beschäftigte, hatte Felix dann erklärt, war ein junger Typ. So wie er. Er hatte schwer geschuftet, bevor er sich hier niederlassen konnte.

»Er heißt Norbert. Ist jahrelang mit dem Motorrad durch die Gegend gezogen. Einer alten Kiste. Er hat sie immer noch. Einmal hat er sie mir geliehen ... aber das Ding taugt nichts, um auf dem Land rumzufahren.«

Der Hof lag einige Minuten von der Hütte entfernt. Ein kleiner Bauernhof.

»Und du wirst es nicht glauben, seine Frau, Anne, die hat er bei der Obdachlosenküche kennen gelernt! Sie war eine ehrenamtliche Helferin ... Anne ist sehr hübsch«, hatte er nachdenklich hinzugefügt. »Zwar keine Sophie Marceau, aber immerhin ...«

»Und läuft sein Betrieb?«

»Norbert hat mir gesagt, dass er fünfhunderttausend Schulden am Hals hat. Verrückt, nicht? Der Traktor, der Lieferwagen ... Mir würde das Angst machen. Dir nicht auch?«

Rico musste an die Kredite denken, die er aufgenommen hatte. An dem Tag, als er den Kaufvertrag für ihr Haus in Rothéneuf unterschrieb. Anderthalb Millionen. Ihre Ersparnisse waren dabei draufgegangen, und sie hatten sich zusätzlich noch dreißig Jahre Ratenzahlungen aufgehalst. Alles war in Rauch und Asche aufgegangen.

»Wenn sie dabei glücklich sind«, hatte er geantwortet.

Felix hatte nickend zugestimmt. »Harte Arbeit lässt einem keine Zeit, darüber nachzudenken, glaube ich. Aber sie sind sehr nett ...«

Felix' Blick hatte sich dann über den verschneiten Feldern verloren. Der Eidechsenkopf schielte zum Hof hinüber. Aus dem Schornstein des alten Gebäudes stieg der Rauch auf wie auf einer Kinderzeichnung. Lieben, sich lieben, das war die einzige echte Option.

»Ist dir kalt?«, fragte Felix ihn auf dem Rückweg.

Der Himmel hing noch eine Stufe tiefer, und es hatte wieder zu schneien begonnen. Gedankenverloren war Rico stehen geblieben. Die Erinnerung an seinen ersten Schnee, als er noch ein Kind war. Aufrecht stehend an einem Waldrand. Die Flocken fielen immer schneller und dichter auf seine ausgestreckte Hand. Er lachte. Aus vollem Halse.

»Nein«, hatte Rico geantwortet, nein, ihm war ja nicht immer kalt.

Rico schenkte sich noch einen Kaffee ein und steckte sich eine weitere Zigarette an. Diese Nacht wollte einfach nicht aufhören. Es wäre schön gewesen, wenn Titi da gewesen wäre und ihm Geschichten erzählte. Er hörte gern zu, wenn Titi erzählte. Geschichten, die er erlebt hatte. Romane, die er gelesen hatte.

Das überkam ihn manchmal, wenn sie auf ihrer Bank am Square des Batignolles saßen und sich sonst nichts zu sagen hatten. Wenn das Schweigen zwischen ihnen zu schwer lastete. Wenn das Leben um sie herum weiterging. Die Familienmütter, die lächelnd miteinander schwatzten. Die Kinder, die umherrannten, schrien, lachten, weinten. Die trockenen Brotstücke, die den Enten auf dem Teich weiter hinten zugeworfen wurden. Die Jugendlichen, zumeist Schüler, die den Unterricht schwänzten, um sich gierig und ohne Scham am Fuße eines Baumes zu umarmen und zu küssen. Der alte Opa mit dem weißen Haar, der geduldig auf seine Frau wartete, die nie mehr kommen würde …

Titi hatte ihm *Lord Jim* von Joseph Conrad, *Betörende Südsee* von Somerset Maugham und *Die Kraft und die Herrlichkeit* von Graham Greene erzählt. Rico wusste nie, ob es sich um echte Romane oder um Geschichten handelte, die Titi sich mehr oder weniger ausgedacht hatte. Aber er war überrascht, als Titi eines Tages anfing, *Die Schatzinsel* zu erzählen.

»Das hab ich doch gelesen! Als ich noch ein Kind war. Von wem war das nochmal?«

»Stevenson. Mein Lieblingsautor.«

»Mach weiter, erzähl!«

Aber Titi war nicht mehr da. Und die Geschichten, die Rico durch den Kopf schwirrten, die Geschichten, die er sich erzählte, waren seine eigenen. Ihm war klar, dass es Zeit war, sich all das aus dem Kopf zu schlagen. Das hatte jetzt keine Bedeutung mehr. Er war am Ende der Fahnenstange, und dass das so war, dafür konnte er die Schuld nur bei sich selbst suchen. Und nicht bei Sophie. Auch nicht bei Malika. Und erst recht nicht bei Julie.

Julie.

Mit ihr war sein Leben aus den Gleisen geraten. Endgültig. In einer Nacht.

An jenem Abend war er in seinem riesigen, leeren Haus fast durchgedreht. Deshalb war er nach Rennes gefahren, um ins Kino zu gehen. Es sollte ein neuer Clint-Eastwood-Film gezeigt werden. Während der Fahrt war er noch voller Vorfreude. Aber als er den Wagen am Quai Lamennais, nicht weit vom Kino, abgestellt hatte, zögerte er. Er fürchtete sich plötzlich, auf Sophie und Alain zu treffen. Oder auf Eric und Annie. Oder alle vier. Oder auf sonst jemanden, den er kannte. Er fürchtete sich, sich ihnen in seinem Leben als einsamer Mann zu zeigen. In all seiner offensichtlichen Einsamkeit.

Daher war er die wenigen Stufen hinaufgestiegen, die zur Rue Montford führten, und ins *Chatham* gegangen, eine Bar, die noch spät nachts geöffnet hatte. Die Whiskysorten dort waren ausgezeichnet. Es war wie immer brechend voll. Er schlängelte sich bis zum Ende der Theke durch und verschaffte sich ein wenig Platz. Gerade so viel, dass der Barmann ihn bemerken konnte. Er bestellte einen Oban ohne Eis. Julie saß direkt neben ihm auf einem Barhocker, vor sich ein leeres Glas. Sie sah aus, als ob sie auf jemanden wartete, der offensichtlich nicht mehr kommen würde.

Er warf ihr einen Blick zu. Schwarze Augen wie die von Lea. Das konnte Rico heute sagen, weil er in Erinnerung an Lea nach Marseille gekommen war. Aber damals hatte er nicht an sie gedacht. Er hatte Lea völlig vergessen. Genauer gesagt, er hatte sie so tief in seinem Gedächtnis begraben, dass er glaubte, sie vergessen zu haben. Einmal hatte er sich die Frage gestellt: »Bin ich Sophie vielleicht schon immer untreu gewesen? Und ist vielleicht deswegen alles schief gelaufen?« Ich konnte ihm, wie immer, keine Antwort darauf geben.

Rico war sofort scharf auf diese Frau. »Warten Sie auf jemanden?«

Die Musik war ohrenbetäubend. Er musste lauter sprechen, um sich verständlich zu machen.

»Niemand«, antwortete sie. »Und Sie?«

»Auf mich warten noch weniger«, scherzte er.

»Ich verstehe«, sagte sie lächelnd.

»Darf ich Sie zu einem Glas einladen?«

»Gern.« Sie beugte sich zu seinem Ohr vor. »Das ist mein Lieblingsspiel, Gläser leeren. Darin bin ich unschlagbar.«

Ihre Stimme war bereits alkoholgeschwängert, aber Rico achtete nicht darauf. Er war völlig damit beschäftigt, Julie von Kopf bis Fuß zu mustern. Gar nicht so übel, dachte er. Und zum ersten Mal, seitdem Sophie fortgegangen war, konnte er sich vorstellen, mit einer Frau ins Bett zu gehen. In der Tiefe ihrer Augen lag etwas, in dem er sich wieder erkannte. Eine starke Anziehungskraft. Er konnte nicht ahnen, dass das nichts anderes als ein gewaltiger Lebensüberdruss war. Das plötzliche Begehren, mit ihr zu schlafen, machte ihn blind für die Verzweiflung dieser Frau. Und für seine eigene natürlich auch.

Das ganze Lokal begann lauthals zu singen:

*Sonne, ich will Sonne …*

Ein Lied von Au petit bonheur, einer Gruppe, die damals einen Riesenerfolg in der Hitparade hatte. Rico bestellte noch eine Runde. Und Sonne, guter Gott! Sonne!

Sie tranken, bis das *Chatham* um zwei Uhr morgens die Tore schloss. Julie lehnte es ab, sich von Rico im Auto nach Hause fahren zu lassen. Er begleitete sie bis zum Taxistand an der Place de la République. Julie hatte sich bei ihm untergehakt und ihren Kopf gegen seine Schulter gelehnt. Mit ernster Miene und schweigend bewegten sie sich leicht schwankend vorwärts.

Als er nach Saint-Malo zurückkehrte, sagte Rico sich, dass sie immerhin nur deshalb zu viel getrunken hatten, weil sie etwas Spaß miteinander haben wollten. Beim nächsten Mal würde er sich mehr zurückhalten. Er hatte wirklich Lust auf sie. Und darauf, wieder zu lieben. Das Leben mit einer Frau neu zu beginnen. Sein Leben noch einmal zu beginnen. Warum nicht? Auf dem Heimweg – eine öde und schnurgerade vierspurige Straße – entwarf er Szenarios für die Tage und Wochen, die sich mit Julie abzeichneten. Warum eigentlich nicht?, wiederholte er für sich. Auf dem

Mund spürte er noch die Berührung von Julies Lippen. Ein flüchtiger Kuss mit Obanduft.

Sie trafen sich zwei, drei Mal pro Woche, und das Szenario war immer das gleiche. Der Ort auch. Das *Chatham*, wo sie bis zur Sperrstunde tranken. Fast ohne zu sprechen. Manchmal gingen sie auch in andere Bars zwischen der Place des Lices und der Place Sainte-Anne. Auf die immer direkteren Avancen von Rico antwortete Julie mit einem »heute nicht« oder »ein anderes Mal«, wobei sie sich zärtlich an ihn presste.

Einen Monat später wusste Rico immer noch nichts von ihr. Von ihrem Leben. Aber das war ihm egal. Er stand, wie er mir erklärte, völlig in ihrem Bann. Fasziniert, und gewissermaßen gefangen von seiner Begierde nach ihr. Ein zerstörerisches Räderwerk, das ihn, ohne dass er sich das richtig eingestand, im Grunde reizte.

An einem Abend, an dem sie sich nicht verabredet hatten, rief Julie ihn an. Aus dem *Chatham*, wie Rico an der Musik erkannte. Sie schrie in den Hörer. Sie hatte Lust, ihn zu sehen. Mit ihm zusammen zu sein. Am nächsten Tag musste er früh aufstehen, um nach Brest zu fahren. Es war Herbst, also die Zeit, in der er die neuen Kollektionen vorstellte. Er erklärte ihr, dass das unvernünftig sei und dass sie sich in zwei Tagen treffen könnten.

»Ich bitte dich.« Ein Klagelaut, als ob sie weinen müsste.

»Julie …«

Aber sie hatte schon aufgelegt. Verdammte Scheiße!, sagte Rico sich.

Eine Stunde später klingelte es an seiner Tür. Es war Julie.

»Du musst das Taxi bezahlen«, erklärte sie, als sie eintrat. »Sechshundertfünfzig Francs. Er nimmt auch Schecks.«

Sie lachte. Sie war leicht betrunken. Sie war wunderschön.

Als er die Tür hinter sich schloss, war Julie in ein Sofa gesunken. Rico war wie betäubt, sie hier zu sehen. Sie. In diesem Haus, das mit Träumen von einer anderen Frau bevölkert war.

»Hast du etwas zu trinken für mich?«, fragte sie immer noch lachend.

Er schenkte ihr ein, er schenkte sich ein.

»Komm«, flüsterte sie, nachdem sie getrunken hatte.

Als sie sich an ihn drückte, öffnete sich ihre Bluse, und er sah ihre nackten Brüste. Zwei sanfte, hübsch gewölbte Kurven. Rico ließ seine Hand hineingleiten, und sein Finger berührte eine ihrer festen und aufgerichteten Brustspitzen. Mit der anderen Hand streichelte er ihr Haar. Sie streichelte seinen Schwanz durch die Hose und packte dann fest zu.

»Hol ihn raus«, sagte sie seufzend.

Er fiel mit ihr auf den Boden und zog sie schließlich ganz aus. Ihre dunkle Haut war seidenweich. Er spürte, wie sie erbebte, als seine Finger über ihren flachen und festen Bauch zwischen den Beckenknochen strichen.

»Gibt es kein Bett in diesem Haus?«, fragte sie amüsiert, als er ein Kissen unter ihren Rücken schob.

Sie drehte ihm ihr Gesicht zu, und er spürte ihren Atem an seinem Hals. Heftig keuchend. Als sie ihn in sich eindringen ließ, hatte Rico das Gefühl, dass sein Schwanz Feuer fing. Er kam sehr schnell. Viel zu schnell.

»Oh, nein!«, rief sie. »Du Scheißkerl! Scheißkerl!«

Dann zog sie ihn an seine Brust. »Macht nichts. Ist ja nicht so schlimm«, flüsterte sie.

Mit geschlossenen Augen dachte er an die vielen Male,

die er Sophie so genommen hatte. Dabei stiegen ihm die Tränen in die Augen.

»Ist ja nicht so schlimm«, wiederholte Julie. Sie lächelte und ließ ihn an ihre Seite rollen. Ihre schwarzen Augen versanken in Ricos Augen. Sie fühlten sich leer, verspürten keine Begierde und keine Leidenschaft mehr. Ein dumpfer Schleier hatte sich wieder über sie gelegt.

»Wenn wir uns ein bisschen beeilen, können wir den Abend noch im *Chatham* beenden. Oder?«

Als Rico allein nach Hause fuhr, verlor er die Kontrolle über seinen Wagen. Zu viele ungeordnete Gedanken wüteten in seinem Kopf. Und er hatte zu viel Alkohol im Blut. Er knallte gegen die Leitplanke, wurde zurückgeschleudert und schlitterte diagonal über die vierspurige Straße. Ein anderes Auto rammte ihn am Heck. Sein Wagen überschlug sich.

Im Radio sang Alain Souchon:

*... je voudrais que tout revienne*
*alors que tout est passé*
*et je chante à perdre haleine*
*que je n'ai que des regrets*

Dann verstummte das Radio. Es war totenstill. Und in dieser Stille ging sein Leben zu Ende, ohne dass er die Chance hatte, einen Schlussstrich zu ziehen. Nur mit diesem Chanson, das in seinem Kopf weiterlief:

*oh, des regrets, des regrets, des regrets ...*

Er und der andere Fahrer kamen unverletzt davon. »Glück gehabt«, sagten die Polizisten nach dem Alkoholtest.

Ein Jahr Führerscheinentzug. Sein Arbeitsmittel.

Er sah Julie nicht wieder. Im *Chatham,* wo er mehrere Abende nacheinander nach ihr suchte, erklärte der Barmann ihm, dass sie öfter so verschwand. Manchmal sogar für Monate. Er wusste nichts von ihr. Außer dass es immer derselbe Mann war, der ihre Schulden bezahlte.

## 12

# Selbst die Liebe ist manchmal keine Lösung

Julies richtiger Vorname war Violaine, wie Rico erst einige Monate später erfuhr. Aber er konnte sich nie dazu durchringen, sie so zu nennen. Sie war und blieb für immer Julie. Er hatte sie zufällig in Brest wiedergetroffen, wo er sich seit zwei Tagen aufhielt, um Kunden zu besuchen. Rico wohnte, wie üblich, im *Astoria,* einem kleinen, anspruchslosen Hotel in der Rue Traverse, zwei Schritte vom Cour Dajot, wo er sich abends gern entspannte und etwas spazieren ging.

Als er in den Speisesaal des Hotels kam, sah er sie dort sitzen. Julie. Sie war beim Frühstück, allein. Mit abwesender Miene tauchte sie mechanisch ein Croissant in ihre Kaffeetasse. Rico starrte sie einen Moment an und ging dann auf ihren Tisch zu. Sie hob die Augen zu ihm hoch. Mit demselben Blick wie bei ihrer ersten Begegnung. Mit Augen, die die ganze Welt zum Heulen bringen konnten, wie Rico selber sich ausdrückte. Alles, was ihm seit der Unfallnacht auf dem Herzen lag, löste sich sogleich in Nichts auf. Nur durch diesen Blick.

»Darf ich mich setzen?«, fragte er.

Julie nickte. Sie hatte keinerlei Überraschung gezeigt, ihn zu sehen. Keine Ablehnung, aber auch keine Freude. Und offensichtlich war sie nicht bereit, sich für ihr Schweigen zu entschuldigen. Das Einzige, was Rico gewiss zu sein schien, war, dass seine Anwesenheit sie nicht gleichgültig ließ.

»Was machst du hier?«, fragte er mit vorgetäuschter Kälte.

»Ich habe meinen Mann begleitet«, sagte sie umstandslos und mit tonloser Stimme. »Er ist Marineoffizier. Auf der *Foch*. Er ist gerade wieder in See gestochen.«

Sie sah ihn über ihre Tasse an, erwartete eine Frage. Rico stellte keine. Erregung stieg in ihm auf. Die Begierde nach ihr. Was sie ihm eben über ihr Leben enthüllt hatte, war bedeutungslos. Wichtig daran war nur, dass ihr Mann gerade abgefahren war, dass sie wieder allein war. Er hatte Lust, ihr zu sagen: »Was für ein Glück, dich wieder zu sehen.«

Aber sie fuhr mit derselben tonlosen Stimme fort: »Sie fahren ins Mittelmeer. Ich muss ihn in Toulon treffen, Ende der Woche.«

Setzte ihre Tasse ab und sah auf die Uhr. »Ich darf mich nicht verspäten. Mein Zug fährt in einer Stunde.«

»Ich nehme denselben Zug«, lächelte Rico und steckte sich eine Zigarette an. »Ich fahre auch nach Rennes zurück.«

»Mit dem Zug?«

Sie verbrachten die zweistündige Zugfahrt im Speisewagen und tranken Whisky. Rico erzählte ihr von dem Unfall. Dass man ihm den Führerschein entzogen hatte. Und dass er seine Kunden seitdem per Zug und Taxi aufsuchte. Diese Reisen kosteten dreimal so viel Zeit, erklärte er ihr. Er musste mit den Abfahrtszeiten jonglieren.

»Brest–Caen«, scherzte er, »du kannst dir nicht vorstellen, was für eine Hölle das ist!«

Julie hörte ihm zu, offensichtlich gleichgültig, die Augen auf die vorbeiziehende Landschaft gerichtet. Wie in einem anderen Leben verloren. In anderen Missgeschicken.

»Ich bin mehrere Abende ins *Chatham* gegangen, weil ich dich gern wieder sehen wollte.«

Sie antwortete immer noch nicht, und Rico sagte etwas genervt: »Einer der Kellner sagte mir, dass er dich gut kannte. Dass du eine Zeit lang kommst und dann plötzlich verschwindest. Dabei hinterlassest du Schulden, die dein ... Mann – dein Mann, ist das richtig? – bezahle ...«

Er hatte Lust, sie zu umarmen, sie ganz zärtlich an sich zu drücken. Aber er stellte sich aggressiv: »Und dass du nicht wählerisch mit den Männern wärest, die dir ein Glas ausgeben.«

Endlich drehte sie ihm den Kopf zu. »Na und?«

Rico wollte, dass sie sich verteidigte, dass sie das abstritt, dass sie ihm erklärte ... Ganz gleich, was, nur dass sie mit ihm sprach. Weiter über sich. Daher stellte er die Frage, die ihm auf den Lippen brannte: »Liebst du ihn?«

»Nein«, antwortete sie kalt und sah ihm tief in die Augen.

»Warum bleibst du dann bei ihm?«

»Weil das mein Leben ist. Reicht dir das?«

Rico fragte nicht weiter, und sie blieben bis Rennes schweigend vor ihrem Glas sitzen.

»Was machst du jetzt?«, fragte Julie ihn, als sie aus dem TGV stiegen.

Rico hatte in fünf Minuten einen Anschluss nach Saint-Malo.

»Ich hab keine Lust, allein zu sein.« Ihre schwarzen Augen klammerten sich an ihm fest. Sie schien erschöpft zu sein.

»Mein Zug fährt gleich auf dem anderen Bahnsteig los«, antwortete Rico. »Komm.«

Er nahm ihren Arm und zog sie zum Zug, der schon bereitstand. Sie wehrte sich nicht. Der während der Fahrt getrunkene Alkohol baute erneut eine Brücke zwischen ihrer beider Einsamkeit.

Im Wohnzimmer sah Julie amüsiert auf das Sofa und auf den Boden, wo sie sich vor einigen Monaten geliebt hatten.

»Und«, sagte sie, »gibt es nun eigentlich ein Bett in diesem Haus?«

»Selbstverständlich«, grinste Rico. »In meinem Zimmer.«

»Auf was wartest du, bis du es mir zeigst?«

Ihr Körper kam ihm noch zerbrechlicher vor. Ihre Haut noch samtiger. Sie zitterte, als er in sie eindrang. Als ob sie zum ersten Mal einen Mann in sich spürte.

Wenn sie ihre Augen öffnete, glänzten sie nicht vor Glück. Sie waren nur ein Meer der Traurigkeit. Dennoch glaubte Rico, dass Julie Lust empfand. Sie hatten sich ganz langsam geliebt, bis er spürte, wie ihre Fingernägel seinen Rücken zerkratzten. Aber – und Rico wurde das erst später klar – sie hatten nur jeweils für sich Lust empfunden und nicht miteinander. Zwei fremde Körper, die sich an einem flüchtigen Glück berauschten.

»Mein Ehemann hat den Mann getötet, den ich liebte.«

Immer noch im Bett liegend, rauchten sie schon seit einer Weile schweigend vor sich hin. Julie starrte auf einen imaginären Punkt an der Decke. Sie hatte diese Worte wieder mit dieser tonlosen, flachen Stimme ausgesprochen, die sie benutzte, wenn sie von ihrem Leben sprach.

»Getötet?«, wiederholte Rico überrascht.

»Mein Mann hat ihm mit seinem Revolver und seinen Drohungen so viel Angst eingeflößt, dass er sang- und klanglos verschwunden ist. Er hat mir nicht mal Auf Wiedersehen oder sonst was gesagt ...«

»War das, bevor wir uns kennen gelernt haben?«

Sie nickte. »Lange vorher. Ich war bereit, alles für ihn aufzugeben ... Ich war schon seit zwei Tagen zu meinen Eltern geflüchtet. Nach Lamballe. Mein Mann hat mich bis zu ihnen verfolgt. Um mich wieder nach Hause zu bringen, wie er zu meinem Vater sagte.«

Sie drehte sich zum Nachttisch um und langte nach der Whiskyflasche, die Rico mit ins Schlafzimmer gebracht hatte.

Rico ließ seine Augen über Julies Körper schweifen. Von ihren schmalen Schultern bis zu ihrem kleinen, runden Hintern.

Sie füllte zwei Gläser und reichte Rico eines. »Er hat mich vor ihren Augen geohrfeigt, und sie haben nichts gesagt ... Sie mögen ihn sehr, meinen Mann. Einen Offizier in der Familie zu haben, das ist ja was ... Das Prestige der Uniform und all das ...«

»Warum hast du ihn geheiratet?«

»Meine Mutter hat einfach nicht verstanden, was mir in den Kopf gekommen war. Das hat sie mir an diesem Abend in der Küche gesagt. Dass es Zeit sei, Kinder zu kriegen, wie meine Schwestern ...« Sie leerte ihr Glas. »Die Liebe ist nicht so wichtig, sondern die Vorstellung, die man von ihr hat ...«

Rico wiederholte seine Frage nicht. Jetzt, wo Julie mit ihm sprach, sich für ihn öffnete, wie er es zu Anfang ihrer Beziehung so sehr gewünscht hatte, jetzt wusste er nicht, was sagen. Oder tun. Oder überhaupt denken.

Er fragte sich, ob diese Geschichte wirklich wahr war. Je mehr Julie sich offenbarte, umso weniger konnte er sich ein Bild von ihr machen. Er hörte nur noch zerstreut zu.

Einen Moment lang stellte er sich vor, wie Sophie in Alains Bett lag und ihm – wie Julie in diesem Augenblick – vom tristen Leben mit ihrem Ehemann erzählte. Zweifellos, indem sie ihr Unglück übertrieb, um ihn noch mehr zu rühren. Ihn zu verführen. Kein Mann, dachte Rico, war unempfindlich für das Liebesleid einer Frau. Und dieser Gedanke widerte ihn zutiefst an.

»Nach dem Essen, als wir uns ins Schlafzimmer zurückzogen, hat er sich auf mich gestürzt und auf dem Bett umgedreht. Er hat mich vergewaltigt. Er hat mich vergewaltigt, verstehst du? Ich habe mich gewehrt. Er sagte entsetzliche Dinge. Ich habe geheult, laut geschrien. Er hätte mich umbringen können ... Aber weder mein Vater noch meine Mutter haben sich gerührt. Ich war eben seine Frau ... und das war sein gutes Recht ... Das haben meine Eltern wahrscheinlich auch gedacht. Meine Mutter ...«

Rico begehrte sie erneut, und in Wirklichkeit dachte er nur an eins. An ihren kleinen Hintern, den er vor kurzem gesehen hatte.

»Komm«, sagte Rico und zog sie an sich.

»Ich kann nicht mehr«, flüsterte sie.

Ihr Stimme war völlig gefühllos. Im Blick, mit dem sie Rico ansah, schien jede Leidenschaft erloschen. Ricos letzte Hoffnung, noch einmal mit ihr zu vögeln, entschwand.

»Ich muss nach Hause. Rufst du mir bitte ein Taxi?«

Am nächsten Tag trafen sie sich im *Chatham*. Sie tranken ohne Ende. Als die Bar schloss, wollte sie ihn nicht mit zu sich nehmen. Daher machten sie sich auf die Suche nach einem Hotel. Schließlich fanden sie ein Zimmer im *Atlantic,* an der Place de Lices.

Als Rico aufwachte, war Julie nicht mehr da. Er wusste, dass sie nie mehr da sein würde. Spät in der Nacht hatte er ein bisschen angeberisch, aber vor allem, weil er scharf auf sie war, gesagt: »Weißt du, mir jagt dein Mann keine Angst ein. Wenn du willst ...«

»Aber ich liebe dich nicht«, hatte sie müde geantwortet. »Ich liebe dich nicht.«

Ricos Blut war wie erstarrt. Was ihm noch vom Leben und an Hoffnung geblieben war, seitdem Sophie ihn verlassen hatte, Julie hatte es mit einem Schlag zerstört. In ihrem Sturz mitgerissen. Wie er erst später verstand, hatte Julie ihn an den Rand des Abgrunds geführt, in den sie schon seit langem gefallen war. Er hatte sich von ihr dorthin führen lassen.

Und der volle Absturz kam, als man ihn nach Paris zitierte, um sich zu den katastrophalen Verkaufsergebnissen im ersten Halbjahr zu äußern. Der Mann, der sich in Paris einfand, war ein verlorener Mann. Man gab ihm keine Chance.

Maevas Tränen ließen Rico hochschrecken. Nachdem er noch einen kräftigen Schluck Pastis genommen hatte, war er auf dem Sofa wieder eingenickt. Er stand auf. Als Monique in die Küche kam, war er gerade mit dem Kaffeekochen fertig.

Sie steckte sich eine Kippe an und griff nach einer Tasse. »Schon auf?«

Sie schien weniger erschöpft zu sein als am Vorabend. Nicht so nervös. Entspannter.

»Wegen der Kleinen, nicht wahr? Sie hat die ganze Nacht schlecht geschlafen ... Hier hört man ja alles. Die Wände sind wie aus Zigarettenpapier.« Sie sah Rico an und fragte sich, ob er sie gehört hatte, sie beide, und nicht nur das Geweine von Maeva.

Natürlich hatte er gehört, wie sie übereinander hergefallen waren. Das lange Stöhnen von Dede, das Wimmern von Monique. Ihre Lust hatte in ihm widergehallt wie das Echo seiner fernen Freuden.

Aber er zuckte nur mit den Schultern. »Ich schlafe nie besonders gut.«

Sie sahen sich erneut an.

»Weißt du schon, Dede wird noch eine Weile bleiben.«

»Ja, hat er mir gesagt.«

Es ist eben so, wie es ist, schien Moniques Blick zu sagen. Wie es der Zufall will. Das vertrieb nicht die Mattigkeit in der Tiefe ihrer Augen. Das vertrieb nicht ihr trauriges Lächeln. Ihr Leben hatte mit Jo auch nicht mehr Sinn als mit Dede. Nur dass es zu zweit erträglicher war. Ob mit Jo oder mit Dede.

»Ich hab noch Klamotten von Jo, sie sind eher deine Größe als die von Dede. Wenn du willst, kannst du sie nehmen.«

Er hatte alles doppelt genommen. Hosen, Hemden, T-Shirts, Socken. Und einen dicken Seemannspullover mit Knöpfen auf der linken Schulter. Die Slips ließ er liegen, er bevorzugte richtige Unterhosen. Seine dreckigen Sachen warf er in den Mülleimer. Monique sah ihm dabei zu.

»Du wirfst alles weg?«

Eine Gewohnheit, die er zusammen mit Titi angenommen hatte. Zu Anfang ging er in den Waschsalon. Waschen, schleudern, trocknen. Zwanzig Francs für sechs Kilo. Plus Waschpulver. Das war ganz schön teuer, jede Woche. Vor allem da er nie sechs Kilo hatte und es trotzdem zwanzig Francs kostete. Außerdem brauchte man vorher immer Ersatzklamotten. Einmal, in einem Waschsalon in der Rue de

Montreuil, war ein junger Herumstreicher reingekommen, hatte sich bis auf die Unterhose völlig nackt ausgezogen und eine Waschmaschine angeworfen. Dann hatte er gewartet.

Mehrere Frauen, Familienmütter, waren über diesen Striptease entsetzt gewesen.

»Was solls!«, hatte er ihnen entgegengehalten. »Habt ihr noch nie die Levi's-Reklame gesehen?«

Natürlich hatten sie. Aber so fanden sie das weit weniger lustig als im Fernsehen.

»Sauber zu bleiben«, hatte Titi ihm erklärt, »ist auf der Straße noch schwieriger als etwas zu essen zu finden. Und wenn du nicht sauber bist, sackst du wirklich ab. Denn niemand wird dir etwas zustecken, wenn du stinkst.«

»Wie machst du das?«

Titi hatte »seine« Bar, in die er sich jeden Morgen waschen ging. Die Unterarme, die Hände. Das Gesicht. Zähne putzen. Den Bart reinigen. Einmal in der Woche ging er zur Heilsarmee in der Rue Bouret, im 19. Arrondissement. Das Duschen kostete sechs Francs, inklusive Handtuch, Waschlappen, Shampoo und Seife. Und niemand trieb einen zur Eile an, klopfte an die Tür. Vorher ging er zu Tati an der Place de la République und kaufte sich ein T-Shirt, eine Unterhose und saubere Socken. Oder Jeans für fünfzig Francs. »Wenn du die neuen Sachen anziehst, fühlst du dich sauwohl«, sagte Titi, »vor allem, wenn du frisch geduscht bist.«

Rico hatte sich auch für diese Methode entschieden. Nur für Mäntel, Jacken, Pullover und Schuhe benutzte er die »Kleiderschränke« der Heilsarmee oder des Katholischen Hilfswerks.

»Wegwerfen ist einfacher«, antwortete er Monique. Er wusste nicht, worüber er mit ihr reden sollte. Es war einfach zu lange her, dass er Kontakt mit einer Frau gehabt hatte. Dass er gehört hatte, wie sie in dieser Nacht die Lust genossen hatte, hatte sein Elend noch vergrößert. Er wollte sie und Dede so schnell wie möglich verlassen.

Felix wartete in der Eingangshalle des Mietshauses. Er saß auf einer Treppenstufe, und der Eidechsenkopf schien zu schlafen. Sein Fußball steckte in einer großen Plastiktüte.

»Ich bring dich zum Bus«, sagte er, als er aufstand. Der Eidechsenkopf im Augenwinkel begann zu zappeln.

»Warum bist du gestern Abend abgehauen?«

»Ich musste zum Bauernhof. Norbert hat Grippe. Und Anne brauchte mich. Ich mach ihr gern eine Freude. Sie ist hübsch, und sie ist nett zu mir.«

Es hatte die ganze Nacht geschneit. Aber Rico fand die Temperatur viel angenehmer als am Vortag. Wahrscheinlich wegen der heißen Dusche und der sauberen Klamotten.

»Pass auf, dass du nicht ausrutschst«, sagte Felix.

»Du solltest raufgehen, einen Kaffee trinken ...«

Felix zuckte mit den Schultern. »Weißt du, Jo hat mich gebeten, auf Monique und die Kleine aufzupassen, solange er fort ist.« Er begann schon wie Monique zu reden, mit denselben Betonungen. »Sonst wär ich gern mit dir mitgegangen, nach Marseille. Das hätte mir gefallen. Da unten spielt Olympique Marseille. Die sind verdammt gut, als Fußballmannschaft.«

»Dede ist ja jetzt da.«

»Schon, aber der bleibt bestimmt nicht lange. Aber du weißt ja, ich möchte nicht mehr darüber sprechen.«

# 13

# Tage mit und Tage ohne, hier bleibt die Zukunft stehen

Rico irrte schon seit einer Viertelstunde durch die Halle des Bahnhofs La Part-Dieu in Lyon. Die Sache hätte ganz einfach sein können. Wie bei jedem Reisenden. Aber als er in den TGV nach Marseille stieg, Wagen fünf, Raucher, stand er direkt vor einem Kontrolleur. Dieser merkte gleich, mit wem er es zu tun hatte. Er war offensichtlich darauf trainiert, arme Teufel zu entdecken. Wie bestimmte Hunde darauf dressiert sind, an den Grenzen Drogen im Reisegepäck aufzuspüren. Denn gewaschen, frisch rasiert und unter seiner piekfeinen schwarzen Jacke in saubere Klamotten gekleidet, sah Rico aus wie alle anderen Reisenden, die man auf dem Bahnsteig traf. Nur sein verwaschener Rucksack, dreckig und mit Flecken bedeckt, war verräterisch.

»Wohin fahren Sie?«

»Marseille.«

»Zeigen Sie mir bitte Ihren Fahrschein?«

Rico hob mit vorgetäuschter Lässigkeit die Schultern.

»Gehen Sie sich einen Fahrschein kaufen.«

»Ich hab kein Geld, Monsieur«, entschuldigte Rico sich so erbarmenswert wie möglich.

Manchmal klappte es, auf Unterwürfigkeit zu machen. Mitleid zu erregen. Er hatte diese Methode auf seinen Paris-

Rennes-Fahrten ausprobiert. Man verlangte seine Papiere. Man verpasste ihm eine Geldstrafe. Und weiter ging die Fahrt …

Der Kontrolleur starrte ihn an. Sie mussten beide etwa im gleichen Alter sein. Zwei Männer aus ein und derselben Generation. Aber einer hatte einen Job, sein Gehalt und seinen Machtbereich, und der andere hatte nur noch ein paar Klamotten in einem elenden Rucksack. Ein harter Typ, dachte Rico, während er demütig den Kopf gesenkt hielt. Zorn stieg in ihm hoch, wie immer, wenn er auf einen dieser Typen traf. Was hätte es diesen Kerl schon gekostet, ihn im Zug zu lassen? Das würde für die Bahngesellschaft auch nichts ändern. Oder etwa für die Volkswirtschaft? Oder für die Zukunft Europas? Warum regte er sich, verdammt nochmal, darüber auf?

Der Kontrolleur hatte eine Antwort auf Ricos Fragen. Und zweifellos auf alle Fragen.

»Es ist nicht unsere Aufgabe, das Elend dieser Welt zu transportieren. Los, steigen Sie aus!« Er sagte das ohne Härte, aber dennoch entschlossen. Mit der Autorität, die ihm seine Mütze verlieh. Leute stiegen ein. Eilig, besorgt, ihren Platz nicht zu finden, den Zug zu verpassen. Familien. Ältere Personen. Einzelne Männer. Einzelne Frauen. Junge. Blonde. Brünette. Afrikaner. Araber. Japaner. Jedesmal trat der Kontrolleur lächelnd zurück, um sie vorbeizulassen.

»Entschuldigen Sie«, wandte sich eine junge Frau völlig außer Atem an ihn. »Ich hatte keine Zeit mehr, meine Fahrkarte abzustempeln.«

»Das macht nichts, Madame. Setzen Sie sich erst mal. Ich werde zu Ihnen kommen.«

Sein Ton war liebenswürdig. Beruhigend. Wie in der

Bahn-Reklame. Wir sorgen dafür, dass Sie lieber mit dem Zug fahren.

»Steigen Sie aus«, wiederholte der Kontrolleur. »Sie stehen im Weg, das sehen Sie doch.«

Es stimmte, sein Rucksack versperrte den Zugang. Manche Leute warfen ihm böse Blicke zu. Manche stießen ihn beiseite, um vorbeizukommen. Unter dem starken Druck eines ziemlich korpulenten Mannes hätte Rico fast das Gleichgewicht verloren. Er klammerte sich an den Arm des Kontrolleurs.

»Nur bis Valence«, versuchte Rico es mit einem Lächeln.

»Sie steigen aus, hab ich gesagt.« Er schüttelte Ricos Hand ab.

Rico hatte plötzlich genug davon, das arme Würstchen zu spielen. Zu bitten und zu betteln. Er sah dem Kontrolleur in die Augen. Klare, gleichgültige Augen, in denen nur die Kälte der Dienstvorschriften zu lesen war.

»Arschloch!«

Rico hatte nicht seine Stimme gehoben. Er sagte das ohne Hass und Zorn. Nur mit Verachtung. Viel Verachtung. Der Kontrolleur bekam die Beleidigung mitten ins Gesicht, als ob er angespuckt würde.

»Steig aus!« Das war jetzt ein Befehl. Mit dem Duzen, das herabwürdigen sollte.

Rico gehorchte. Der Kontrolleur folgte ihm auf den Bahnsteig. Er lächelte nicht mehr.

»Wenn ich dich wieder einsteigen sehe, wird der Zug nicht abfahren. Hast du das kapiert? Los, verpiss dich, du Armleuchter!«

Sie waren zwei Männer, nicht mehr aus derselben Generation, sondern aus zwei verschiedenen Welten.

Rico warf ihm erneut einen verächtlichen Blick zu. Er stellte sich ihn im Hauptdepot vor. Bei seiner Ankunft in Marseille. Wie er die Geschichte seinen Kollegen erzählte und ein wohlverdientes frisches Bier trank. »Es gibt doch Institutionen für diese Leute ... Die müssen ja nicht auf den Straßen rumziehen, und dann noch bei dieser Kälte ...« Die Arbeitskollegen würden ihm nicht widersprechen. Einem Gewerkschaftsgenossen mangelnde Menschlichkeit vorwerfen. Man würde weitere frische, wohlverdiente Biere öffnen und auf die 35-Stunden-Woche, die Gehaltszulagen und das neue Prämiensystem zu sprechen kommen ...

»Armer Kerl«, murmelte Rico. Dann drehte er dem Kontrolleur den Rücken zu und ging wieder in die Haupthalle.

Rico machte einen anderen Zug aus. Bis Valence. Von dort würde ihn ein TGV nach Marseille bringen. Er machte sich auf die Suche nach einer Bank. Aber sie waren alle besetzt.

Der fehlende Schlaf der letzten Nacht begann ihm auf die Schultern zu drücken. Seine Rückenschmerzen begannen wieder. Ein untrüglicher stechender Schmerz. Er lehnte seinen Rucksack gegen ein Schaufenster, setzte sich auf den Boden und öffnete eine Dose Bier. Mit dem ersten Schluck nahm er zwei Paracetamol ein, die er sich vorsichtshalber am Morgen in Chalon gekauft hatte.

Rico musste wieder an Dede denken. In diesem elenden Winter hatte sich für ihn eine glückliche Enklave geöffnet. Ein Dach über dem Kopf, eine Frau. Macht nichts, wenns nicht ewig dauert, hatte Dede ihm an der Tür zugeflüstert. Es war immerhin besser, als auf der Straße zu sitzen. Dann dachte er an Felix, der sich entschieden hatte, die Städte und die Menschen zu meiden. In einer Hütte mitten auf dem Land zu leben. Mit dem Lächeln von Sophie Marceau, die wie eine Madonna über ihn wachte. Eidechsenkopf, Eidechsenschwanz, hatte Rico gemurmelt, als er auf Felix zurückblickte, der unbeweglich, wie in Hab-Acht-Stellung auf dem Gehsteig stand, als der Bus sich entfernte.

Er ließ ihn zurück. Wie Dede und Monique. Das war ein endgültiger Abschied. Es würde kein Zurück mehr geben. Marseille würde das Ende der Reise und des Herumirrens sein. Abscheu vor dem Leben hatte ihn seit Titis Tod erfasst. Abscheu vor sich selbst. Ricos Augen schlossen sich. Immer wieder sah er Juliens Blick in der Heckscheibe von Sophies Wagen. Er versenkte sich in diesen Blick, so tief er konnte, um in ihm einen noch so geringen Funken von Hoffnung zu finden, aber er fand nichts, und er sagte sich, dass er zu viel grübelte, dass das nichts brachte und dass er nichts und niemanden mehr hatte. Nichts. Weniger als nichts.

Er wurde heftig geschüttelt und sah auf. Die »Blauen«. Sie waren zu zweit, wie immer. Ein Farbiger aus der Karibik und eine junge Frau. Scheiße! Einmal hatte ihn die Brigade zum Schutz von Obdachlosen eingesammelt, aber seither war es ihm immer gelungen, die »Blauen« zu meiden. Er fragte sich, ob es auch in Lyon so etwas wie in Paris das Zentrum in Nanterre gab, ein Heim, in das sie alle karrten, die sie am Ende des Tages einkassiert hatten.

»Im Bahnhof wird nicht geschlafen«, schnarrte der Farbige.

Rico stand mühsam auf, noch benommen vom Schlaf. Er sah auf die Uhr. Fünf nach vier. Er hatte zwei Stunden geschlafen und den Zug nach Marseille verpasst.

»Pack deinen Müll ein!«, befahl der Bulle und deutete auf die Bierdose.

Rico hob die leere Dose auf, steckte sie in seine Jackentasche und schulterte seinen Rucksack.

»Hast du Papiere?«, fragte die Bullenfrau.

Rico reichte ihr seinen zusammengefalteten Personalausweis. Sie faltete ihn angewidert auseinander und warf einen Blick auf das alte Foto. Dann starrte sie ihn an. »Und hast du Geld?«

Rico zeigte hundert Francs vor. Ein Ausweis und hundert Francs, das musste normalerweise reichen. Aber aus den Blicken der beiden sah er, dass es noch nicht zu Ende war. Es war einfach nicht sein Tag heute.

»Und wohin willst du?«, fuhr die Bullenfrau fort.

»Marseille.«

»Für hundert Francs kriegst du keinen Fahrschein.«

»Ich weiß.«

»Und dann?«

Rico zuckte mit den Schultern. »Ich werde mich mit einem Kontrolleur einigen.«

»Ach, ja?« Die beiden Bullen sahen sich an. »Komm mit!«

Verdammte Scheiße, keuchte Rico wieder. Er hätte sich in den Arsch beißen mögen. Wie hatte er sich nur vom Schlaf übermannen lassen können. Er hätte sie kommen sehen müssen.

»Mein Zug ...«, stammelte er.

»Du kommst erst mal mit!«

Sie führten ihn zur Polizeistation des Bahnhofs. Dort ließen sie ihn auf einer Bank schmoren.

»Die Festnahme zur Überprüfung der Personalien ist

weder legal noch illegal«, hatte Titi ihm an dem Morgen erklärt, als sie Rico in Nanterre freiließen. »Sie kassieren uns gegen unseren Willen ein, aber das ist nur zu unserem Besten, sagen sie. Daher wird die Unklarheit der Gesetze bestimmt nicht so bald abgeschafft werden ...«

Nanterre. Rico sah sich mit Entsetzen wieder dort stehen. Splitternackt. Ein Stück Seife und ein Handtuch in der Hand. Auf dem Weg zur Zwangsdusche. Unter dem strengen Blick eines Aufsehers, der diejenigen unters Wasser stieß, die sich dagegen wehrten. Dann splitternackt in einem Flur. Vor einem Schalter, an dem ein verschlissener Pyjama mit unauslöschlichen Flecken für die Nacht ausgeteilt wurde. Nanterre ...

Bullen kamen herein, andere gingen hinaus. Rico hörte jetzt, wie sie in ihrem Dienstzimmer Witze erzählten und lachten. Einmal konnte er verstehen, wie jemand sagte: »Und weißt du, wie sie in Marseille illegale Einwanderer aus dem Maghreb einsammeln?«

»Nein«, sagte eine Stimme.

»Sie schütteln einfach die Baugerüste!«

Und alle brachen in Gelächter aus.

Die Zeit verging. Um sechs Uhr kamen der Farbige und die Bullenfrau zu Rico. »Los, folge uns.«

Rico war fix und fertig. Selbst innerlich fluchte er nicht mehr. Er ließ sich resigniert abführen. Vor seinen Augen standen immer noch die Bilder von Nanterre. Alle im Gänsemarsch. Zwangsspaziergang im Hof, bis zur Essenszeit. Einer hinter dem anderen, stillschweigend. Die tägliche Runde von Gespenstern aus einer anderen Welt.

Sie verließen den Bahnhof, und Rico musste in einen weißen Renault einsteigen. Sie fuhren durch Lyon. Eine Stadt, die Rico nur schlecht kannte. Er hatte dreimal in seinem Leben dorthin müssen. Und sich dort nie wohlgefühlt. In der Ferne, zu seiner Rechten sah er den Hügel von Fourvière und begann sich Sorgen zu machen.

»Wohin fahren wir?«, fragte er schüchtern.

Nachdem sie die Innenstadt verlassen hatten, richteten sie nur einmal das Wort an ihn. Nach Pierre-Bénite am Rhone-Ufer. Am Autobahnzubringer befahlen sie ihm auszusteigen.

Die Bullenfrau reichte ihm durch das Fenster seinen Personalausweis. »Da, hier bist du auf dem richtigen Weg«, scherzte sie. »Sieh bloß zu, dass du schnell wegkommst. Laut Wetterkarte soll es jede Menge Schnee geben. Gute Reise!«

Der Wagen fuhr weg und ließ ihn in der Kurve des Autobahnzubringers stehen. Hier würde niemand anhalten und ihn mitnehmen. Falls überhaupt jemand dazu bereit sein sollte.

Rico spürte, wie sich die Kälte um seine Schultern legte. Er holte seine Mütze aus der Tasche und zog sie über die Ohren, dann klappte er noch die Kapuze über den Kopf und schnallte sie unter dem Kinn fest. Mechanische Handbewegungen. Überleben. Er ging die Straße ein Stück zurück und versuchte sein Glück als Anhalter.

Seit die Bullen ihn abgesetzt hatten, lief sein Kopf im Leerlauf. Von hundert Herumtreibern in Part-Dieu mussten sie ausgerechnet ihn einkassieren. Warum? Darum. Punkt, aus. Es gab Tage mit und es gab Tage ohne, hatte Titi oft gesagt. Tage, die einen Anschein von Zukunft hatten, und auch Tage ohne.

Autos und Lastwagen fuhren vorbei. Aufblitzende Scheinwerfer. Kurze Huptöne. Es machte vielen Leuten immer wieder Spaß, einen armen Typen am Straßenrand zu sehen.

Ein roter Renault, der vorsichtig in den Zubringer eingebogen war, fuhr langsamer, als er an ihm vorbeikam. Der rechte Blinker ging an. Und ein Stück weiter blieb die Karre stehen. Rico wartete, ohne sich zu rühren. Man hatte ihm oft genug den Streich gespielt, in dem Moment wieder anzufahren, in dem er näher kam. Der Wagen fuhr langsam rückwärts. Rico hob seinen Rucksack auf und ging ihm entgegen.

Die Tür öffnete sich. Am Lenker saß ein alter Mann. Das Innere stank nach Hunden.

»Wohin wollen Sie?«, fragte er, als er wieder losfuhr.

»Marseille.«

Der Alte gluckste vor sich hin. »Ich fahr nur bis Vienne ... Marguerite macht sich Sorgen, wenn ich nicht nach Hause komme.«

»Ist das Ihre Frau?«

»Mein Hund. Ein Labrador. Meine Frau, die hieß Louise ... Sie hat es vorgezogen, sich davonzumachen.« Er fuhr langsam auf der rechten Spur. Den Kopf über den Lenker gebeugt.

»Vielleicht kann ich in Vienne den Zug nehmen.«

»Ich kann Sie da absetzen. Aber das wäre in Lyon einfacher gewesen. In Vienne gibt es nur einen kleinen Bahnhof.«

Rico hatte keine Lust, von seiner unglücklichen Begegnung mit den »Blauen« zu erzählen. »Man kann nicht immer machen, was man gern möchte.«

»Das hat meine Frau auch immer gesagt. Das bringt einen nicht weiter ...« Er drehte den Kopf zu Rico.

»Wohlgemerkt, ich meine das nicht böse. Wir waren glücklich miteinander, Louise und ich. Aber vielleicht hätte man noch etwas anderes erleben können ... wenn man einfach mehr gewollt hätte.«

Rico dachte, dass der alte Mann Recht hatte.

»Aber der Hund ist noch da. Wir werden zusammen alt ... Wenn er noch da ist ...« Er warf Rico einen Blick zu und konzentrierte sich dann wieder auf die Straße. »Alles klar? Sie haben doch keine Angst, oder?«

»Alles klar!«

Es gab einen Zug. In einer halben Stunde. Er musste in Valence umsteigen. Dreißig Minuten Wartezeit für einen TGV, der nach Montpellier fuhr. Rico hatte keine große Wahl. Entweder er verbrachte die Nacht in Vienne oder in Avignon. Nachts war es einfacher zu reisen. Die Kontrolleure waren nicht so verbissen. Manchmal bekam man sie gar nicht zu Gesicht. Und von Avignon war es nur noch eine Stunde bis Marseille. Er entschied sich für die zweite Lösung. So nah wie möglich an Marseille herankommen.

14

# Nach dem Schnee der Mistral, und die Kälte, wie immer

In Avignon lag kein Schnee, stattdessen wurde es vom Mistral gebeutelt. Rico hatte kaum einen Fuß auf den Bahnsteig gesetzt, als er spürte, wie der Wind seinen Körper erstarren ließ. Er beeilte sich, in die unterirdische Passage zu kommen, um sich in Schutz zu bringen. Dort, in dem langen Gang, konnte er wieder durchatmen.

In der wenig belebten Bahnhofshalle wollten anscheinend alle so schnell wie möglich nach Hause kommen. Rico wusste nicht so recht, was er tun sollte. Die Nacht in einer Ecke des Bahnhofs verbringen oder in den Mistral hinausgehen und sich einen Unterschlupf suchen, bis der erste Zug nach Marseille fuhr. Er spürte, dass Blicke auf ihn gerichtet waren. Skinheads mit ihren Hunden. Sechs, davon zwei Mädchen. Alle mit rasiertem Schädel. Sie hingen bei den Telefonzellen herum, in der Passage, die von der Halle zur Bahnhofskneipe führte.

Rico reagierte nicht schnell genug. Eines der Mädchen löste sich von der Gruppe und kam mit der Zigarette zwischen den Lippen auf ihn zu. Einer der Hunde folgte ihr, ein Bastard mit einer Wolfsschnauze. Das Mädchen pflanzte sich vor Rico auf. Sie hatte kleine Silberringe an den Ohren, an den Augenbrauen und zwischen den Nasenlöchern. Sie stank nach Schmutz und Bier.

»Hast du mal ’ne Kippe für mich?«, fragte sie ihn und blies ihm ihren Rauch ins Gesicht.

Der Hund schnüffelte an seinen Schuhen und seinem Hosensaum. Er wird mich gleich anpissen, dachte er. So was hatte er schon mal gesehen, im Bahnhof Saint-Lazare. Manche Skinheads dressierten sie darauf. Sie fanden es lustiger, wenn ihr Hund nicht Bäume anpisste, sondern die Beine von Leuten. Er zog seine Schachtel raus. Fortuna, die er in Lyon gekauft hatte. Sie waren billig, aber es gab sie nicht überall. Er reichte ihr die Schachtel hin und vermied es dabei, sie anzusehen. Sie hatte verwaschene blaue Augen. Trüb. Genauso dreckig, wie ihr Körper sein musste. Das Mädchen nahm eine Zigarette und steckte sie hinters rechte Ohr.

»Und auch eine für meinen Kumpel?«

Der Hund schnüffelte jetzt zwischen seinen Beinen herum. Bereit, ihn in die Eier zu beißen. Er wusste, die ganze Situation konnte schnell umkippen. Vier Typen, zwei Hunde. Wenn sie über ihn herfielen, konnte er nichts machen. Und niemand würde ihm helfen.

»Warum nicht«, sagte er schließlich.

Das Mädchen machte die gleiche Bewegung, und die Zigarette landete hinter dem linken Ohr. Auf ihren schmalen Lippen schwebte ein fieses Lächeln. So verlockend wie eine Rasierklinge. Sie hatte eine ebenso degenerierte Fresse wie der Hund, der ihm am Hintern klebte.

»Und hast du vielleicht auch hundert Francs?«

»Du hast mich wohl nicht richtig angesehen.«

Ein Skin – der Kerl von dem Mädchen? – löste sich von der Gruppe und schob sich mit verhaltenem Schritt auf sie zu, eine Flasche Valstar in der Hand. Er war fast zwei Meter groß und musste etwa hundertfünfzig Kilo wiegen. Ein Riese.

»Willst du ’nen Schluck trinken, Kumpel?« Er streckte Rico die Flasche hin.

Ja? Nein? Das war vielleicht der Auslöser für eine Tracht Prügel. Die Hand, die die Flasche hielt, war groß und dick. Ein Schläger. Seine Knöchel waren mit vertrocknetem grauem Schorf bedeckt. Rico nahm die Flasche und trank. Er spürte den bösen Blick des Mädchens und wie die Schnauze des Hundes von hinten zwischen seinen Beinen schnüffelte.

»Willkommen in Avignon!«, grinste der Riese.

Der Biergeruch, zusammen mit der Angst, die ihm im Bauch saß, erweckte in ihm das Bedürfnis nach Alkohol. Er hatte Lust, noch einen großen Schluck zu nehmen, aber er hielt sich zurück. Er musste so schnell wie möglich aus diesem Bahnhof raus. Daher gab er dem Riesen die Flasche zurück.

»Das war gut«, brummte er und rückte seine Mütze zurecht.

»Und, wie heißt du?«, fragte der Typ.

»Rico.«

Der Riese schnappte sich die Zigarette vom linken Ohr des Mädchens und steckte sie zwischen die Lippen. »Hast du Feuer, Rico?«

Rico zog sein Feuerzeug raus und gab es ihm.

»Weißt du, wo du hinwillst?«, fragte das Mädchen.

»Lass gut sein, Vera!«, befahl der Typ und gab Rico das Feuerzeug zurück.

»Verdammt!«, kreischte sie. »Ich kann machen, was ich will! Wenn ich mit diesem Typ gehen will und mich ficken lasse, dann mach ich das eben!«

Die Lage konnte explodieren. Hier und jetzt.

»Du kotzt mich an!«, schrie das Mädchen weiter.

»Ich geh mal weiter«, sagte Rico so ruhig wie möglich.

Und ohne sie anzusehen, marschierte er zum Ausgang. Der Hund begleitete ihn. Die Schnauze an seinen Waden. Er verließ ihn erst, als er die Tür öffnete und dem Hund die eisige Kälte in die Schnauze fuhr. Die beiden anderen hatten sich nicht gerührt. Sie schrien sich noch immer an.

Mit gesenktem Kopf stieg Rico die Bahnhofstreppe hinunter und warf sich mutig in den Mistral.

Rico kannte Avignon nicht und wusste somit auch nicht, in welche Richtung er gehen sollte. Er marschierte einfach geradeaus. Bis er vor der Stadtmauer stand. Porte de la République. Innenstadt, konnte er lesen. Das Beste wäre es, dachte er, den Eingang eines unterirdischen Parkhauses zu finden. Als er die Stadtmauer hinter sich hatte, gelangte er auf einen langen Platz, der von Platanen gesäumt war. Er war menschenleer und düster.

Die Windstöße waren manchmal so stark, dass er von ihnen getragen wurde. Selbst mit dem im Kragen der Skijacke versteckten Mund konnte er kaum atmen. Seine Augen tränten. Jeder Schritt verlangte beträchtliche Anstrengungen. So würde er nicht sehr weit kommen.

Er sah das Schild eines Hotels, das *Bristol*. Er setzte es sich als Ziel, bis dorthin zu kommen. Er musste eine Pause machen, sich erholen.

Auf der Avenue waren noch mehrere Bars geöffnet. Rico stürzte sich in die erste. *La Régence*. Der Innenraum wurde von einem grellen, gelben Licht durchflutet. Er stellte seinen Rucksack ab und setzte sich keuchend hin. Fast sofort stand ein Kellner neben ihm.

»Ein Bier vom Fass«, bestellte Rico.

Außer ihm waren nur sieben andere Gäste da. Alles einzelne Männer. Er steckte sich eine Zigarette an und schaute auf die Straße hinaus. Hoffentlich schloss diese Brasserie spät. So spät wie möglich. Mit dem Bier konnte er die Nacht durchhalten. Die Wanduhr zeigte null Uhr dreißig an. Er musste fünf Stunden totschlagen, bis der erste Zug fuhr.

»Achtzehn Francs«, sagte der Kellner und stellte den Halben auf den Tisch.

»Achtzehn Francs! Für einen Halben?«

»Nachttarif.«

»Wann schließen Sie?«, fragte Rico.

Der Kellner zuckte mit den Schultern. »Wenn der Chef es sagt. Wenn es nach mir ginge, hätten wir längst zu«, meinte er und gab Rico das Wechselgeld zurück. »Ich wär lieber in meinem Bett.«

»Klar«, stimmte Rico ihm zu.

Mit einem Schluck Bier nahm er vier Paracetamol ein, den Blick erneut auf die Straße verloren. Da sah er, wie das Mädchen herüberkam. Den Kopf zwischen den hochgezogenen Schultern, die Hände in den Taschen. Ein hautenger Minirock, eine rote Strumpfhose, farblich abgestimmt auf die Bluse, die sie unter einer offenen Lederjacke trug. Ihre langen Haare flogen in alle Richtungen und verdeckten ihr Gesicht.

Vor der Bar senkte sie die Schultern, warf ihr Haar mit einer heftigen Kopfbewegung zurück und ging dann auf der verglasten Terrasse entlang, wobei sie einen nach dem anderen die Gäste im Inneren musterte. Als sie auf Ricos Höhe ankam, starrte sie ihn an. In ihren Augen lag so etwas wie mühsam zurückgehaltene Wut. Ohne zu wissen warum, lächelte Rico ihr zu. Das Mädchen ging langsam weiter. Als ob der Mistral ihr nichts anhaben könnte.

Rico steckte sich eine weitere Zigarette an und dachte über dieses Mädchen nach. Über die Wut, die er in ihren Augen gelesen hatte. Zweifellos eine Hure. Die sich aber noch nicht damit abgefunden hatte, eine zu sein. Oder die noch zu jung war, um zu glauben, dass ihr Leben nur darin bestehen würde, sich von jeder Menge Männern herumschubsen zu lassen. Er schätzte sie auf höchstens fünfundzwanzig Jahre.

Rico war jetzt der einzige Gast, der an einem Tisch saß. Er hatte gerade einen zweiten Halben bestellt, als er sah, wie das Mädchen wieder vor ihm auf dem Gehsteig vorbeiging. Sie trat in die Bar und setzte sich an einen Tisch in seiner Nähe.

»Sauwetter, was?«, sagte der Kellner zu ihr.

»Ein echtes Scheißwetter, meinst du wohl!« Ihre Stimme klang abgespannt. Sie hatte einen Akzent, den Rico nicht definieren konnte.

»Willst du einen Kaffee?«

»Einen Cognac. Kaffee hab ich schon genug intus.«

»Weißt du, wir schließen bald.«

»Ja, kann ich mir denken.« Sie steckte sich eine Zigarette an und schlug die Beine übereinander. Ricos Blick blieb auf ihr hängen. Er sah sie im Profil. Sie hatte ein längliches Gesicht, das aber trotzdem hübsch wirkte. Hohe Wangenknochen. Ziemlich üppige Lippen. Und eine Masse aschblonder Haare, die auf ihre Schultern fielen.

Langsam drehte sie ihr Gesicht in Ricos Richtung und sah ihm tief in die Augen. Sehr dunkle blaue Augen, fast schwarz. »Gefällt es dir?«

»Was denn?«

»Was du siehst. Mich?«

Rico lächelte. »Ja ... ziemlich ...«

Das Mädchen stand auf und setzte sich an seinen Tisch. »Willst du mit ins Hotel kommen?«, fragte sie und warf ihr Haar nach hinten.

Der Kellner stellte den Cognac vor sie hin. »Fünfzig Francs«, sagte er.

Das Mädchen rührte sich nicht. Der Blick des Kellners wanderte von dem Mädchen zu Rico.

»Das macht fünfzig Francs«, wiederholte er, dieses Mal an Rico gewandt.

Rico zählte fünfzig Francs in kleinen Münzen ab, die er in der Tasche hatte. Sein restliches Geld steckte in seinem linken Schuh, und er hatte nicht die Absicht, es vor ihren Augen rauszuholen.

»Sie haben wohl einen Klingelbeutel geklaut?«, meinte der Kellner amüsiert, als er ihn zählen sah.

»Nein«, antwortete er. »Ich hab einfach gebettelt.«

Der Kellner sammelte die Münzen ein und ging fort.

»Prosit«, sagte das Mädchen und hob das Glas. »Mit geschlossenen Augen trank sie die Hälfte ihres Cognacs, ohne zu atmen. »Danach wirst du dich besser fühlen.«

»Nach was?«

»Nach dem Hotel. Wenn du mitkommen willst. Es ist nicht weit. Rue Aubanel ... Nur zwei Schritte von hier. Eine Nummer kostet dich zweihundert Francs. Zimmer inklusive.«

»Ich glaub nicht ...« Er sah den Zorn in ihren Augen.

»Stimmt was an mir nicht?«

»Nein, nein ... Nichts ... Aber ...«

Sie beugte sich zu ihm vor, und er spürte ihre Haare an seiner Wange. Sie rochen nach Weihrauch. »Hundert Eier. Ich lutsch dich für hundert Eier. Ich hab eine ruhige Ecke dafür.«

»Ich hab keine Knete, die ich verballern kann«, sagte Rico ziemlich schroff.

Das Mädchen versteifte sich. Es war nicht nett von ihm, das so zu sagen. Aber er wollte, dass sie mit diesem Zirkus aufhörte. Er hätte nur gern ein wenig geplaudert.

Sie trank den Rest Cognac aus und stand auf. »Ich verschwende meine Zeit mit dir! Du armer Schlucker!« Sie ging zur Tür und drehte sich zum Kellner um, der sie seit einigen Augenblicken beobachtete: »Ciao, Max!«

»Ciao, meine Schöne.«

Rico sah dem Mädchen nach. Als sie hinaustrat, wurde sie von einem Windstoß gepackt. Wie zuvor zog sie wieder den Kopf zwischen die Schultern und ging mit unentschlossenem Schritt über die Straße. Kurz danach entschwand sie aus Ricos Blick.

»Wir schließen«, rief der Kellner.

Rico stand langsam auf. Es war erst kurz vor eins. Er hätte gern noch ein Bier in dieser wohligen Wärme getrunken. Kaum war er draußen, erloschen die Lichter der Bar. Da er immer noch nicht wusste, wohin er gehen sollte, ging er wie das Mädchen über die Straße und die verlassene Avenue hinauf.

Dann stieß er auf die Rue Aubanel. Eine schmale, düstere Gasse, in die er einbog. Auf der Suche nach dem Hotel, von dem das Mädchen gesprochen hatte. Wo sie für eine Nummer zweihundert Francs nahm, Zimmer inklusive. Vielleicht würde man ihm ein Zimmer für ein paar Stunden vermieten. Ein richtiges Bett würde ihm gut tun. Er fühlte sich erschöpft und war sogar bereit, hundert Francs auf den Kopf zu hauen, um zu schlafen.

Eine Pension. Zimmer für einen Tag, eine Woche oder einen Monat. Von dem alten Haus blätterte bereits der Putz ab. Alle Lichter waren erloschen. Bitte klingeln, stand auf einem vor Dreck starrenden Klingelknopf.

»Bist du mir gefolgt, oder was?«

Die Stimme des Mädchens. Er drehte sich um, und da stand sie. Auf dem gegenüberliegenden Gehsteig mit dem Rücken an die Wand gelehnt. Den Kopf zwischen den Schultern eingezogen. Beide Hände tief in ihrem Blouson, den sie inzwischen zugeknöpft hatte.

»Ich dachte mir, dass ich hier zwei, drei Stunden schlafen könnte ...«

»Ach! Ich hab wirklich geglaubt, dass du mir gefolgt bist.« Und sie wandte sich zum anderen Ende der Straße, mit noch weniger Energie als vorhin, stellte Rico fest.

»Ist ziemlich verrottet, da drin«, fügte sie hinzu, ohne sich umzudrehen. Rico ging hinter ihr her.

Sie drehte sich zu ihm um. »Siehst du, du folgst mir.«

»Wohin gehst du?«

»Nach Hause.«

»Lass uns zusammen gehen.«

Sie blieb abrupt stehen.

»Was willst du?«

»Nichts. Ich muss einige Stunden totschlagen, und ich weiß nicht, wohin.«

Sie setzte sich wieder in Gang. Er folgte ihr. Sie nahmen eine Straße nach rechts und kamen auf einen Platz. Ein bärtiger Typ, der in einen zerfetzten Mantel gehüllt war, war dabei, aus der Mülltonne einer Pizzeria klebrige, rote Spaghetti zu klauben, die er in eine Aluschale tat. Als sie vorbeigingen, sah er nur kurz auf und steckte dann den Kopf wieder in die Mülltonne.

Jetzt hatten sie den Mistral im Rücken. Und das Mädchen beschleunigte die Schritte. Rico kam nicht mehr mit. Er geriet außer Atem, wenn er so schnell ging.

Sie drehte sich um. »Kommst du, oder nicht?«

Dieser Wind machte ihn fertig. Er hatte das Gefühl, dass jeder Windstoß direkt in sein Gehirn eindrang und es noch mehr erstarren ließ. »Du gehst zu schnell. Ich komme nicht mit.«

»Du wirst es schon schaffen. Es ist nur noch eine Viertelstunde bis zu mir.«

15

## Wie Bruder und Schwester, rein gefühlsmäßig

Ihr Zuhause war ein ehemaliger Kurzwarenladen in der Rue des Fourbisseurs, wie Rico auf dem Straßenschild gelesen hatte. Er hatte sich den Namen im Vorbeigehen ganz mechanisch gemerkt. Als ob ihm das helfen würde, sich in dieser Stadt zurechtzufinden. Während er dem Mädchen folgte, hatte er den Eindruck, im Kreis zu gehen. Im Moment wäre er nicht in der Lage gewesen, die Hauptverkehrsstraße – die Rue de la République, auf der er angekommen war – wieder zu finden.

»Da ist es«, sagte sie und blieb vor dem ehemaligen Geschäft stehen.

Rico keuchte vom zu langen und zu schnellen Gehen in der Eiseskälte. Er begriff nicht gleich.

»Da ist es«, wiederholte sie. »Da drinnen wohne ich.«

Die großen Rollläden aus Holz, die das Schaufenster schützten, waren heruntergezogen. So wie sie aussahen, mussten sie seit ewigen Zeiten nicht mehr geöffnet worden sein. Der Lack platzte ab wie die aufgemalten Buchstaben, die man gerade noch entziffern konnte: *Provenzalisches Modehaus – Gegründet 1867.*

Das Mädchen verschwand durch eine kleine Tür rechts neben dem Laden im Haus, tauchte aber sogleich wieder auf: »Also, kommst du nun?«

Rico folgte ihr. Er war ziemlich erledigt und hatte es eilig, seinen Rucksack abzusetzen. Und zu schlafen. Bevor der Schmerz, der sich wieder in seinem Rücken bemerkbar machte, wirklich erwachte und ihn daran hinderte, sich zu erholen.

»Mach die Tür zu. Das Schloss ist zwar kaputt, aber ich mag es nicht, wenn sie offen steht. Man weiß ja nie. Hier wohnt nur ein Ehepaar, im zweiten Stock, und das sind alte Leute.«

Man betrat den Laden durch das, was einmal der Lagerraum gewesen sein musste. Ein Flur, der mit jetzt leeren Regalen voll gestopft war, die sich bis zur Decke erstreckten. Das Mädchen nahm aus einem dieser Regale eine Kerze und steckte sie an.

»Warte, ich mach Licht«, sagte sie und ging mit der Kerze weiter.

Das Licht breitete sich im Ladenraum aus. Ein schwaches Licht von einer nackten Glühbirne, die an einem Kabel über einer alten Holzbank hing.

»Romantisch, nicht?«, sagte sie ironisch.

An einer Wand lag eine schmale Matratze mit zwei Armeewolldecken auf dem Boden. Neben dem Bett stand ein Leinenkoffer. Darauf ein dickes Buch mit einem vergilbten Einband. In der Mitte des Raumes ein alter Elektroheizkörper mit Glühfäden. Und das war alles.

»Ich hab schon Schlimmeres gesehen«, antwortete Rico.

»Ja ... Ich auch.« Sie zuckte mit den Schultern, beugte sich nieder und drehte am Schaltknopf des Heizkörpers. Machs dir gemütlich. Ich komm gleich wieder.« Sie verschwand im Flur.

Rico schnallte seinen Rucksack ab, zog seine Jacke aus und legte sie sorgsam auf die Holzbank. Der Heizstrahler knisterte beim Aufwärmen vor sich hin, während er rot aufglühte. Rico begann die Wärme zu fühlen, und nach diesem Marsch durch die Kälte wirkte das entspannend. Aus den Rucksacktaschen zog er die sechs Dosen Bier hervor, die ihm noch geblieben waren. Er machte eine auf und gönnte sich einen tiefen Schluck mit vier Paracetamol.

Er ließ seinen Blick wieder durch den Raum schweifen. Hier war es genauso düster und trostlos wie in seinem Unterschlupf in Paris. Aber es gab Strom, und diese Heizung … Was für ein seltsames Mädchen, dachte Rico. Er hatte immer geglaubt, dass Prostituierte ein Zuhause haben müssten. Selbst wenn sie mit einem Zuhälter zusammenlebten, der ihnen fast all ihre Kohle abnahm. Bei ihr war das anders, und das verwirrte ihn. Aber er war zu erschöpft, um darüber nachzudenken. Und schließlich war es ja auch unwichtig.

Seine Augen wanderten wieder zu dem Buch, das auf dem Koffer lag. Rico konnte sich nicht zurückhalten, es in die Hand zu nehmen. Bücher erinnerten ihn an Titi. Der schleppte oft eins mit sich rum, das er in einem Mülleimer gefunden oder bei einem Bouquinisten gekauft hatte. Das letzte hieß *Der Hof Théotime* und war von Henri Bosco. Rico konnte sich noch gut daran erinnern, weil Titi nicht mehr dazu gekommen war, ihm davon zu erzählen.

Dieses hier roch feucht und staubig. Ein ganz besonderer Geruch. Saint-John Perse. *Das dichterische Werk* stand auf dem Umschlag. Er blätterte darin und stieß auf eine Seite, auf der mehrere Zeilen angestrichen waren.

*Eine neue Rasse unter den Männern meiner Rasse, eine neue Rasse unter den Töchtern meiner Rasse, und mein Schrei eines Lebendigen über die Straße der Menschen hin, von Ort zu Ort, von Mensch zu Mensch, bis zu den fernsten Ufern, wo der Tod entflieht! …*

Nachdenklich klappte er das Buch wieder zu. Die Worte waren schön, aber ihr Sinn ging ihm nicht auf. Eingeschüchtert legte er es wieder auf den Koffer. Er setzte sich auf den Boden und lehnte den Rücken gegen die Holzbank. Dann zog er seine Schuhe aus und streckte seine Beine in Richtung Heizung aus. Er steckte sich eine Zigarette an und blieb so sitzen, mit leerem Kopf.

Das Geräusch einer Wasserspülung ließ ihn aus seiner Erstarrung aufschrecken. Das Mädchen kam in den Raum zurück. Sie hatte sich abgeschminkt und einen schwarzen Trainingsanzug angezogen.

»Das Scheißhaus ist dahinten. Es gibt auch ein Waschbecken.«

»Möchtest du ein Bier?«

»Einen Schluck, ja.«

Er reichte ihr die Dose. Sie trank einen kleinen Schluck, dann noch einen, und gab ihm die Dose zurück.

»Ich bin völlig kaputt«, stöhnte sie und ließ sich auf die Matratze fallen. Dann öffnete sie den Koffer, nahm eine Blechschachtel und ein Paket Tabak heraus und drehte sich einen Joint.

»Wie heißt du?«, fragte sie und sah ihn an.

»Rico. Und du?«

»Mirjana.«

»Woher kommst du?«

»Bosnien. Ich komme aus Bosnien.«

Rico kramte in seinem Kopf nach dem, was ihm von diesem Krieg noch in Erinnerung geblieben war. Das belagerte Sarajevo. Einige schreckliche Bilder. Schlagzeilen wie Massaker an der Zivilbevölkerung, Umsiedlung, ethnische Säuberung ... Sonst nur wenig. 1993 war das Jahr gewesen, in dem Malika ihn sitzen gelassen hatte. Was zu seinem völligen Absturz geführt hatte.

Er sah Mirjana an. Den Kopf gesenkt, die Haare vor den Augen, vermischten ihre Finger geschickt Tabak und Stoff. Rico versuchte sich den Weg vorzustellen, den sie zurückgelegt haben musste, um hierher zu kommen. Vom Horror ins Elend.

Aus der Hölle dort auf die Straße hier.

Mirjana bastelte ein Mundstück an ihre Zigarette, steckte sie an und nahm mit offensichtlichem Genuss einen tiefen Zug. Mit geschlossenen Augen hielt sie den Atem an und stieß den Rauch wieder aus. Ihre Blicke kreuzten sich. Ihrer schien zerrissen zu sein.

»Willst du?«, fragte sie ihn.

Er schüttelte den Kopf. Rico hatte noch nie Shit geraucht oder sonstwelche Drogen genommen. Abgesehen davon, dass er ein bisschen Kat gekaut hatte, als er in Djibuti war. Um mit seinen Kumpeln anzugeben. Bevor sie in das Strichviertel hinter der Place Rimbaud zogen. Aber nur aus Spaß einen Joint zu rauchen, davor hatte er eine unüberwindliche Angst.

»Ich bleib lieber beim Bier«, scherzte er.

»Ich rauche, und das ist alles. Sonst nichts«, präzisierte sie. »Ob du es glaubst oder nicht.« Sie blies langsam Rauch über ihrem Kopf aus. Ihre Augen folgten den Rauchspiralen und kehrten dann zu Rico zurück. »Ich brauche das, hinterher ... Das entspannt mich.«

»Hattest du viel zu tun?« Die Frage war ihm einfach so rausgerutscht. Er schämte sich, dass er sie gestellt hatte. Aber das war eine Art und Weise, auf sie zuzugehen. Die direkteste. Und auch die einfachste.

Seit sich ihre Blicke gekreuzt hatten, sie auf der Straße, er im Bistro, hatte er sich ihr nahe gefühlt. Wie Bruder und Schwester. Rein gefühlsmäßig.

Rico konnte nie erklären, was er damals gespürt hatte. Wenn er von Mirjana erzählte, sagte er immer wieder: »Bruder und Schwester. Rein gefühlsmäßig, verstehst du das?« Ich glaube, er meinte eine Brüderlichkeit, die über die Blutsbande der Familie hinausging. Eine andere Brüderlichkeit, die ausgeschlossene Wesen vereint. Die Ausgegrenzten. Ich habe zwischen uns beiden so etwas empfunden – wie zwischen Vater und Sohn.

Mirjana kicherte. »Hast du eine Ahnung! Den ganzen Tag nur zwei Nummern. Und dann hab ich noch einem Typen in einem Parkhaus einen geblasen.« Sie sah auf die verglühende Spitze ihres Joints. »Mir ist es lieber, mich den ganzen Tag ficken zu lassen. Dann brauch ich wenigstens nicht nachzudenken, und ich mach ordentlich Knete.«

Rico sah sie zärtlich an. Augenringe höhlten fast gewaltsam ihr Gesicht aus. Ihre Augen waren wie im Grund ihrer Höhle versunken und hatten keinen Glanz. Sie kam ihm älter als vorhin in der Bar vor. Zerbrechlicher. Nur ihre Lippen verliehen ihrem Gesicht etwas Jugendlichkeit, wenn sie sprach. Aber das wirkte geradezu unwillkürlich. Wenn sie lächelte, gehörten ihre Lippen zu einer Welt, die ihre Augen anscheinend endgültig verlassen hatten.

»Du kannst ruhig einschlafen«, sagte sie lächelnd.

Ricos Augen fielen zu. Die gemeinsame Wirkung von Erschöpfung, Wärme und Paracetamol. »Ja ... Es wäre gut, ein wenig zu schlafen.«

»Das werden wir schon hinkriegen, du wirst sehen.« Sie drückte den Rest ihres Joints aus und schlug die Decken zurück.

»Ich hab meinen Schlafsack«, sagte Rico, zog ihn aus seinem Rucksack und entrollte ihn auf dem Boden.

»Du wirst trotzdem nicht so schlafen. Komm her!« Sie schlüpfte unter die Decken und presste sich an die Wand. »Mach bitte das Licht aus. Und die Heizung auch.«

Rico glitt in seinen Schlafsack und streckte sich aus. Er hoffte, dass er schnell einschlafen würde. Selbst getrennt, wie sie durch die Decken und den Schlafsack waren, fühlte Rico sich unwohl. Es war so viele Jahre her, dass er neben einer Frau geschlafen hatte. Er verspürte zwar kein Begehren nach Mirjana, aber ganz gleichgültig war sie ihm auch nicht.

»Geht es?«, fragte sie.

»Alles klar.«

Ihre Stimmen klangen, als ob sie ganz aus der Ferne kämen. Aus einer anderen Welt. Aus der Finsternis. Aus der Kälte. Aus einer Welt, die nach dieser kam. Eidechsenkopf, dachte Rico, bevor er einschlief. Er sah wieder Felix vor seinen Augen. Und die Brüste von Sophie Marceau, die über ihn und seine Träume wachten. Er fragte sich, wie Mirjanas Brüste wohl aussahen. Bei diesem Gedanken musste er lächeln.

Wie es in letzter Zeit, seit Titis Tod, so oft der Fall war, konnte Rico nur kurze Zeit schlafen. Eine knappe Stunde.

Gerade Zeit genug, um seine Erschöpfung in einem leichten Schlaf auszugleichen. Ein Albtraum weckte ihn auf.

Er spielte Flipper. Aber die Anzeigetafel zeigte keine Punkte an. Nur Länder und Orte, die er nicht kannte. Städte, die es nicht gab. Und Fahrpläne, die schnell vorbeizogen, wie auf einem Glücksrad. Er musste auf die richtigen Knöpfe drücken, um einen Zielort, eine Zugnummer und seine Abfahrtszeit zu erkennen. Rico war genervt. Niemals erschien Marseille auf der Anzeigetafel.

Hinter ihm erklang ein Lachen. Der Kontrolleur. Der Flipper befand sich im TGV.

»Du wirst nie ankommen«, höhnte der Kontrolleur. »Nie ...«

»Leck mich am Arsch!« Rico rüttelte am Flipper. Tilt.

Der Kontrolleur lachte wie verrückt. »Nie. Nie ...«

Rico packte ihn am Kragen und schüttelte ihn genauso stark wie den Flipper, dann stieß er ihn brutal zurück. Der Kontrolleur fiel die Stufen des TGV runter, der plötzlich so hoch wie ein Wolkenkratzer war. Langsam und leicht wie ein abgestorbenes Blatt fiel er auf den Bahnsteig.

»Scheiße«, sagte Dede, »du hast ihm das Kreuz gebrochen.«

Monique kam näher, entsetzt. »Lebenslänglich«, begann sie zu heulen. »Für einen Toten gibts lebenslänglich. Lebenslänglich.«

Alle drei starrten auf den Körper des Kontrolleurs, dessen Arme und Beine zuckten wie ein auf dem Rücken liegender Käfer. Leute näherten sich ihnen. Diejenigen, denen Rico am Morgen in Lyon-Part Dieu begegnet war. Dann die Skins vom Bahnhof in Avignon. Ihr Hund schnüffelte zwischen den Beinen des Kontrolleurs herum.

»Ich werde Felix holen«, sagte Dede. »Er kann einen Lieferwagen besorgen. Wir müssen die Leiche wegschaffen.«

»Und den Flipper«, fügte Rico hinzu. »Den Flipper müssen wir auch mitnehmen. Ich brauche ihn. Für den Zug, du weißt schon. Die Abfahrtszeit des Zuges. Der Zug. Der Zug ...

Rico wälzte sich wie von einer Feder getrieben auf der Matratze hin und her, schwitzend und außer Atem. Tastend suchte er nach seinen Zigaretten, die er neben das Bett gelegt hatte. Er drehte sich auf die Seite und steckte sich eine an. Dann rauchte er langsam, um nicht zu husten.

Mirjana hinter ihm bewegte sich. »Gibst du mir einen Zug?«, bat sie.

»Du schläfst nicht?«, antwortete er und gab ihr den Glimmstängel.

»Nein, mir geht zu viel durch den Kopf. Das dreht sich hin und her, und ich hab Angst, Albträume zu bekommen.«

»Ich hatte schon die ganze Zeit einen. Einer meiner Kumpel, Titi, hat immer gesagt, das zeigt, dass man leben will. Dass man noch am Leben ist.«

Mirjana musste leicht auflachen. »Ich, ich bin tot, und das schon lange. Seit ich gesehen habe, wie meine Eltern umgebracht wurden. Das habe ich gesehen. Genau in diesem Moment.« Sie drehte sich um. »Aber ich werde ihn umlegen«, sagte sie.

»Wen denn?«, fragte Rico.

»Den, der sie umgebracht hat. Er war ein Freund. Er verkehrte in unserem Haus. Mit seiner Frau.«

Rico verstand nicht viel von dem, was Mirjana erzählte. Er wollte eine Frage stellen, aber sie fuhr in einem anderen

Ton leise fort: »Ich hab von dir geträumt. Ich hab geträumt, dass du wie ich durch die Dunkelheit irrst. Und dann haben wir uns getroffen.«

»Was erzählst du da?«, fragte Rico, überrascht von dem, was er gehört hatte.

»Nichts ... Das steht in einem Buch. In einem Buch, das ich vor langer Zeit gelesen habe. Und das ist mir wieder eingefallen, seltsam. Gib mir deine Hand.«

Rico drückte die Zigarette aus und streckte seine Hand zu ihr rüber. Mirjana nahm sie und legte sie auf ihre Brust. Neben dem Herz. Durch den dicken Stoff des Trainingsanzugs spürte Rico die Wölbung ihres Busens. Er spreizte seine Finger, um sie besser fühlen zu können.

»Ja«, flüsterte sie, »ich wusste, dass ich dich treffen würde ...«

Ricos Finger klammerten sich an Mirjanas Brust. Er spürte, wie ihr Herz schlug. Jeder Herzschlag hallte in seinem Körper, in seinem Kopf wider. Bis zu seinem eigenen Herz.

Mirjana legte ihre Hand auf Ricos Hand. »Vielleicht können wir jetzt schlafen.«

## 16

# Man kann nicht mehr vor Glück weinen

Mirjana versicherte: »Für mich ist weniger schmerzhaft, mich hier fremd zu fühlen als in meinem eigenen Land.«

Rico nickte und dachte über das nach, was Mirjana ihm gerade erzählt hatte. Sie verstand es, die richtigen Worte zu finden, was aber an nichts etwas änderte. Weder am Schwachsinn noch an der Gemeinheit der Menschen.

Laut Mirjana gab es etwa sechshunderttausend Bosnier, die über die ganze Welt verstreut waren. Die meisten aus Mischehen hervorgegangen. Sie alle waren ganz zufällig in diesem oder jenem Land gelandet. Mit mehr oder weniger guten Aussichten auf Glück und Zukunft.

Rico spürte, dass hinter ihren einen Augenblick gesenkten Lidern ein Schrecken vorbeizog. Der Krieg, dachte er. Aber dieses Wort hatte keinen Sinn. Das war nur ein abstrakter Begriff, der die Dramen und die Zerrissenheit mit Schweigen verdeckte. Den Tod von geliebten Wesen. Den Tod von Freunden, Kameraden, Nachbarn.

»Es gibt kein bosnisches, serbisches oder kroatisches Leid«, erklärte sie ihm. »Das ist alles dasselbe Leid, Rico, verstehst du? ... Allen gemeinsam. Ein und derselbe Schmerz ...«

Inzwischen pochte die Sonne an die Fenster des Cafés. Ihre Strahlen strichen für einen Moment über Mirjanas Haar.

»In Bosnien herrscht nur noch der Hass. Jeder fühlt sich

gezwungen, die anderen Gemeinschaften zu hassen, um seine eigene zu schützen … Aber mir ist es egal, ob ich Bosnierin und Serbin bin. Oder Kroatin. Was ich möchte …«

Sie hob ihre Augen zu Rico. Ihr Blick klammerte sich in seinem fest:

»Ich möchte glücklich sein.«

Mirjana hatte Rico zu einer kleinen Bar an der Place des Carmes geführt. Es war kurz vor zehn. Als sie aufbrachen, war die Straße relativ leer, zweifellos wegen des Mistrals, der immer noch heftig und kalt war. Der Himmel war knallblau.

»Was für ein Licht!«, hatte Rico ausgerufen. Er stand da, mitten auf der Straße, wie ein Kind, das fasziniert von diesem vom Himmel herunterfallenden Licht sogar vergaß, mit den Augen zu zwinkern.

Das Licht des Südens.

Ein heftiger Windstoß hatte ihn mehrere Meter weggepustet. Er begann zu lachen und erwartete mit ausgebreiteten Armen eine weitere Bö mit einer Pirouette.

»Los! Komm!«, hatte Mirjana gerufen. Sie hatte ihn am Arm gepackt und weiter die Straße hinaufgezogen. »Du bist ja verrückt!«

»Du wirst es nicht glauben! Ich hab seit Monaten nicht mehr so einen blauen Himmel gesehen. Die Sonne …«

Als sie weitergingen, hatte Mirjana Rico bei der Hand genommen. Er hatte ihr einen verstohlenen Blick zugeworfen, aber sie war mit gesenktem Kopf und das Gesicht dem Wind zugewandt weitermarschiert, als ob nichts gewesen wäre.

Kaum waren sie aufgestanden, hatte Mirjana ihre Haare unter eine große rote Mütze gesteckt und über ihren Trainingsanzug einen Mantel gezogen, der ihr bis zu den Waden reichte. »Wir gehen einen Kaffee trinken.«

Aufrecht stehend, mit den Händen in der Tasche, erinnerte sie an eine Oberschülerin, die zu schnell gealtert war. Rico hatte in sich eine süße Wärme verspürt. Ihr fehlte nur noch eine Brille, hatte er gedacht. Ein Lächeln trat auf seine Lippen.

»Was ist los?«, hatte sie gefragt.

»Nichts ...«

Wie sollte er ihr sagen, was er empfand? Dieses Gefühl ganz tief in seinem Inneren. Rico wusste nichts mehr von den Dingen, die mit Gefühlen zusammenhingen. Die Worte der Liebe wie »ich liebe dich« und alle anderen, abgeschmackt und infantil, die man erfindet, waren langsam zerfasert. Sie riefen nur noch Erinnerungsfetzen hervor. Was sollte Lieben heißen ohne Küsse, ohne Zärtlichkeiten und ohne das Vergnügen, das die Geschlechter sich gegenseitig bereiteten, wenn sie sich bis zur Erschöpfung hingaben, bis hin zu den letzten, geheimen Schutzwällen, an denen die Worte in einem Schrei untergingen und sich in Schluchzen auflösten? »Man kann nicht mehr vor Glück weinen«, hatte Julie in der letzten Nacht, die sie gemeinsam verbrachten, geflüstert.

Rico hatte Lust, Mirjana das zu erzählen. Nur das. Aber als er mit den Händen in den Taschen vor ihr stand, brachte er kein Wort mehr heraus. Er war sogar unfähig, ihr einfach nur zu sagen, dass er sie schön fand.

»Nichts«, hatte er wiederholt.

Rico war früh aufgewacht. Mirjana hatte sich zu ihm herumgedreht. Ein fahles Licht erhellte das Zimmer. Einige

Augenblicke hatte er ihr Gesicht betrachtet. Selbst im Schlaf drückte es alle ihr innewohnenden Spannungen aus. Der Schlaf war ihr keine Erholung. Er hätte ihr gern die Hand auf die Stirn gelegt, um sie zu beruhigen, aber nichts dergleichen getan, weil er fürchtete, sie aufzuwecken. Es gab keine Eile. Die Tage waren für sie, genauso wie für ihn, sowieso viel zu lang.

Er hatte sich mit dem Rücken an die Wand neben der offen stehenden Klotür gelehnt, die etwas Licht hereinfallen ließ. Er trank ein Bier und rauchte mehrere Zigaretten, während er in Mirjanas Buch blätterte und bei den mit Bleistift unterstrichenen Stellen verweilte.

> *Die Nacht tut dir ein Weib auf: ihren Leib, ihre Häfen, ihre Küste; und ihre Vorzeit-Nacht, wo alle Erinnerung schläft.*

Die Dichtung von Saint-John Perse beeindruckte ihn erneut. Auch wenn er den Sinn nicht so recht verstand, faszinierte ihn die Musik. Einen nach dem anderen hatte er jeden Satz wiederholt und leise vor sich hin geflüstert, als ob er sie mit dem Herzen verstehen wollte. Da ahnte er, dass Mirjana sich jeden von ihnen auf der Zunge hatte zergehen lassen. Sie waren die ihren geworden. Sie musste ihren Sinn gefunden haben. In sich selbst.

Dann musste Rico wieder an das denken, was Mirjana ihr am Abend erzählt hatte. Sehr wenig von sich, von ihrem Leben. Aber mit so viel Wut und Verzweiflung. Wenn man an einem bestimmten Punkt angekommen ist, dachte Rico, kann man nicht mehr zurück. Weil man Dinge gesehen hat, die sonst niemand gesehen hat, weil man Dinge erlebt hat, die kein anderer erlebt hat. Von da an ist man verdammt.

Verdammt, das war vielleicht die einzige Antwort. Die Antwort auf alles. Nicht mehr in diese Gesellschaft zurückkehren zu wollen, war kein Unvermögen. Nur eine große Müdigkeit. Titis Tod. Dedes Wutausbrüche. Felix' Schweigen. Warum sollte man versuchen, zur Oberfläche der Dinge zurückzukehren?

Als Mirjana die Augen aufschlug, hielt Rico das Buch auf den Knien und sah sie nachdenklich an. Er hatte schon eine ganze Weile so gesessen, ihr beim Schlafen zugesehen, ein weiteres Bier getrunken und langsam geraucht.

»Ah, da bist du ja«, hatte sie gesagt. Als sei sie froh darüber, ihn zu sehen.

»Ja«, hatte er geantwortet. »Ich bin da.«

Und jetzt hörte er ihr zu.

Das Buch von Saint-John Perse hatte sie deshalb, weil sie französische Literatur studiert hatte. Sie hatte eine Seminararbeit über diesen Dichter geschrieben. Sie klammerte sich an das Buch wie an einen Rettungsring, seit sie Sarajevo verlassen hatte.

»Manche dieser Gedichte kann ich sogar auswendig.«

Sie kramte ihre Brieftasche aus dem Mantel und zog ein Farbfoto mit abgestoßenen Ecken heraus. Der rechte Teil war abgeschnitten. Sie reichte es Rico.

»Das war bei unserem letzten Familientreffen. Kurz bevor die serbischen Granaten auf die Stadt fielen.« Sie beugte sich über den Tisch und zeigte ihm mit dem Finger ihre Verwandten. »Da sind meine Eltern. Manja und Miron. Da ist meine Tante Leopoldina. Der ist mein Bruder Mico.

Und das ist Selim. Er war mein Verlobter. Sie hatten mich gebeten, ein Gedicht vorzutragen, deshalb stehe ich aufrecht. Das ist Haïdi, die Frau von Mico, der das Foto gemacht hat ...«

Ricos Augen waren wie gebannt von dem Bild. Wie hypnotisiert von dem Glück, das es ausstrahlte. Es erinnerte ihn an eigene Bilder, andere Familientreffen. Seine Finger begannen zu zittern.

Mirjana beugte sich wieder zu Rico. Sie war fast am Tisch eingeschlafen. Nun sah sie ihn düster an, und, ihre Lippen fast auf die seinen gedrückt, flüsterte sie leise:

> *»Ich kenne dich, o Ungeheuer! Und wiederum von Angesicht zu Angesicht erneuern wir den alten Hader, wo wir ihn unterbrachen.*
> *Ja, stoße deine Argumente wie flache Schnauzen übers Wasser hin: ich will dir weder Rast noch Ruhe gönnen.*
> *Auf zu viel Stranden, wo ich landete, war meine Fußspur schon vor Tag verwaschen, auf zu viel Lagern, da man mich verließ, war meine Seele dem krebsigen Schweigen zur Beute.«*

Dann lehnte sie sich langsam zurück, ohne ihn aus den Augen zu lassen.

»Meine Eltern sind drei Tage später umgebracht worden. Am 6. Januar 1993. Die Serben waren abends in unsere Wohnung eingedrungen. Wir wohnten in Skenderia, mitten im alten Sarajevo. Da sie sich weigerten, das Haus zu verlassen, haben sie ... Sie haben sie hinausgezerrt und ... ›Man kann keine alten Bäume verpflanzen‹, hat Miron immer gesagt. Mein Vater wäre niemals aus Bosnien weggegangen. Und meine Mutter hätte ihn nie verlassen …«

»Aber warum? Wieso?«

»Warum?«

Mirjana zuckte mit den Schultern. »Das ist heute nicht mehr wichtig. Die muslimischen Bosnier haben es später genauso gemacht …«

Sie steckte sich eine Zigarette an, und Rico auch. Sie rauchten schweigend, und manchmal kreuzten sich ihre Blicke. Schließlich fuhr Mirjana fort:

»Du musst wissen, dass Selim … Er ist gleich am ersten Tag Soldat geworden. Ich glaube, dass er durchaus im Stande war, Untaten zu begehen, auch er. Wie jeder in Bosnien seit dem Sieg der nationalistischen Parteien bei den Wahlen. Ich werde das niemals begreifen. Man Vater hat immer gesagt, dass wir keinen Einfluss auf den Lauf der Dinge haben. Es hat mich immer geärgert, wenn er so sprach. Ich glaubte, das war Feigheit oder mangelnde Widerstandskraft. Aber ich habe verstanden, was er sagen wollte. Gegen das Unbegreifliche kann man nichts tun.«

»Und dein Bruder?«

»Er hat sich in ein Landhaus geflüchtet, das wir in einem kleinen Dorf hatten. In Pazaric am Berg Igman. Mico war auch ein Starrkopf. Er wollte nicht weggehen. Flüchten. Sie haben ihn dort verhaftet und in einem Gymnasium eingesperrt. Acht Monate … Dann haben sie ihn freigelassen. Seitdem … Selbst Haïdi hat nichts mehr von ihm gehört.«

»Ist sie immer noch da unten?«

»Nein. In Kroatien. Ihre Eltern sind Kroaten. Ich hab Weihnachten mit ihr telefoniert. Es schien ihr einigermaßen gut zu gehen.« Sie musste lächeln.

»Ich hab von einer Telefonzelle aus angerufen. Sie redete, ohne mich zu Wort kommen zu lassen. ›Komm … Komm her …‹, sagte sie immer wieder. Ich sah, wie die Einheiten durchliefen, und dann plötzlich nichts mehr … Stillschweigen. Ich stand wie erstarrt vor dem Apparat. Wir haben uns nicht mal Fröhliche Weihnachten gewünscht …«

Mirjana hörte abrupt auf zu erzählen. Sie schaute sich um. Wie erstaunt, hier zu sein, in diesem Bistro. Es hatte sich langsam gefüllt, und es hing eine schwere Aniswolke im Raum.

»Sag mal, willst du nicht was essen?«, fragte Mirjana ihn. »Ein Sandwich? Ein Croque-Monsieur?«

Rico hatte keinen Hunger. Aber er nahm gern einen Pastis.

So unterhielten sie sich und tranken – sie Kaffee, er Pastis –, bis Mirjana beschloss, arbeiten zu gehen. »Anschaffen gehen«, wie sie sich ausdrückte.

»Ich hab Schulden. Du kannst dir nicht vorstellen, was es kostet, zu fliehen, über die Grenzen zu kommen. Am teuersten war es, nach Italien zu kommen …«

In ihrer Stimme klang zum ersten Mal etwas falsch. »Ich brauche dieses Geld. Ich schulde es … albanischen Fluchthelfern.«

Rico hatte von all dem keine Ahnung. Vom Geschäft mit Flüchtlingen. Aber eines wusste er: Niemand gibt dir Kredit, wenn du in der Scheiße steckst. Er wollte eine Bemerkung dazu machen, ließ es dann aber doch sein. Eine andere Frage ging ihm im Kopf herum.

»Wer ist das, den du umbringen willst?«

»Dragan, der Freund meines Vaters. Er hat die Serben angeführt, die in unser Haus eingedrungen sind.« Mirjana stützte ihr Gesicht in ihre Hände. »Weißt du, wenn ich mich bumsen lass … das ist der einzige Moment, in dem ich nicht an all das denke. Ich seh, wie der Typ schwitzt, um zum Höhepunkt zu kommen, und sage mir, dass sein Leben noch beschissener sein muss als meins.«

»Und wenn du ihm einen bläst, was denkst du dann?«

Die Worte waren ihm einfach so rausgerutscht. Er hätte sich am liebsten die Zunge abgebissen. »Entschuldige bitte«, sagte er.

Mirjanas Augen hatten Funken gesprüht. Dann waren sie von Dunkelblau zu Graublau übergegangen. »Weißt du, ich werde diesen Moment nie vergessen. Als die Schüsse widerhallten … Ich war wieder zum Haus zurückgegangen und sah, wie Manja und Miron vor der Mauer standen. Die sich nähernden Nachbarn. Und ich schrie: ›Dragan! Nein! Nein!‹«

Sie steckte sich eine weitere Zigarette an, sog nervös daran und wühlte in ihrer Manteltasche. Dann zeigte sie Rico eine Patronenhülse. »Ich habe eine aufgehoben … Eine einzige.« Ihre Stimme war eiskalt. Sie legte die Hülse zwischen ihnen beiden auf den Tisch. »Weißt du, Dragan war mein Pate.«

»Ist das Foto deswegen abgeschnitten? Du hast ihn herausgeschnitten?«

»Genau.« Sie verzog angewidert das Gesicht und schnippste die Hülse über den Tisch zu Rico rüber. »Ich schaff es einfach nicht, seine Visage aus meinem Kopf zu kriegen.«

Als sie im Laden zurück waren, ging Mirjana ins Bad und zog die Klamotten an, die sie am Vorabend getragen hatte. Seit sie das Café verlassen hatten, hatten sie kein Wort mehr miteinander gesprochen. Als sie gekämmt und geschminkt wieder ins Zimmer kam, war Rico dabei, seinen Schlafsack zusammenzurollen.

Eine ganz andere Frau stand vor ihm. Unwillkürlich starrte er sie an. Wie am Vorabend in jener düsteren Bar. Aber mit anderen Augen.

Sie schlüpfte in ihre Lederjacke. »Gefalle ich dir so?«

»Eigentlich nicht, nein ...«

»Wie denn sonst?«

»Du solltest deine Mütze aufsetzen. Sie steht dir gut, finde ich.«

»Ah! Meinst du wirklich?«, sagte sie überrascht.

»Wenn ich es dir sage.«

Sie waren jetzt irgendwie befangen. »Willst du nicht noch eine Nacht bleiben?«

17

## Die Ewigkeit dauert nur eine Nacht

Als Mirjana gegangen war, fühlte Rico sich verloren. Mit herabhängenden Armen blieb er still im Halbdunkel des Ladenraumes stehen. Sie hatte ihn gebeten, auf sie zu warten. Auf eine Frau warten, das hatte er schon seit Jahren nicht mehr gemacht.

Auf der Straße war das Warten kein Problem. Im Gegenteil. Je mehr Zeit verstrich – beim Betteln, um etwas zu essen oder ein Dokument zu kriegen –, umso besser war es. Zeit hatten Rico und die anderen mehr als genug, und die jeden Tag aufzubrauchenden Stunden waren fast zu viel für einen einzigen Mann.

Aber hier ... Diese Stunden waren für immer verloren. Rico war das voll bewusst. Dass seine Zeit bemessen war, hier mit Mirjana.

»Woran denkst du?«, hatte sie geradeheraus gefragt.

Sie waren noch im Bistro. Mirjana war es gelungen, Rico dazu zu bewegen, etwas zu essen. Sie hatten ein Käse-Omelett für ihn und Spaghetti Bolognese für sie bestellt. Und einen offenen roten Landwein.

»An dich. Und unser Treffen.«

»Und weiter?«

Er hatte mit den Schultern gezuckt. »Dieser seltsame Satz, den du letzte Nacht gesagt hast ...«

»*Ich hab geträumt, dass du wie ich durch die Dunkelheit*

*irrst. Und dann haben wir uns getroffen* ... Das stammt aus einem Roman von einem amerikanischen Autor, aber ich weiß nicht mehr, von wem ...«

»Dass dir das eingefallen ist, als ich da war oder weil ich da war, das hat mich verwirrt.«

Mirjanas Augen, die plötzlich riesengroß waren, hatten die Farbe des Himmels angenommen. Und Rico hatte Lust, in ihnen zu versinken, sich in sie hineinziehen zu lassen. Das wäre einfacher für ihn gewesen, als seine Gedanken zu ordnen oder die richtigen Worte zu finden. Viel einfacher, als sprechen zu müssen.

Ihm war klar geworden: Je mehr Zeit verging, umso schwieriger wurde es, sich auszudrücken. Sätze zu bilden, sie aneinander zu reihen ... Sein Wortschatz schrumpfte immer mehr zusammen. Es kam vor, dass er nicht mehr zu Ende kriegte, was er erzählen wollte. Er suchte nach einem Wort, konnte es nicht finden und verlor den Faden.

Aber Mirjana verdiente es, dass er sich mehr Mühe gab. Zweifellos, erzählte Rico mir einmal, zweifellos erwartete sie von ihm, dass er über die Straße sprach, über das Elend der Straße und all die Dinge, die ihm durch den Kopf gingen.

Rico hatte ihre Weingläser wieder gefüllt. Dann hatte er langsam begonnen. So einfach wie möglich. »Weißt du, Mirjana, ich glaube nicht an den Zufall. In den letzten Monaten hab ich hundertmal davon geträumt, dass ich dich treffe ... Beziehungsweise eine Frau ...«

»Sehe ich ihr ähnlich?«

»Nein ... Nein ... Wie soll ich sagen? Diese Frau ...« Er machte ein fahrige Bewegung mit der Hand. »Das war nicht so was wie ein Wunschbild. Du verstehst, was ich sagen will. Nicht um ...«

»Nicht um sich dran aufzugeilen.«

»Ja, das ist es«, hatte er lächelnd gesagt. »Diese Frau hatte kein Gesicht, keinen Körper … Sie war … einfach eine Stimme. Aber trotzdem sah ich sie. Ich stellte mir das so vor, dass sie lächelte …«

Er hielt plötzlich inne. Ihm war die Bedeutung dieses Traumes klar geworden. Diese Frau war ein Phantom. Das Phantom seiner Nächte. Und dieses Phantom nahm ihn bei der Hand und führte ihn auf die andere Seite. In eine andere Nacht. Die Stimme sagte: »Warum lächelst du nicht? Warum willst du mich nicht anlächeln?« Und weitere Worte, die er nicht verstand.

An dieser Stelle wachte er immer schweißgebadet und zitternd auf. Er trank und schlief wieder ein. Immer wieder hörte er die Stimme.

Mirjana hatte ihn unverwandt angesehen. Beklommen hatte er mit einem Zug sein Glas geleert. »Das ist alles. Mehr … mehr weiß ich nicht.«

Die Beklemmung, die er soeben verspürt hatte, schien auf sie überzugehen und sie ein wenig von ihm zu entfernen.

Er sah sie skeptisch an. »Ich weiß nicht mehr, Mirjana.«

Ihre Finger streiften leicht über seine Hand. Ein Schauder war durch seinen Arm gelaufen und hatte dann seinen Körper erschüttert. Bis ins Mark.

»Du hast schöne Hände. Sie sind mir gleich aufgefallen.«

Diese Bemerkung hatte Rico aus der Fassung gebracht. Seine Hände waren dick und breit, mit vortretenden Adern. Schwielig und aufgescheuert.

»Was nützt es, sich Geschichten zu erzählen. Ich hab es

dir schon erklärt, Rico, ich fühl mich auch wie tot. Wir ziehen mit unserer alten Haut durch die Gegend. Wir sind nur noch leere Hüllen.«

Vor Ricos Auge flirrten Bilder vorbei. Sophie, die die Tür zuknallte. Der Autounfall. Die Tränen von Julie. Die von Malika verlassene Wohnung. Seine zweite Nacht auf der Straße. Sein Körper, der in den Rinnstein rollte. Juliens leerer Blick … Und dann hatte sich in Zeitlupe ein letztes Bild darüber gelegt. Titi auf einer Bahre. Titi wurde fortgetragen. Und alles war zu Ende.

»Ja«, hatte er mutlos zugestimmt. »So ist es. Aber wir haben noch ein kleines Stück zu gehen. Eine letzte Sache zu machen … Du … du musst diesen Typen umlegen. Dragan …«

»Ich weiß nicht mehr, Rico. Ich denke oft daran. Wenn der Schmerz zu groß ist, hat man Lust zu töten. Man sagt sich immer wieder: ›Ich bring ihn um.‹ Um dem Schmerz ein Ende zu machen. Um den Hass loszuwerden … Aber was würde das schon ändern? Was wird das am gegenseitigen Hass ändern? Kannst du mir das sagen? Bosnier und Serben heute. Serben und Albaner morgen … Ich werde nicht dorthin zurückkehren.«

Mirjanas Augen waren zu zwei glänzenden Punkten zusammengeschrumpft. Zwei goldene Irispunkte. »Und du?«

»Ich …«

Er sah erneut das Gesicht von Lea. Und ihren Körper. In der untergehenden Sonne, die durch das Fenster ihrer kleinen Wohnung am Hafen fiel. Wie sie ihre Schenkel vorschob, rittlings auf ihm sitzend, den Rücken gewölbt und ihre Brüste vorgestreckt …

»Ich möchte nur eine Erinnerung wieder beleben. Eine Erinnerung, die dir ähnelt, Mirjana.«

Auf dem Klo sitzend, rauchte Rico langsam eine Zigarette. Zwei Höschen von Mirjana trockneten an einem Nagel über dem Waschbecken. Zwei schlichte weiße Baumwollschlüpfer. Rico musste schmunzeln. Sie kamen ihm viel zu klein vor, fast Kindergröße, und er fragte sich, wie Mirjana ihren Hintern da hineinbekam. Er musste erneut lächeln, über die Unschicklichkeit dieses Gedankens.

Er warf seine Kippe in die Schüssel, zog seinen linken Strumpf aus und zählte sein restliches Geld. 442 Francs. Das Geld schmolz dahin, und er wusste nicht, wieso. Er zählte noch einmal und versuchte sich zu erinnern, wie viel er ausgegeben hatte, seitdem er mit Dede in Paris losgefahren war. Es gelang ihm nicht. Schließlich ließ er es sein. Aber die Schlussfolgerung lag auf der Hand. Er musste bald wieder mit dem Betteln beginnen. Diese Vorstellung drehte ihm den Magen um. So heftig wie beim ersten Mal, als er sich damit abfinden musste.

Wieder dachte er an Titi. An dessen Ratschläge, die ihm geholfen hatten. An einem Sonntag hatte Rico beobachtet, wie Titi bettelte. Auf dem Markt von Aligre, vor der Halle. Schlurfend war er mit ausgestreckter Hand auf die Leute zugegangen. Erbarmungswürdig.

»He, Meister, haste mal 'n paar Francs für mich?«

Rico sah sich in Titi, als ob er in einen Spiegel geschaut hätte. Er hatte lange gebraucht, um dieses Bild zu vergessen. So würde er selbst sein, an einem nicht mehr fernen Tag. Danach hatte er lange gebraucht, den Mut zum Betteln wieder zu finden.

»Wo hast du dich rumgetrieben?«, hatte Titi gefragt, als Rico wieder aufgetaucht war.

»An der Côte d'Azur natürlich.«

»Klar ... Das sehe ich. Es läuft wohl nicht so gut, oder?«

»Ich kann einfach nicht mehr betteln. Das widert mich an.«

»Ich will dir was sagen, Rico, wenn ein Mann am Ende ist, geht er betteln, eine Frau dagegen, die verkauft sich. Also denk immer daran, die Erniedrigung, die du empfindest, ist im Vergleich zu der, die sie empfinden müssen, gar nichts. Sich flachlegen lassen, um zu überleben, man kann sich nicht mal vorstellen, was für eine Hölle das sein muss.«

Er biss die Zähne zusammen. Vor Wut. Auf sich selbst. Auf all diese Arschlöcher ...

»Arschlöcher!«, schrie er. »Verdammte Arschlöcher seid ihr!«

Wütend faltete er drei Hunderter zusammen und steckte sie wieder in seinen Strumpf. Dann zog er los, um Bier und Zigaretten zu holen. Er wusste nicht, wie er es ohne Bier bis zu Mirjanas Rückkehr aushalten sollte.

Rico verbrachte den restlichen Nachmittag damit, zu trinken, zu rauchen und im Halbdunkel des Ladens auf der Matratze vor sich hin zu dösen. Er fühlte sich einigermaßen ausgeglichen. Es war so, als ob die Dinge in seinem Kopf sich endlich geordnet hätten. Und dass diese Ordnung allem einen Sinn gab.

Spät am Nachmittag oder am frühen Abend – er hatte keinerlei Zeitbewusstsein mehr – schlief er ein, während er an Mirjanas kleine Schlüpfer dachte und ein Vers von Saint-John Perse durch seinen Kopf waberte:

*Mich lüstete, mich lüstete, bei den Menschen zu leben; nun aber haucht die Erde ihre Fremdlingsseele her ...*

Mirjana fand ihn, wie er auf der Matratze sitzend am Lesen war, eine Decke über die Schultern gelegt. Der Aschenbecher war brechend voll, und daneben standen sechs leere Bierdosen.

In der einen Hand hielt sie eine flache, viereckige Pappschachtel und in der anderen eine Flasche Rotwein.

»Pizza!«, rief sie, während sie Schachtel und Flasche auf den Boden stellte. »Und sogar einen Côte-du-Rhône!«

Er stand auf. »Wie spät ist es?«

»Zehn Uhr.« Sie setzte die Mütze ab, schleuderte sie wütend in Richtung Matratze und steckte sich eine Kippe an. »Ich hab die Schnauze voll. Diese Idioten hängen alle vorm Fernseher. Es gibt irgendein Fußballspiel. Marseille–Lens, glaub ich. Stell dir vor, ein Typ wollte, dass ich ihm in seinem Auto einen blase, nur damit er sein verdammtes Fußballspiel verfolgen konnte!«

Rico sah sie an. Nein, Titi, wir werden niemals etwas von der Erniedrigung verstehen, der die Frauen ausgesetzt sind.

»Scheißkerle!«, rief sie nochmal aus. Sie ging zum Klo. Als sie zurückkam, hatte sie wieder ihren Trainingsanzug an. Ihr Gesicht war abgeschminkt, und sie hatte ihr Haar zu einem Pferdeschwanz gebunden. Sie schaltete das Heizgerät ein. »Los, essen. Ich hab Hunger.«

Sie hatten die Flasche geleert. »Ich hätte zwei mitbringen sollen«, sagte Mirjana entschuldigend.

Sie drehte sich einen Joint.

»Ich hab ja noch etwas Rum«, fiel Rico ein. Er stand auf, holte seinen Rucksack, legte den Schlafsack beiseite und zog einen Flachmann heraus. Verschnitt aus Martinique. Eigentlich nur gut zum Flambieren von Bananen, aber nicht teuer.

»Du hast alles immer in deinem Rucksack? Du lässt nichts rumliegen?«

»Das gewöhnt man sich an, wenn man immer unterwegs ist.«

Sie nahm einen Schluck Rum, verzog das Gesicht und konzentrierte sich auf ihren Joint. Schließlich drehte sie das Ende zusammen, steckte ihn an und pumpte sich genüsslich die Lunge voll. Dann noch ein Zug, aber nicht so heftig. Mit derselben Bewegung glitt ihre linke Hand Ricos Nacken hinunter, und sie zog ihn an sich. Zu ihrem Mund. Er ließ es geschehen und schloss die Augen. Die üppigen Lippen Mirjanas streiften die seinen. Er öffnete den Mund im selben Moment wie sie. Der Rauch drang tief in seine Kehle ein. Er sog ihn ein, zog sich aber sogleich zurück und bemühte sich, nicht zu husten.

Er schlug die Augen auf.

Mirjana lächelte und nahm einen weiteren Zug für sich allein. »Siehst du«, sagte sie. »Es ist wie bei allem. Man darf nur keine Angst haben.«

Später legten sie sich schlafen. Beide unter den Decken.

»Komm«, hatte Mirjana gesagt. Sie hatte sich an ihn geschmiegt und ihre Hand auf seine Brust gelegt. Er roch den Duft ihrer Haare. Eine Mischung aus Shampoo und kaltem Rauch.

Mirjana knöpfte langsam Ricos Hemd auf. Die Erinnerungen in seinem Kopf begannen aufeinander zu prallen und sich zu überschlagen. Als ihre Finger seinen Körper berührten, zuckte er zusammen, als ob er einen elektrischen Schlag bekommen hätte.

»Ist es schon so lange her?«, hauchte sie.

»Sehr lange.«

Sie schob Ricos Hemd weiter auf, legte ihre Wange an seine Haut und ließ ihre Finger über seinen Bauch gleiten. Ricos Erinnerungen waren wie vertrieben, in die hinterste Ecke seines Gedächtnisses verbannt. Hinter jene, vielleicht imaginäre Horizontlinie, an der nur noch der Augenblick zählte. In seinem Kopf öffnete sich ein blauer Himmel. Ein Himmel wie beim Mistral. Er dachte an die Liebe. An das, was die Liebe einmal war. An die Lust zu lieben. An die Zärtlichkeit der Tage. An die Köstlichkeit der Augenblicke. An das, was geteiltes Glück heißen sollte. An die immer notwendige, unverzichtbare Leichtigkeit der Wörter, der Bewegungen. Der Gedanken.

»Möchtest du mit mir vögeln?«

Er drehte sich zu ihr hin. Seine Augen suchten in der Dunkelheit nach den ihren. »Hast du denn auch Lust?«

Sie drängte sich an ihn und nahm ihn fest in die Arme.

»Es muss nicht sein«, sagte Rico. »Es ist wunderschön so. All das ist ja nicht so wichtig ... Ich liebe es, deine Finger zu spüren. Sie sind so sanft.«

»Ich hab auch Lust darauf. Auf deine Hände.«

Sie zogen sich gegenseitig aus, und als sie ganz nackt waren, liebkosten sie sich ganz langsam. Sie hatten die ganze Nacht vor sich. Eine Ewigkeit, die nur für sie da war. Für eine Nacht.

Einmal spürte Rico ihre Tränen auf seiner Schulter. Ein

Lied, das von Alain Bashung, glaub ich, nachgesungen wurde, kam ihm wieder in den Sinn, und er summte es Mirjana ins Ohr.

*Je lui dirai les mots bleus*
*ceux qui rendent les gens heureux*
*je lui dirai tous les mots bleus*
*tous ceux qui rendent les gens heureux*
*tous les mots bleus*
*tous les mots bleu …*

## 18
## Für den, der zuletzt stirbt, wird alles leichter

Die Tür explodierte. Wie von einem Bulldozer aufgerammt. Rico saß auf dem Boden und las, wie in der letzten Nacht, neben der Klotür. Er sprang auf. Mirjana, die noch geschlafen hatte, richtete sich verstört mit einem Ruck auf der Matratze auf.

»Wer ist da?«

Während sie aufschreckte, stürmten zwei Männer in den Laden. Der eine, eher stämmig und untersetzt, trug Jeans und eine braune Lederjacke. Der andere, eher groß und schlank, hatte einen langen schwarzen Mantel an. Mit den Händen in der Tasche trat er ins Zimmer. Ein Lächeln auf den Lippen.

»Fatos!«, schrie Mirjana. Sie wickelte die Decke um sich und suchte mit den Augen nach ihrem Trainingsanzug. Dabei bemerkte sie, wie Rico auf die beiden Männer zuging. Mit seinem zögerlichen Gang.

»Was wollt ihr hier?«, brüllte er.

»Rico, nicht«, stammelte sie.

Aber der Stämmige hatte sich bereits auf Rico gestürzt und packte ihn am Hals. »Du hältst die Klappe! Verstanden!« Und er stieß ihn brutal zurück.

Rico knallte mit dem Rücken gegen die Trennwand. Vorübergehend blieb ihm die Luft weg. Er spürte, wie seine Beine weich wurden, aber er brach nicht zusammen. Wie betäubt und keuchend blieb er mit dem Hintern an der Trennwand kleben.

Fatos ging zu Mirjana, zerrte sie an den Haaren hoch und packte sie dann am Nacken. Der Schmerz ließ sie aufschreien, und die Decke glitt ihr aus der Hand. Er zog sie in die Mitte des Raumes und ließ sie los.

Mirjana stand mit hängenden Armen da und versuchte nicht, ihre Nacktheit mit den Händen zu verbergen. Aufrecht und erhobenen Hauptes.

»Hallo«, stieß Fatos aus.

Rico verstand jetzt besser Mirjanas Schweigen gestern im Bistro. Die Doppeldeutigkeit mancher ihrer Erklärungen. Sein Blick schwenkte von Mirjana zu Fatos.

»Und nicht mal einen Schlüpfer an ...«

Fatos drehte sich zu dem Stämmigen um, der hinter ihm stand und mit einem Auge Rico überwachte: »Der Ausflug hat sich gelohnt, was, Alex?«

»Das will ich meinen!«

»Fatos«, wiederholte Mirjana. Jetzt war keine Furcht mehr in ihrer Stimme.

»Es war gar nicht so einfach, dich zu finden.« Er schlug ihr mitten ins Gesicht. Mirjana hätte fast das Gleichgewicht verloren. Sie wich einige Schritte zurück und richtete sich wieder auf. Mit stolz erhobenem Kopf.

»Aber wie du siehst, ich bin angekommen.« Er verpasste ihr eine zweite Ohrfeige, genauso heftig, diesmal mit dem Rücken der rechten Hand. Über Mirjanas Wange liefen einige Blutstropfen. Die Spur des großen Siegelrings, den Fatos am rechten Ringfinger trug.

»Lass sie in Ruhe!«, brüllte Rico, der endlich wieder zu Atem gekommen war. »Lass sie in Ruhe!«

»Wer ist denn dieser Hampelmann?«, fragte Fatos.

»Er ist nur zufällig hier«, antwortete Mirjana.

»Ich hab dich gefragt, wer er ist?«

»Ein Typ ... den ich getroffen habe. In einer Bar.« Ihre Stimme war tonlos, aber dennoch schneidend.

Fatos sah Rico an. Er musterte ihn angewidert von Kopf bis Fuß. Die abgewetzte Jeans, der alte Seemannspullover, den Monique ihm gegeben hatte. Ihre Blicke kreuzten sich. Aus Fatos' schwarzen Augen sprach grenzenlose Niedertracht. Regelrechte Scheißaugen.

»Eine Nacht mit ihr, das kostet. Ist dir das klar, du Schwachkopf? Ich hoffe, du kannst bezahlen!«

»Er wusste nicht, wo er schlafen sollte«, warf Mirjana ein.

Fatos drehte sich zu ihr um. »Ziehst du dich jetzt auch schon für Penner aus?«

Eine weitere Ohrfeige folgte. Mirjana sah sie kommen und wollte ihr ausweichen. Fatos traf sie hart an der Schläfe. Sie wankte, wie betäubt.

»Lass sie!«, schrie Rico wieder.

Er fürchtete sich nicht mehr vor Schlägen. Er hatte keine Chance gegen die beiden Typen, aber das war ihm egal. Wut stieg in ihm hoch. Hass. Mit Rücken und Hintern an die Wand gepresst, war er bereit loszuspringen. Zuzuschlagen. Aber bevor er sich rühren konnte schnipste Fatos mit den Fingern und deutete auf Rico.

Alex trat zu ihm hin. Seine Fäuste landeten in Ricos Bauch. Einmal. Zweimal. Stahlharte Fäuste, die ihn wieder gegen die Wand schleuderten. Weiße Blitze explodierten unter Ricos Lidern. Dieses Mal gaben die Beine nach. Er rutschte an der Wand runter. Wie eine Schnecke. So kam er sich vor, als er auf dem Boden zusammenbrach.

Zusammengekrümmt und mit halb geschlossenen Augen versuchte er, wieder zu Atem zu kommen. Sein Magen schien eine Steinlawine ausgelöst zu haben. Harte Steine mit scharfen Kanten. Bei jedem Atemzug zerrissen sie seine Lungen, bevor sie die Kehle hochstiegen und ihn erstickten. Japsend rang er um Luft.

»Zieh dich an!«, befahl Fatos Mirjana. »Du siehst ja erbärmlich aus.«

Sie hob, ohne zu zögern, ihren Trainingsanzug auf, der zusammengerollt am Ende der Matratze lag. Dann spürte sie Ricos Blick. Ihre Bewegungen wurden langsamer. Einen Moment schien sie sogar unbeweglich zu verharren, kurz bevor sie die Hose über ihr Schamhaar zog. Ein Innehalten, das vielleicht nur in Ricos Kopf existierte. In diesem Moment wusste er, dass er Mirjana nie wieder sehen würde.

Fatos wandte sich wieder zu Rico. Mit der Spitze seines tadellos geputzten Schuhs, der einen vergoldeten Ring an der Seite hatte, drehte er Ricos Gesicht zu sich hin. »Diese Frau gehört mir. Hast du das kapiert, du Schwachkopf? Ich hab sie gekauft. In Tarent. Und ich hab teuer für sie bezahlt. Viel zu teuer, um sich von solchen Nieten wie dir vögeln zu lassen.«

Rico suchte mit den Augen immer noch nach Mirjana. Er sah, wie sie das Oberteil des Trainingsanzugs überstreifte.

»Sieh mich an!«, sagte Fatos. Seine Schuhspitze glitt von Ricos Wange zum Kinn. Er drückte ein bisschen zu.

»Sie wollte Paris sehen«, höhnte er. »Den Eiffelturm. Die Champs-Élysées. Die Galeries Lafayette ... All diesen Unsinn. Aber das kostet. Verstehst du, du Trottel?«

Sein Fuß wanderte zu Ricos Nase hoch. Den Absatz unter dem Kinn festklemmend, stützte Fatos sich ab.

»Lass ihn«, sagte Mirjana. »Du hast mich wieder gefunden, und das reicht doch wohl, oder?«

»Ich hab viel Geld verloren. Mehr als drei Monate, Mirjana. Plus die Kosten, um dich wieder zu finden. Grenoble, Lyon, Marseille, Arles. All diese Löcher, in denen ich dich gesucht habe. Du kannst dir nicht vorstellen, was das kostet! Und du, du treibst dich mit dieser Niete rum.«

Fatos Schuh drückte noch schwerer auf Ricos Nase und Kinn.

»Du hast mich ja wieder gefunden«, wiederholte sie.

Fatos nahm seinen Fuß von Ricos Gesicht und stellte ihn auf den Boden. »Ja ... das ist wahr, das ist wahr ...«

Fatos holte mit dem Bein zu einem Höllenschuss aus und trat Rico mitten ins Gesicht. Auf die Nase. Neue Blitze, diesmal rot, zischten vor seinen Augen vorbei. Unter dem Schock schlossen sich seine Augen. Aus seiner Nase sprudelte das Blut.

»Ich hab Geld!«, schrie Mirjana. »Ich hab gearbeitet!«

Jetzt hatte sie Angst. Nicht um sich, sondern um Rico. Sie hatte verstanden. Fatos würde nicht sie zusammenschlagen und sich nicht an ihr rächen, sondern an Rico. Sie musste für ihn anschaffen gehen. Rico war nichts wert.

»Endlich ein vernünftiges Wort. Wie viel hast du gemacht in all dieser Zeit?«

Mirjana öffnete ihren Koffer und zog eine kleine blaue Leinentasche heraus. Sie griff hinein und zog eine Hand voll Geldscheine hervor. Hunderter, Zehner, Fünfziger ...

»Etwa zehntausend, glaub ich. Ich hab nicht gezählt. Alles, was ich eingenommen habe. Ich hab nichts ausgegeben, Fatos. Ist alles noch da.«

»Zehn Mille ... Los, zähl nach!«, sagte er zu Alex.

»Siehst du«, sagte Mirjana.

»Was sehe ich?«

»Ich hab Geld gemacht. Das wolltest du doch.«

Mirjana machte einen Schritt.

»Wo willst du hin?«

»Er blutet«, sagte sie und deutete auf Rico. »Ich …«

»Du rührst dich nicht!«

Fatos steckte eine Zigarette an, nahm einen tiefen Zug und reichte sie Mirjana.

Sie schüttelte mit dem Kopf. »Wie du willst.«

»Neuntausendzweihundert«, verkündete Alex.

»Neuntausendzweihundert … Also doch keine zehntausend. Du gibst wohl Rabatt beim Bumsen. Offensichtlich hast du deine Zeit damit verplempert, mit jedem Penner zu vögeln, der in der Gosse liegt.«

Fatos drehte sich um und trat mit voller Wucht noch einmal nach Rico. Diesmal in den Bauch. Rico stieß einen Schrei aus. Oder eher ein Röcheln. Seine Augen füllten sich mit Tränen. Fatos nahm einen neuen Anlauf.

»Hör auf!«, heulte Mirjana hysterisch. »Hör auf!«

Fatos Fuß hielt zehn Zentimeter vor Ricos Bauch inne.

Sie warf sich vor Fatos auf die Knie und weinte mit gesenktem Kopf und hängenden Schultern. »Ich bitte dich.«

Fatos trat die Zigarette auf dem Boden aus und hockte sich vor Mirjana nieder. Er nahm ihr Kinn in die Hand und zwang sie, das Gesicht zu ihm zu heben.

»Du bist eine arme Irre! Und nichts anderes! Ich werde dich für einige Zeit nach Paris bringen, an den Boulevard Barbès. Dort kannst du dich von Arabern und Negern besteigen lassen. Den ganzen Tag lang. Ist dir das Programm klar?«

Die Augen voller Tränen hörte Rico zu. Er musste an die Skinheads vom Bahnhof denken. An das Mädchen und diesen verfluchten Hund, der zwischen seinen Beinen herumschnüffelte. Diesen Hund hätte er jetzt gern hier gehabt. Und gesehen, wie sich sein Gebiss in Fatos' Eier schlug.

Er entspannte langsam seine Beine. Seine Füße rutschten in Richtung Wand und stützten sich an ihr ab. Er sammelte seine schwachen Kräfte, und seinen ganzen Hass.

Ich bin ein Hund!

Er spannte seinen ganzen Körper und sprang auf. Mit fletschenden Zähnen.

Ein verdammter Hund!

Er sprang Fatos an die Kehle. Seine Zähne bissen in seinen Hals. Fatos schrie auf. Alex stürzte sich auf Rico. Mit Fußtritten in den Hintern. Mit Faustschlägen auf den Kopf. Bei jedem Schlag zuckten Blitze vor seinen Augen auf. Vor seinem Kopf. Weiße. Rote. Weiße. Rote. Rote.

Rote Blitze.

Und das Blut.

Plötzlich spürte Rico nichts mehr. Er hatte seine Beute losgelassen.

»So ein Arschloch!«, schrie Fatos. Aus seinem Hals sprudelte das Blut. Er trat erneut nach Rico. Auf das Kinn.

»Das reicht«, meinte Alex. »Das reicht. Der hat sein Fett weg.« Er beugte sich über ihn.

Rico atmete nicht mehr. In seinem Kopf war die Feuchtigkeit der Dunkelheit fast greifbar. Schwarze Erde, von Würmern wimmelnd.

Nein. Nicht jetzt, nein.

*Warum lächelst du nicht?*

Noch nicht.

*Warum willst du nicht lächeln?*

Nein.

Der Blutgeschmack auf seinen Lippen. In seiner Kehle. Von Fatos' Blut. Und von seinem eigenen Blut.

»Nein«, röchelte er.

»Wir sollten uns vom Acker machen, Fatos. Der wird bald abkratzen.«

»Rico.«

Diese sanfte, liebevolle Stimme.

Mirjana schluchzte. Sie hatte aufgehört zu heulen. Zu flehen.

Sie kniete neben ihm. Mit den Lippen an seinem Ohr flüsterte sie: »Ich bin tot, vergiss das nicht. Tot ...« Sie küsste ihn auf die Stirn.

Fatos zog sie brutal zurück. »Pack deine Sachen. Wir hauen ab.«

Rico hörte, wie der Reißverschluss des Koffers zugemacht wurde. Und Schritte. Ihre Schritte.

Es gelang ihm nicht, die Augen zu öffnen. Sie ein letztes Mal zu sehen.

»Scheißkerle«, flüsterte er. Aber niemand hörte ihn. Es wurde schwarz in seinem Kopf. Schwarz.

Eines Abends, als wir auf das Meer blickten, erzählte Rico mir: »Bei Titis Tod war es so, als ob irgendetwas in mir mit fortgegangen wäre. Mit Mirjana ... Verstehst du, Abdou, für den Letzten, der stirbt, wird es viel leichter. Weil er bereits alles verloren hat.«

# Zweiter Teil

# 19

# Wie wäre es, wenn wir uns das Meer ansehen?

Abdou, das bin ich.

Ich treibe mich schon zwei Monate in Marseille herum. Ich bin Algerier. Aus Algier. Ich bin dreizehn Jahre alt. Zumindest sage ich das. Vielleicht bin ich auch vierzehn oder fünfzehn. Da ich keine Papiere habe, ist nichts sicher. Aber mir ist egal, wie alt ich wirklich bin. Das ändert nichts an meinem Leben. Das hab ich auch Rico an dem Tag erklärt, an dem wir uns kennen lernten.

Es war ein beschissener grauer und kalter Januarnachmittag. Wir saßen auf einer Bank an der Place de Lenche im Panier, dem alten Viertel beim Hafen. Rico war auf dem Weg hierher völlig außer Atem gekommen.

»Ja«, sagte er, »du hast Recht. Jeder ist so alt, wie er sich fühlt.«

»Und wie sein Schwanz«, hatte ich hinzugefügt.

Wir mussten lachen. Es machte mir Spaß, Rico zum Lachen zu bringen.

Diese Begegnung werde ich niemals vergessen.

Ich ging die Rue Caisserie hinauf. Eine Straße, die am Panier-Hügel entlangführt.

Rico schien an einer Reklametafel zu kleben. Eine Werbung für Damenwäsche. Aubade. Das Plakat, ein prächtiger Frauenhintern, wohl gerundet und ziemlich üppig, bis aufs Äußerste gespannt dem Blick der Passanten entgegengestreckt. Das war wirklich etwas, um stehen zu bleiben! Und zwar umso mehr, als der winzige Slip des Mädchens, ein Hauch aus Spitze, in der tiefen Spalte zwischen den Pobacken verschwand. Dadurch wirkten die beiden Rundungen nur noch appetitlicher. Unten auf dem Plakat konnte man lesen: »Lektion Nr. 27. Verwirrung stiften.«

Ich hatte mich hinter Rico gestellt. Hypnotisiert, wie er. Auch heute noch, wenn ich die Augen schließe und mir vorstelle, was geschehen könnte, wenn ein Mädchen sich mir so anbieten würde, kommt es bei mir zu eindeutigen Zeichen der Verwirrung. An diesem Tag kannte ich die vorherigen Lektionen noch nicht, aber die Nr. 27 von Aubade hat mich immer in heftige erotische Schwingungen versetzt.

Rico musste gespürt haben, dass ich hinter ihm stand. Er hatte sich umgedreht, mich erstaunt angesehen und auf das Plakat gezeigt: »Das ist der Hintern von meiner Frau. Sophie.«

»Interessant«, antwortete ich.

»Ja … Vor allem, wenn du deinen Schwanz mitten reinstecken kannst. Ich hatte vergessen, dass ihr Hintern so …« Mit der Hand zeichnete er in der Luft den herrlichen Schwung der Hüften und dann die schöne Wölbung des Hinterns nach. Dann fiel seine Hand wie erschöpft hinunter. »Das hat mich echt geschockt!«

»Jetzt mal im Ernst, das ist doch nicht der Hintern von deiner Frau, oder?«

»Wenn ich es dir sage! Das ist … Das ist wie mit den Brüsten von Sophie Marceau …«

Ich sah immer noch keinen Zusammenhang.

»Das kannst du auch nicht verstehen … Sieh mal …« Er drückte meine Nase praktisch auf das Plakat. »Siehst du die Poren der Haut … Genau dieselben. Völlig gleich. Wie ihre Zwillingsschwester, das ist es. Ihre Zwillingsschwester.« Er war einige Schritte zurückgetreten. »Echt geil, dieser Hintern, findest du nicht?«

»Na logo! Aber sag mal, da hast du als Typ ja wirklich Schwein gehabt«, versuchte ich, ihn aufzuziehen.

»Wie mans nimmt.« Seine Stimme klang ziemlich niedergeschlagen. Ohne das Plakat aus den Augen zu lassen, steckte er sich eine Kippe an, eine Fortuna.

»Wie mans nimmt«, wiederholte er und drehte sich zu mir um. »Inzwischen ist ihr Hintern in andere Hände übergegangen. In feindliche Hände sozusagen.«

»Die Welt ist voll von Neidern«, scherzte ich.

Rico musste auch lachen, bekam dann aber einen irrsinnigen Hustenanfall.

»Stimmt, die Neider nehmen dir alles, lassen nichts übrig. Am schlimmsten sind die armen Neider. Sie holen dir noch den letzten Krümel aus den Taschen …« Er zuckte mit den Schultern. »Wohnst du hier im Viertel? Ich hab dich, glaub ich, schon mal gesehen.«

Es freute mich, dass er das sagte.

Seit ich durch Marseille zog, war Rico mir öfter am Alten Hafen über den Weg gelaufen. Seine unmögliche, verkrampfte Haltung war mir vertraut geworden. In seine schwarze Skijacke eingemummelt, eine blaue Seemannsmütze über den Kopf gestülpt, marschierte er mit gebeugtem Rücken und versunkenem Blick und zog einen Einkaufsroller hinter sich her. Eines von diesen Dingern mit einer Leinentasche, wie sie die Hausfrauen beim Einkaufen im Schlepp hatten. Ich hab Rico nie ohne diesen Hackenporsche gesehen. Immer voll gepackt mit Zeitungen, Nippes und Büchern, die man ihm zusteckte oder die er hier und da auf der Straße einsammelte.

Bis zu Ricos Tod gehörte das Viertel am Alten Hafen zu meinem täglichen Rundgang. Es war gewissermaßen mein Lieblingsviertel. Ein Mittel gegen das Ersticken – die *ghoumma*, wie man bei uns sagt, wenn die Alten uns im Haus festhalten.

Ich marschierte bis zum Fort Saint-Jean und ging dann an der Kaimauer entlang bis zur Hafeneinfahrt. Dort, wo das Meer beginnt. Mit der fernen Horizontlinie. Und dahinter, auf der anderen Seite, Algerien. Ich machte es mir zwischen den Felsen bequem, gönnte mir einen Joint und döste stundenlang vor mich hin.

Marseille hat mich, zumindest auf dieser Seite der Stadt, immer an Algier erinnert. Nun hatte ich aber keinesfalls Sehnsucht nach dem Zuhause. Zuhause, das gab es nicht mehr. Ich würde nie wieder einen Fuß dahin setzen. Algier, das wollte ich vergessen. Ich hatte nur das Bedürfnis, einige Erinnerungen festzuhalten. Mehr war mir nicht geblieben, nur einige Erinnerungen.

Ich war nicht der Einzige, der hierher kam, um sie wieder zu beleben. Es trieben sich jede Menge Typen rund um das Fort Saint-Jean rum, allein oder in Gruppen. Viele Algerier, wie ich. Aber auch Afrikaner, Türken, Komorer, Jugoslawen ... Ein Typ, der mir Dope verkaufen wollte, meinte, Marseille ähnelte Dubrovnik. »Es ähnelt allem Möglichen«, hatte ich ihm geantwortet. Warum sie alle hier landen, ist eine andere Geschichte. Aber, wissen Sie, ich hab mir nie den Kopf darüber zerbrochen.

Ich saß ruhig zwischen meinen Felsen, schloss die Augen und sah mich wieder mit meinem Freund Zinedine in Eden oder in Deux-Chameaux, wie wir uns den ganzen Sommer am Meer rumtrieben. Und es machte mir Freude, an ihn zu denken. Einfach nur an ihn zu denken, wie er Kopfsprünge in das lauwarme Wasser des Hafenbeckens machte. Wie er schrie, lachte, den Mädchen nachpfiff ... Das gab mir wieder etwas Kraft. Und das beruhigte meine Lust, diesen verdammten Scheißplaneten in die Luft zu sprengen. Wenn ich die Mittel dazu hätte, hätte ich das wahrscheinlich schon längst getan.

»Du hast mir nicht geantwortet«, hatte Rico gesagt. »Wohnst du hier in der Gegend?«

Ich war aus meinen Gedanken aufgeschreckt und hatte Ricos Blick auf mir gespürt. Bei seinem Blick war mir seltsam zu Mute. Er erinnerte mich nicht an die Verbrennungen, die sich über meine linke Gesichtshälfte vom Auge bis zum Kinn zogen. Das erlebte ich zum ersten Mal. Bei den anderen spürte ich immer, auch wenn sie noch so freundlich waren, dass sie ihre Augen nicht von diesen hässlichen Narben abwenden konnten. Das stieß sie ab.

»Ich zieh nur so durch die Gegend«, antwortete ich.

»Du kommst, du gehst ... Genauso wie ich.«

»Genau.«

»Und wo gehst du jetzt hin?«

»Das Meer ansehen.«

Er lächelte mich an. »Das liegt auf meinem Weg, das Meer.« Er griff nach seinem Einkaufsroller und ging langsam los. Ich folgte ihm. Ich hatte ja sowieso nichts anderes zu tun.

Aus dem Einkaufsroller ragte der Kopf von einem Teddybären. Ein halb abgerissenes Auge pendelte sanft im Rhythmus der Räder hin und her. Das machte ihn verdammt sympathisch. Es sah so aus, als ob er mit dem Auge zwinkerte.

»Wo hast du ihn her, diesen Bären?«

»Hat mir jemand gegeben. Ist ein seltenes Stück.«

»Ich hab nie einen gehabt.«

Rico war stehen geblieben. Er sah mich wieder an, aber diesmal direkt in beide Augen: »Ich kann ihn dir nicht geben, verstehst du?«

»Ich hab doch gar nicht darum gebeten!«

»Gut, dann ist ja alles klar.« Er setzte sich wieder in Bewegung, und so ging es weiter bis zur Place de Lenche. Dort schlug er vor, auf einer Bank eine Pause zu machen. Er war zu sehr außer Atem, um weiterzugehen.

»Ich mach hier immer eine Pause. Ich liebe diesen Platz. Es ist schön hier, findest du nicht?«

Er hatte den Einkaufsroller zwischen die Beine gezogen und die Augen geschlossen. Er atmete ruckartig und röchelnd. Es tat weh, ihn so atmen zu hören. Ich blieb unbeweglich sitzen, ohne etwas zu sagen. Der Bär streckte mir die Zunge raus, eine kleine Zunge aus rotem Stoff. »Hallo, Zinedine!«, sagte ich.

Rico war schon fast ein Jahr in Marseille. Er hat sich, glaube ich, körperlich verändert. Er war dünn wie ein Nagel. Ein grau gesprenkelter Bart, den er wachsen ließ, damit er sich nicht zu rasieren brauchte, nagte an seinem Gesicht. Unter seiner Mütze ragten graue Haarsträhnen hervor. Und sein immer sanftes Lächeln enthüllte schwarze, zerfressene Zähne.

In diesem Moment konnte ich das natürlich nicht wissen, aber Rico ähnelte Titi. Dem Titi in seinen letzten Tagen, wie er ihn mir später beschrieben hat. Und wie ich ihn mir in meinem Kopf vorstellte. Eben wie einen Penner. Sie müssen verstehen, für Rico war nichts mehr wichtig. Nicht mal seine schwarze Skijacke, auf die er so stolz war. Sie war abgewetzt und von Flecken übersät. Er war gealtert, sie alterte mit ihm. Genauso schnell. Er zog sie übrigens nie aus. Ganz egal, wie das Wetter war. Man könnte fast glauben, dachte ich, dass er auch darin schläft.

Nach und nach wurde Ricos Atem wieder regelmäßig, ja, fast normal. Er schlug die Augen auf, zog seine Kippen raus und bot mir eine an. »Und, wo pennst du?«

»Im *Ozéa*. Das ist ein Hotel in der Rue Barbaroux, nicht weit von der Canebière. Wir sind zu viert auf dem Zimmer, oder auch zu fünft, wie es gerade kommt.«

»Und wie bist du da gelandet?«

»Durch einen Verein. *Les Jeunes Errants*, so heißt er. Verstehst du, das ist kein Heim. Es gibt keine Schlafsäle und auch keine Kantine. Das ist nur eine Auffangstruktur, wie sie sagen. Ein Ort, wenn man nicht weiß, wohin. Wenn man keine Unterkunft und kein Geld hat. Darum heißt das so: *Die jungen Herumtreiber.* Und genau das bin ich.«

»Hast du keine Eltern?«

»Weder Vater noch Mutter oder Bruder ... Nichts. Na ja, doch, die Hände in meinen Taschen.«

Ich musste auflachen. »Du bist ja ein echter Witzbold.«

»Ich hab keine große Wahl.«

Zu den *Jeunes Errants* war ich vom Timone-Krankenhaus gekommen. Dort lag ich einen Monat, wegen Verbrennungen zweiten Grades. Nicht nur im Gesicht, sondern am ganzen Körper. Die Überfahrt von Algier nach Marseille hab ich im Maschinenraum eines Frachters gemacht. Das war die *Nordland*. Unter den Rohrleitungen versteckt. Als ich mich zeigte, sind die Typen von der Mannschaft fast rückwärts umgefallen. Sie mochten mich gar nicht anschauen in dem Zustand, in dem ich war. »Ich habe Durst«, hab ich gesagt. Nur das. Bevor ich zusammenbrach. Als ich wieder aufwachte, war ich auf der Intensivstation.

Die Ärzte meinten, dass ich verrückt sei, so was zu tun. Sicher, aber ich hatte dieses verdammte Scheißland verlassen, und ich war am Leben.

»Eines Nachts«, erzählte ich Rico, »sind etwa zwanzig Typen mit Kampfanzug, Springerstiefeln und Helmen auf dem Kopf in meinen Stadtteil eingedrungen. Haus für Haus haben sie die Leute aus ihren Wohnungen geholt. Aber nicht jeden Beliebigen ... Sie hatten Listen. Die Leute mussten auf die Straße runter. Ganze Familien. Und dann, tak, tak, tak ... haben sie sie erschossen. Meine Eltern standen auf der Liste. Mein Bruder auch.«

Rico hatte die Augen geschlossen. Ich dachte erst, er wäre eingeschlafen. Als ich zu sprechen aufhörte, sah er mich an. Ich weiß nicht, wie ich das beschreiben soll, was in seinen Augen stand. Der Blick eines Blinden, dachte ich.

»Und du«, fragte er, »wo warst du?«

»Ich hatte zufällig bei meinem Freund Zinedine übernachtet. Wir waren schwimmen gewesen, am Hafen. Ich schlief immer bei ihm, wenn wir schwimmen gingen, weil es zu weit war, noch nach Hause zu gehen. Weißt du, das ist in der Nähe vom Flughafen, und ... Ich mochte das gern, bei ihm zu schlafen. Das ist das Einzige, was ich bedaure, dass ich Zinedine verloren habe. In diesem Scheißhaufen …«

Rico hatte tief in die Tasche des Einkaufsrollers gegriffen und eine Flasche Wein hervorgeholt. Er gönnte sich mehr als ein Viertel, einfach so, ohne abzusetzen.

»Ja«, sagte er. »Es ist immer die gleiche Geschichte.«

»Wie, was ist immer die gleiche Geschichte?«

»Siehst du, die Sache ist so … Du lebst ruhig vor dich hin, mit deiner Frau, deinem Kind. Gerade genug Knete, um nicht rumknapsen zu müssen. Und dann, eines Tages, lässt deine Frau dich sitzen. Du findest dich allein wieder. Du glaubst, das ist das Ende der Welt, lauter so Zeugs …«

Sein Blick hatte sich irgendwo in der Ferne verloren. Rico verharrte einige Augenblicke schweigend.

»Was hab ich gesagt?«

»Du hast von deiner Frau gesprochen. Von … Vom Ende der Welt.«

»Ach ja … Das Ende der Welt hat im Grunde schon begonnen. Lange bevor die Scherereien für dich beginnen.«

Ich verstand überhaupt nichts von seinem Gerede. »Was erzählst du da?«

»Wenn dir der Himmel auf den Kopf fällt, entdeckst du den Horror. Dass es den Horror auf der ganzen Welt gibt. Weil du auf einmal ein anderes Leben leben musst, und weil du Leute auf der Straße triffst, von denen du dir nicht mal vorstellen konntest, dass es sie gibt …« Er nahm noch einen tiefen Schluck Wein:

»Weißt du, das ist wie mit dem Krieg von 1914 … Hast du in der Schule was vom Ersten Weltkrieg gehört?«

»Spinnst du, oder was? Mein Großvater hat in diesem

Krieg mitgemacht. Er war ein *turco,* also bei der algerischen Infanterie ... Hat sogar einen Orden bekommen.«

»Gut. Da gab es die Front. Die Schützengräben. Die Typen, die haufenweise krepierten. Das war das reinste Schlachthaus, dieser Krieg. Währenddessen ging auf beiden Seiten das Leben weiter ... Heute ist es genauso. Nur dass die Massengräber sich ausweiten. Heute sind auch die Lebenden drin. Und eines Tages werden alle tot sein.«

Er verschloss seine Flasche und steckte sie wieder in die Tasche. Dann sah er mich mit diesem Blick an, den ich so sehr an ihm mochte. Schließlich nickte er und sagte: »Gut. Wie wäre es, wenn wir uns jetzt das Meer ansehen?«

## 20

# Das Böse ist wie die Hölle, unvorstellbar

Als Rico in Marseille ankam, stieg er als Erstes die Rue Neuve-Sainte-Catherine hinauf. Bis zu dem kleinen Haus, in dem Lea wohnte. Die Fassaden in diesem Viertel waren, wie fast überall in der Innenstadt, neu gestrichen worden. In Ocker oder in Rosa. Er hatte Schwierigkeiten, sich zurechtzufinden.

Folglich hatte er gezögert. Dann war ihm wieder der Gang eingefallen, und die kleine, schmale Treppe, die zu ihr hinaufführte. Dort hatte sich nichts geändert. Dieselbe braune Farbe, aber noch viel dreckiger.

»Hier ist es«, sagte er zu mir, als er mich später dorthin führte. Er wollte, dass ich sah, wo das war, bei Lea. Wir sind öfter dorthin zurückgekehrt. Eine Art Pilgerfahrt. Wir brauchten jeweils ziemlich lange. Denn in diesem Viertel ging es steil aufwärts, und Rico musste alle hundert Meter stehen bleiben, um wieder zu Atem zu kommen.

Bei seiner Ankunft in Marseille machte er sich natürlich keine Illusionen. Es waren zwanzig Jahre vergangen. Oder sogar mehr, ich weiß es nicht mehr. Was aber nicht verhinderte, dass sein Herz wie wild schlug, wenn er die Namen auf den Briefkästen las. Keine Lea Carabédian. Um sicher zu sein, las er die Namen langsam noch ein zweites Mal.

Ein bisschen verloren und mit leerem Kopf war er dann zum Vorplatz der Abtei Saint-Victor marschiert. Auf die

Brüstung gestützt, die die ehemalige Werft und die Einfahrt zum Alten Hafen überragte, hatte er über die Stadt geblickt und eine Zigarette nach der anderen geraucht.

Marseille, so sagte er mir – und ich glaube, das hat ihn selber überrascht –, kam ihm vertraut vor. Als ob er hier jahrelang gewohnt hätte. Vertrauter als Saint-Brieuc, wo er zur Welt gekommen und aufgewachsen war. Vertrauter als Rennes, wo er gelebt hatte.

»Siehst du, das Glück macht einen heimisch.« Das hatte er mir eines Abends unvermittelt gesagt, als er von Leas ehemaliger Wohnung zurückkehrte.

»Kannst du das nochmal wiederholen?«

»Lass gut sein, Abdou. Lass gut sein.«

Rico war in letzter Zeit oft so. Man sprach über dieses und jenes, und dann, bei einem Satz, bei einem Wort glitt sein Geist ich weiß nicht wohin. Er blieb dann stumm, in seinen Gedanken verloren. Und wenn er wieder auftauchte, gab er einen oder zwei von diesen unverständlichen Sätzen von sich.

Manchmal nervte mich das. Ich hätte gern mehr erfahren. Wollte, dass er mir die Dinge erklärte.

»Ich bin doch nicht bescheuert!«, hab ich ihn einmal angeschrien.

Aber im Grunde hatte Rico immer mehr Schwierigkeiten, seine Gedanken zusammenzuhalten. Es gab eine Riesenlücke zwischen dem, was er dachte, und dem, was er ausdrücken konnte.

Das ist mir im Zusammenhang mit Lea aufgefallen.

Wenn er von ihr sprach, kam er oft ins Schleudern. So wie er ihr Gesicht beschrieb, ähnelte es manchmal dem Bild, das ich mir von Mirjana gemacht hatte. In seiner Erinnerung verschmolzen ihre Züge. Die Farbe ihrer Augen, ihrer Haare.

Rico hatte ein ernstes Problem mit der Zeit. Mit dem Zeitgefühl. Er konnte sich nicht vorstellen, wie Lea heute aussah. Eine vierzigjährige Frau. Für ihn war sie immer noch so alt wie bei ihrer Begegnung. Ein Mädchen.

Einmal hab ich versucht, ihm das zu erklären. Vergeblich.

Ich erwartete ihn auf der Bank an der Place de Lenche. Als ich sah, wie er aus der Rue Caisserie herauskam, ahnte ich, dass etwas passiert war. Er ging schnell, ohne sich um seinen Einkaufsroller zu kümmern. Keuchend ließ er sich auf die Bank fallen. Ich hatte ihn noch nie so aufgeregt gesehen.

»Du wirst es nicht glauben ...«, begann er hustend.

»Warte, hol erst mal Luft«, sagte ich. Ich glaubte, er würde ersticken. Ich hatte immer Angst, dass er ersticken würde.

»Das war sie, ganz bestimmt, Lea ...«

»Beruhige dich, verdammt noch mal!«

»Abdou, Scheiße! Ich hab sie gesehen! Im Bus ... Sie stieg in den Bus. Linie 83. Die Haltestelle am Hafen, weißt du. Sie hat mich sogar erkannt ... Jedenfalls glaube ich das ... Aber gut, zu spät. Der Bus ist losgefahren und ...«

»Ach ja ... Und wie sah sie aus?«

»Wieso? Was? Wie sie aussah?« Er sah mich an, als ob ich irre wäre.

»Nun, ihr Gesicht?«

»Was soll mit ihrem Gesicht sein?«

Ein Irrer erster Güte, das lag auf der Hand.

»Siehst du, Rico ...« Ich hatte mir tausendmal auf die Zunge gebissen, aber jetzt entfuhr es mir: »Ich muss dir mal was erklären, Rico. Trotz allem verändert man sich im

Laufe der Zeit. Ist dir klar, dass man sich ändert? Man wird einfach älter. Wenn du mich in zwanzig Jahren auf der Straße triffst, wirst du mich bestimmt nicht wieder erkennen.«

Rico stieß ein säuerliches, leicht irres Lachen aus, das ich nicht mochte. »Ach ja, ja … In zwanzig Jahren …« Er begann zu husten, unterbrochen von Rülpsern, als ob er kotzen müsste.

»In zwanzig Jahren«, nahm er den Faden wieder auf, »werde ich tot sein. Also, Abdou, mach dir keine Sorgen, ob ich dich wieder erkenne oder nicht … Ich rede nicht von dir, sondern von Lea. Dass ich sie gerade eben gesehen habe.«

Dann sackte sein Blick weg. Hätte ich doch bloß die Klappe gehalten. Manchmal ist Schweigen Gold, so sagt man doch, oder? Was änderte das schon, verdammt! Solange Rico glaubte, dass er Lea wieder gesehen hatte, würde er am Leben bleiben. Und es war ja völlig egal, ob diese Lea so aussah wie Sophie, Julie, Malika oder Mirjana. Die Erinnerungen halten uns ohnehin zum Narren, dachte ich.

Ich hatte wohl mit lauter Stimme gedacht.

»Was hast du eben gesagt?«, fragte er mich.

»Ach nichts, scheiß drauf!« Auch ich konnte schwachsinnige Sätze von mir geben.

Er steckte sich eine Kippe an. Der erste Zug löste wieder einen Hustenanfall aus.

»Entschuldige bitte, wegen Lea«, sagte ich. »Ich wollte dich nicht ärgern.«

Rico zuckte mit den Schultern, und sein Lächeln kehrte zurück. »Du wirst es nicht glauben, Abdou. Sie trug diese kleine rote Mütze, die ich so gern mochte … Du erinnerst dich, ich hab dir davon erzählt, von dieser Mütze.«

Ich nickte. Was gab es denn da zu sagen?

»Also, morgen geh ich wieder zu der Haltestelle und werd auf sie warten.« Er legte seinen Arm um meine Schultern und drückte mich an sich. Er war zu Tränen gerührt. »Das wird echt eine Überraschung für sie sein!«

Ich ließ ihn reden. Ich wusste: Morgen früh hatte er alles vergessen. Nicht Lea, aber den 83er-Bus und die Haltestelle am Alten Hafen. Es genügten ein paar Bier oder eine Flasche Wein, eine Nacht, und alles würde sich in seinem Kopf in Luft auflösen.

Ich hatte meine Konsequenzen daraus gezogen. Wir trafen keine festen Verabredungen mehr, da er sie sowieso vergaß. Einmal hatten wir uns vor dem *Tati* verabredet, fast am Ende der Rue de la République. Zwei Stunden hab ich mir die Beine in den Bauch gestanden, dann hab ich aufgegeben. Es war einfacher, ihn irgendwo auf seiner Route abzupassen. Oder am Ende des Damms vom Fort Saint-Jean, wo er seinen Unterschlupf hatte.

»Ah! Da bist du ja«, sagte er, wenn wir uns irgendwo über den Weg liefen. »Ich hab mich nur ein bisschen verspätet.«

Und dann begann er mit fantastischen Geschichten, in denen Vergangenheit und Zukunft ständig durcheinander gingen. Es war wirklich nicht einfach für mich, alles in die richtige Reihenfolge zu bringen.

Man darf nicht vergessen, dass Rico in Avignon eine üble Abreibung bekommen hatte. Ich glaube, in seinem Kopf sind einige Sicherungen rausgeflogen. Nicht dass er einfach durchgedreht ist, das meine ich nicht. Ich will einfach nur sagen, die Gewalt, der Schmerz, das führt zu einem Schock. Wenn man eins auf die Rübe bekommen hat, ist man nicht mehr derselbe. Man nimmt die Dinge nicht mehr in der gleichen Weise wahr und reagiert nicht mehr wie die anderen.

Mir geht es auch so. Selbst die verständnisvollsten Leute – ich denke da an Michel, einen der Betreuer bei den *Jeunes Errants,* einer von denen, die Ersatzdienst leisten – sind manchmal genervt, weil sie unsere Reaktionen nicht verstehen. Vor allem, wenn sie uns helfen wollen und wir sie ins Leere laufen lassen.

Sosehr sich die Betreuer, Richter und all diese Leute auch für unsere Elendsgeschichten interessieren, sosehr sie gerührt sind und sich darüber aufregen, die können nicht in unsere Haut schlüpfen. Ich zum Beispiel, mit meinen Verbrennungen. Ich brauche nur mit der Hand drüber zu fahren, und schon gehöre ich nicht mehr zur selben Welt. Wenn man noch nicht auf dem Grill gelegen hat, kann man sich das nicht vorstellen.

Selbst Driss gelingt es nicht, zu verstehen. Driss ist auch ein Betreuer. Er ist Marokkaner, aber in Marseille geboren.

Eines Abends hat er Karim und mich in eine Ecke gezogen. Er wolle uns nur zwei Worte sagen. Mit derselben Miene und demselben Tonfall wie mein Lehrer, wenn ich eine Dummheit gemacht hatte.

»Ich hab ein Prinzip«, hatte er begonnen, »wer Dope anrührt, fliegt raus.«

An jenem Abend hatte ich Augen, die so groß waren wie die Kugeln beim Lottoziehen, derartig viel hatte ich mir reingezogen. Aber Driss hatte es mehr auf Karim abgesehen. Er wandte sich zu ihm: »Mit dir werd ich nicht mehr reden. Hast du kapiert? Bis du aufhörst, dieses Dreckszeug einzunehmen.«

Es ist schon richtig, Karim war ständig am Rauchen oder hatte irgendwas eingeworfen. Und schwebte in den Wolken. Um nicht hier zu sein. Ich würde sagen, er ist kein Drogensüchtiger. Es ist nur so, immer wenn er wieder auf der Erde ankommt, sieht er drei Arschlöcher vom Militär, die seine Mutter verprügeln. Um sie zu zwingen, einen Nachbarn zu denunzieren. Schließlich hat er, Karim, den Nachbarn denunziert. Er konnte es nicht mehr hören, wie seine Mutter schrie. Dann haben diese Schweine den Nachbarn geholt und ihn vor seinen Augen erschossen. Drei Kugeln. Jeder eine. Das Blut ist auf Karims Hemd gespritzt. Das sieht er auch immer wieder, wie das Blut des Nachbarn auf ihn spritzt.

Karim hatte mit den Schultern gezuckt. Es war ihm völlig egal, wenn Driss nicht mehr mit ihm sprach. Er zeigte uns den Stinkefinger und verzog sich. Fünf Tage später haben die Bullen ihn wieder zurückgebracht. »Wir haben einen eurer kleinen braunen Schützlinge wieder gefunden«, grinsten sie, »zugedröhnt bis über die Ohren.« Die *Jeunes Errants* waren für sie eine einzige Drogenhöhle.

Es tat mir Leid, ihn so zurückkommen zu sehen, eingerahmt von den Bullen. Aber Driss tat mir auch Leid. Ohne miteinander zu sprechen, kann es nicht weitergehen, dachte ich. Eines Morgens überkam es mich. Wie ein Schlaganfall. Ich wartete, bis Christine, die Sekretärin des Vereins, zum Klo ging, und nahm ihren Platz hinter dem Schreibtisch ein.

Als sie zurückkam, sagte ich ernst zu ihr: »Setzen Sie sich bitte, Mademoiselle.«

Christine lächelte. Wie immer. Dieses freundliche Lächeln, das uns beruhigte. Und uns glauben machte, dass sie alle bei diesem Verein nur für uns da waren.

»Also Christine«, fragte ich, »wie bist du nach Frankreich gekommen? Mit welchem Schiff?«

Die anderen traten näher. Zuerst Michel und Driss. Und dann die anderen, die so dran waren wie ich. Karim, Faysal, Mario, Nedim, Hiner … Alle grinsten wie blöde.

Christine spielte das Spiel mit, bis ich den Korken noch etwas weiter reindrückte. Bis zu dem Punkt, an dem man ihn nicht mehr herausziehen kann.

»Ach! Das war gar kein Schiff … Es war ein Lastwagen? … Dreitausend Kilometer unter dem Lastwagen versteckt … Gut, sehr gut! … Und das von Kurdistan her. Mein lieber Himmel!«

Hiner trat näher. Genau das hatte er durchgemacht. Er hatte das verdammte Scheißleben auf der Fernstraße in sich reingefressen. Über dreitausend Kilometer.

Ich sah Christine in die Augen und fügte ernst hinzu: »Ach ja, ist das ein Elend bei euch da unten …«

Hier hat sie mich unterbrochen. Sie lächelte nicht mehr. »Das reicht, Abdou. Ich muss arbeiten.«

Es stimmte, das Telefon klingelte.

Und Arbeit, das ist auch richtig, hatte sie bis unter die Hutschnur. Wegen uns. Wir sind der reinste Papierkrieg, wir jungen Herumtreiber.

Und ich, ich hatte auch nicht immer gute Ideen.

Wenn ich von mir spreche, dann nicht, um etwas zu erklären, sondern damit Sie all das besser verstehen können. Diese verdammten Zuhälter hatten Rico halb tot liegen lassen. Wie lange er so da lag, wusste er nicht. Zwei Tage, drei Tage. Oder mehr. Viel mehr vielleicht. Als er zum ersten Mal wieder zu Bewusstsein kam, hatte er sich zur Matratze geschleppt und war sogleich wieder in der Dunkelheit verschwunden.

Das war der Horror. Es hagelte wieder Schläge und hörte nicht auf. Auf die Rippen, in den Bauch, ins Gesicht. Sein Körper schmerzte derartig, dass er ihn nicht mehr spürte. Und in seinem Kopf dröhnte ständig ein Gong. Ein K. o. nach dem anderen.

Dann hatte ihn der Husten aufgeweckt. Und der Drang zu kotzen. Zäher gelblicher Schleim, mit etwas Blut vermischt, den er auf den Boden spuckte, ohne aufzustehen. Jeder Hustenanfall riss ihm fast den Magen heraus. Erst nach und nach merkte er, dass er nach Scheiße und Pisse stank. Er hatte in die Hose gemacht. Nicht während er schlief, sondern als diese Schweine ihn vermöbelt hatten. Oder kurz danach. Sein ganzer Körper hatte alles fahren lassen.

Einmal war er bis zu seinem Rucksack gekrochen und hatte eine ganze Hand voll Paracetamol eingenommen. Mit einem Bier, dem letzten, das er noch hatte. Dann schlief er weiter.

»Mirjana.«

Er war angstgeschüttelt hochgeschreckt. Sein Blick hatte vom Boden aus den Raum durchforscht. Auf der Suche nach dem Gedichtband. Als diese Typen kamen, hatte er darin gelesen. Das Buch musste also an der Wand stehen. Es war aber nicht mehr da. Das beruhigte Rico. Sie hatte es mitgenommen.

Sie lebte noch.

»Mirjana.« Ein Flüstern. Und er war lächelnd wieder eingeschlafen.

Als er schließlich sein Gesicht in einem Spiegel anschauen konnte, bekam er es mit der Angst zu tun. Es war entsetzlich angeschwollen. Das rechte Auge, die Wange. Seine Nase. Und seine Lippen, doppelt so groß geworden, waren an mehreren Stellen eingerissen.

In diesem Zustand war er in Marseille angekommen.

Wenn Lea da gewesen wäre und auf ihn gewartet hätte, hätte sie ihn bestimmt in ihre Arme geschlossen und ihn getröstet und gepflegt. »Ich liebe dich«, hätte sie gesagt.

Aber Lea war nicht da.

Nur Soldaten im Kampfanzug und mit Maschinenpistolen in der Hand, die mitten unter den Reisenden patrouillierten. Dazu noch Bereitschaftspolizei.

Eine Stadt im Kriegszustand, hatte Rico gedacht. Sarajevo. Aber es war nur Marseille.

Marseille. »Ich bin da, Titi«, murmelte er, wobei er sich inmitten der Leute hielt, weil er es vermeiden wollte, plötzlich Nase an Nase vor einem Soldaten oder Polizisten zu stehen.

Marseille. Das Ende der Reise. Seines Weges.

Er trat aus dem Bahnhof heraus. Rechts, an eine Mauer gelehnt, schienen drei Penner Siesta zu machen. Er stützte sich auch an der Mauer ab, neben einem von ihnen.

»Hallo«, hatte er gesagt. »Kennst du einen Ort, wo ich die Nacht verbringen kann?«

21

# Eines Tages vielleicht Freunde finden

Ricos Unterschlupf lag nicht weit vom Joliette-Hafen. Etwa hundert Meter vom Hafenbahnhof am Quai de la Tourette. Eine düstere Gegend, die auf die nächste Renovierungswelle wartete. Dort gab es ein paar kleine, leer stehende Lagerhäuser. Ihre Fassaden, die zugemauert waren, um eventuelle Hausbesetzer abzuschrecken, waren mit Plakaten und obszönen Graffiti bedeckt. Rico hatte sich gründlich umgesehen und schließlich einen anderen Zugang als von der Straße gefunden. Ein echter Glückstreffer.

An einem Nachmittag hat er mich dorthin mitgenommen. Seit zwei Wochen waren wir beide unzertrennlich.

»Du wirst sehen … Du wirst sehen«, hatte er auf dem Weg ständig wiederholt. Er war echt glücklich. Ich hatte Lust, ihn bei der Hand zu nehmen, wie ich es bei meinem Vater gemacht hatte, aber ich traute mich nicht.

Von der Place de Lenche waren wir die Rue de l'Évêché bis zur Kathedrale La Major runtergegangen. Ein schweres und verdrecktes Gebäude, das wie Zuckerguss aussah und von der Zubringerstraße eingeschnürt wurde, die zur Autobahn führte. Wir gingen um sie herum.

»Das da«, scherzte Rico, »ist die Place de l'Esplanade.« Das war wirklich lachhaft. Der Platz war unter der vierspurigen Straße verschwunden. Unzählige Autos rasten dort so schnell wie auf einer Rennstrecke.

»Und wie kommt man da rüber?«, fragte ich.

»Man geht einfach rüber. Ganz einfach.« Er zeigte mir die weißen Streifen, die auf den Asphalt gemalt waren. »Siehst du, da dürfen wir rüber. Das ist ein Übergang für Fußgänger.«

Rico hob seinen linken Arm wie ein Polizist und ging los, den Einkaufsroller vor sich her schiebend. Ich folgte ihm. Mit geschlossenen Augen. Es wurde heftig gebremst und wild gehupt, aber wir kamen wohlbehalten auf der anderen Seite an.

»So ist es eben, man darf nur keine Angst haben. Das hat Mirjana immer gesagt.«

Wir standen oben an breiten Treppen, die auf eine Straße hinunterführten. Die Rue François-Moisson. Später bin ich immer dort entlanggegangen. Ich war noch nicht bereit, mich überfahren zu lassen und zu sterben.

»Wir hätten von da unten kommen können«, meinte ich.

»Ja, schon. Aber du weißt ja, ich steig nicht gern Treppen hoch.«

Wir stiegen bis zum ersten Absatz hinunter. Dort führte links eine völlig verrostete, niedrige Tür in einen schmalen Gang. Er stank nach Jahrhunderten Katzenpisse und Hundescheiße. Kaum auszuhalten.

»Gehts noch?«, fragte Rico, besorgt über meine angewiderte Miene.

»Hast du eine Gasmaske?«

»Es wird gleich besser, du wirst schon sehen.« Er zog eine große Stablampe hervor, die hinter einem Stein versteckt war, und wir gingen fünfhundert Meter über unebenen Boden.

Und tatsächlich, der Gestank verschwand durch eine Röhre, die den Gang entlanglief. Ein Abwasserkanal, dachte ich. Damals wurde mir klar, dass der Geruch, den Rico ausstrahlte, ein scharfer Geruch, eine Mischung aus Fäulnis und Feuchtigkeit – den ich zunächst seiner Unsauberkeit zugeschrieben hatte –, von hier stammte. Er war derartig damit imprägniert, dass man ihn manchmal sogar in seinem Atem roch.

»Hier muss es ja vor Ratten nur so wimmeln«, sagte ich.

»Eine Ratte, ja.«

»Wieso eine Ratte?«

»Jawohl, eine Ratte. Eine kommt regelmäßig in meine Bude. Wir sind Kumpel. Wenn ich nachts aufwache, sehe ich ihre roten Augen. Sie passt sozusagen auf mich auf.«

Mir schauderte. Vor Ratten hatte ich einen Horror. Sie widern mich an. Seit meiner Überfahrt auf diesem verdammten Frachter. Der Maschinenraum war voll von ihnen. Sie machten ein Mordsspektakel. Quiekten. Rannten hintereinander her. Ich hab gespürt, wie sie über mich rannten, diese elenden Biester.

»Ach ja ... Und du fütterst sie auch noch?«, sagte ich ironisch.

»Ich hab doch gesagt, wir sind Kumpel. Ich rede mit ihr, geb ihr zu essen. Du wirst es nicht glauben, sie ist scharf auf Würstchen. Weißt du, sie setzt sich auf die Hinterpfoten ...« Er war stehen geblieben, um die Szene besser beschreiben zu können. Machte die Ratte nach. »Und sie futtert die Wurstscheibe, indem sie sie in den Vorderpfoten hält. Das sieht wirklich putzig aus.«

Ich musste an Tom und Jerry denken, die ich mit Zinedine im Fernsehen gesehen hatte.

»Wo hat sie ihre kleine Serviette, damit sie sich nicht schmutzig macht?«, scherzte ich.

Rico richtete die Stablampe auf mein Gesicht. »Was hat dir diese Ratte angetan?«

»Nichts ... Nichts ...«

»Dann red doch nicht so böse über sie, verdammt!«

Wir standen vor einer Lattentür. Einer der Orte, an denen Rico sich niedergelassen hatte. *Fundouk* nennt man so was in Algier. Er stieß die Tür auf und steckte vier große Kerzen an, die er in der Kirche Saint-Ferréol am Quai des Belges gemopst hatte.

»Nicht schlecht, oder?«

Eher ein Schock!

Seine Bude war die reinste Räuberhöhle. Wie von Ali Baba. Es gab dort mindestens zwei- oder dreihundert Plastiktüten, die bis zum Rand mit den unterschiedlichsten Dingen gefüllt waren. Alles war ordentlich sortiert. Bücher zu Büchern, Nippes zu Nippes, Klamotten zu Klamotten ... Und die Tüten waren je nach ihrem Inhalt gruppiert.

Ich pfiff durch die Zähne. »Teufel auch, was machst du mit dem ganzen Kram?«

»Ich verdiene meinen Lebensunterhalt, was glaubst du denn!«

Rico konnte nicht mehr betteln. Selbst nachdem er sich alle Ratschläge von Titi durch den Kopf hatte gehen lassen. »Das schlägt mir zu sehr aufs Herz«, sagte er. Also hatte er ein System erfunden. Man gab ihm etwas Geld, und im Austausch bot er ein Geschenk an.

»Und das läuft?«

Er zuckte mit den Schultern.

»Ehrlich gesagt, ich bescheiße ein bisschen. Siehst du, ein Typ oder eine Hausfrau gibt dir eine Kleinigkeit, aus ...

Mitleid. Sie haben gerade eingekauft, sie fühlen sich ein wenig schuldig, dass sie so viel zu essen haben, dass sie so viel Klamotten haben ... Aber beim Betteln geht das nie über eine oder zwei Münzen hinaus. Mit meinem System kann ich ihnen fünf bis zehn Francs abnehmen! Mindestens, verstehst du, mindestens.«

Jeden Tag ließ er sich am Eingang des Centre Bourse in der Nähe der Canebière nieder. Drei Etagen mit Geschäften. Auf einem sauberen Blatt Zeitungspapier breitete er einige Bücher und Gegenstände aus, dann machte er sich an die Arbeit.

Er baute sich vor den Leuten auf, in etwa so, wie er es bei Titi am Markt von Aligre gesehen hatte. Aber selbstsicher und ohne Mitleid zu erregen. »He, Isabelle! Hast du heute nicht ein paar Francs für mich? He, Jeannot, hast du heute nicht etwas für mich?« Rico nannte alle Leute Isabelle und Jeannot.

Ich hab ihm einmal bei der »Arbeit« zugesehen. Wenn ihm jemand ein Geldstück gab, nahm er ihn am Arm und führte ihn zu seiner Auslage: »Warte, komm mit, ich mach dir ein kleines Geschenk. Was möchtest du? Die rosa Porzellankatze? Ein Buch? Die Ricardmütze? Such dir was aus.«

Wer etwas gegeben hatte, steckte in der Klemme. Selbst wenn er Nein sagte, hatte er plötzlich etwas in der Hand und war gezwungen, sich bei Rico zu bedanken. Und dann öffnete Rico seine Hand und sagte lächelnd: »Warte Jeannot, es fehlen noch drei Francs. Das Buch ist fünf Francs wert.«

Das brachte die Leute durcheinander. »Nun, ich weiß nicht, ob ich noch drei Francs habe«, sagte der »Kunde«. Und er begann in seinen Taschen zu wühlen oder in sein Portemonnaie zu sehen. Ohne auch nur daran zu denken, Rico das »Geschenk« zurückzugeben.

Ricos Auge lag auf der Lauer. »Ist das da nicht ein Zehn-Francs-Stück?«

»Ach ja«, sagte der andere.

»Schau, ich geb dir deine zwei Francs zurück, und alles ist in Ordnung. Okay?«

Erst dann bedankte Rico sich auch, und sagte Auf Wiedersehen und all das. Ohne jemals zu vergessen, den Frauen ein Kompliment zu machen. »Du siehst aber gut aus heute, Isabelle« oder »Deine Frau ist echt nett, Jeannot«.

Ich hab nie gesehen, dass jemand ihn und seine Geschenke zurückwies. Ich glaube, dieser kleine Streich machte den Leuten Spaß. Einmal hab ich sogar gesehen, wie ihm ein Typ die Hand schüttelte. Rico hatte ihm ein Buch mit blauem Einband gegeben. Eine Einführung in die Rechtschreibung von Herrn und Frau Bled.

»Das ist nicht mehr aufzutreiben«, hatte er zu ihm gesagt. »Komm mal wieder vorbei, Jeannot. Ich hab noch viele andere. Seltene Bücher …«

Rico lud seinen Einkaufsroller ab und begann zu sortieren, was er den Tag über aufgegabelt hatte.

Ich ließ mich auf eine alte Matratze fallen, die zwischen den Büchertüten eingeklemmt war. Der Teddybär saß da mit dem Rücken an die Wand gelehnt.

»Hallo, Zinedine«, flüsterte ich.

Ich weiß nicht, ob Rico mich gehört hat, aber er drehte sich um und sah mich mit gerunzelter Stirn an. »Bist du etwa immer noch scharf auf diesen Bären?«

»Scheiße, Rico. Ich kann ihm wohl doch Guten Tag sagen, oder?«

»Ja, schon, ja …«

Im Hintergrund des Raumes entdeckte ich schließlich ein Fahrrad. »Was ist denn das, dieses Fahrrad?«

»Ein Fahrrad.«

Rico war verstimmt. Wegen Zinedine. Also wegen des Bären. »Los«, sagte ich und stand auf. »Zieh nicht so ein Gesicht.«

»Es hat eine Woche unten an der Treppe rumgestanden. Hast du etwa auch noch nie ein Fahrrad gehabt?«

Wir starrten uns an. Er war echt sauer, dieser Idiot! Was hatte er bloß mit diesem Bären!

»Doch«, antwortete ich friedlich. »Beziehungsweise, mein Bruder. Ich mochte es gern ... Und, fährt das Ding noch?«

»Ja. Ich hab es ein Stück auf der Straße geschoben, um das zu prüfen. Es fährt. Aber natürlich kannst du damit nicht die Tour de France gewinnen.«

»Wohl kaum ...«

»Ich wollte schon immer eins haben. Und damit am Strand entlangfahren, am Sonntag, mit Sophie und Julien.« Er hockte sich auf die Matratze und rauchte eine Zigarette. Ich schloss mich ihm an. Er zog den Bären heran und setzte ihn zwischen seine Beine.

»Weißt du, er erinnert mich an meinen Sohn, dieser Bär. Ich hatte ihm einen gekauft, der ähnlich aussah. Er hat ihn immer mit sich rumgeschleppt. Ich frage mich, ob er ihn immer noch hat?«

»Warum soll er ihn nicht mehr haben?«

»Wer weiß. Es gibt viele Dinge, die man nicht versteht.« Er sah mich an. Mit dieser Zärtlichkeit, die mir so gut tat.

»Er fehlt dir wohl sehr, was?«, sagte ich dümmlich.

»Mir fehlt gar nichts mehr, Abdou. Verstehst du! Ihn

wieder sehen, an mich drücken, ihn umarmen, alles vorbei und vergessen.«

Ich hätte am liebsten geheult. »Aber er ... Vielleicht hat er Lust dazu. Ich, siehst du, meine Alten ...« Ich heulte.

Ich sah sie wieder vor mir. Das war seit dieser verdammten Nacht noch nie vorgekommen. Es war der 5. Juli. Der Feiertag zur nationalen Unabhängigkeit. Die Straßen waren voller Menschen. Mein Vater hielt mich an der Hand. Meine Mutter ging neben ihm. Wir suchten ein Taxi. Er hatte versprochen, mit uns nach Sidi Feruch zu fahren, einen schönen Strand, fünfzehn Kilometer außerhalb von Algier.

Ich war glücklich. Dieses Land war voll von glücklichen Tagen.

Ich erinnere mich, wie während der Rückfahrt im Radio des Taxis gemeldet wurde, dass auf dem Markt von Baradi, das fünfundzwanzig Kilometer entfernt war, eine Bombe explodiert war. Als ob nichts geschehen wäre, hatte der Fahrer eine Kassette eingelegt. Von Cheb Mami, einem meiner Lieblingssänger.

*Ayit fik en'ssaaf ouanti m'aamda*
*Li bik biya oua Alache sada*

Unglück existierte nicht. Es war noch weit weg.

*Alche Alache Alache Ya lile*
*Alche Alache Alache Ya ain*
*Alche Alache Alache ...*

Rico zog mich an sich. »Dagegen kann man nichts machen, Abdou. Es ist so, als ob das Leben übergeschnappt wäre.

Ich weiß nicht, warum. Titi wusste es auch nicht. Felix nicht. Mirjana nicht. Du, du wirst es vielleicht eines Tages wissen …«

Ich wischte mir übers Gesicht.

Er hob das Kopfende der Matratze hoch und zog ein Buch hervor. Die *Odyssee* von Homer. Ein Stück Papier ragte heraus. »Das hab ich in einem Buch gefunden. Nicht in diesem da, sondern in einem anderen. Hier, lies.«

Eine schöne runde und große Schrift. Eine Mädchenschrift, dachte ich. »Wenn Millionen Menschen vernichtet worden sind, werden vielleicht andere geschaffen, und ich werde Freunde finden, wo ich es nicht erwartet hätte.«

»Das ist aber eine rechte Sonntagspredigt, oder?«

»Das erklärt vielleicht alles, das erklärt …«

»Ja … Wir fallen immer wieder auf die Worte rein, glaube ich. Das ist wie mit dem Richter, weißt du. Er sagt, seine Aufgabe besteht darin, uns in unserer Situation zu helfen. Das sagt er einfach so, dieses Arschloch! Zu Anfang denkst du, er ist freundlich und all das. Dann, wenn du ein wenig nachdenkst, kommst du hinter den Sinn seiner Phrasen, du begreifst, dass du mit achtzehn wieder in dein Land zurückkehren darfst. Ob du willst oder nicht.«

»Tut dir das weh?«, fragte er ernst und zeigte auf meine Brandwunden. Er hätte fast seine Hand auf meine Wange gelegt. Tat es dann aber doch nicht. Seine Finger zeichneten nur in der Luft die Narben nach. So wie er den Hintern des Mädchens auf dem Plakat nachgezeichnet hatte. Mit derselben Zärtlichkeit.

Es war das erste Mal, dass jemand wagte, mir diese Frage zu stellen. Wenn das ein anderer getan hätte, selbst beim Verein, hätte ich ihm bestimmt meine Faust in die Fresse geknallt.

»Ja, manchmal. Ich muss immer aufpassen, dass sich das nicht entzündet.«

»Der Bär, wenn du willst, geb ich ihn dir.« Und er schob ihn zu mir rüber.

»Willst du mich verarschen?«

»Seh ich etwa so aus?«

»Du bist echt super!«

Unsere Blicke kreuzten sich.

»Ich glaub, ich lass ihn lieber hier. Was meinst du? Er fühlt sich wohl hier. Und dann ... ich kann ihn ja öfter besuchen, nicht?«

»Ja, so ist es gut.«

Wir sahen uns immer noch an.

»Ich werd ihn Zinedine nennen. Das stört dich doch nicht, oder?«

»Ist das dein Freund, der da unten geblieben ist?«

Ich nickte.

»Hallo, Zinedine«, sagte Rico.

## 22

# Stundenlang aufs Meer schauen

Sie können sich vorstellen, dass ich während dieser Zeit nicht oft bei den *Jeunes Errants* war. Ich ging morgens und abends vorbei und trug mich in die Anwesenheitsliste ein. Damit ich weiterhin Unterkunft und Verpflegung hatte.

Sie haben sich damit abgefunden, bei diesem Verein. Wie der Jugendrichter ja schon erklärt hatte, ich bin ein unkontrollierbarer Kerl. Ein Unverbesserlicher, wie er sich ausdrückte.

Die Hauptsache ist, hatte Driss mir erklärt, dass ich Kontakt halte. Driss machte sich Sorgen um mich. Um Karim auch. Um alle, die bei dem Verein landeten. »Glaub nicht, Abdou«, hatte er zu mir gesagt, als ich aus dem Krankenhaus kam, »dass es hier keine Zukunft gibt. Das ist nur eine Frage der Arbeit oder der Papiere.«

Es hatte mir gefallen, dass er das sagte. Das waren klare Worte. Eine Zukunft gab es also weder hier noch bei mir zu Hause. Noch sonst wo.

Aber klar, man kann natürlich jederzeit eine Dummheit machen. Dealer werden. Eine Oma überfallen. In eine Apotheke einbrechen. Es genügte schon, dass einem so was durch den Kopf ging und dass man keinen Grund fand, die Dummheit nicht zu machen.

Das wurde mir an einem Nachmittag klar, als ich bei Go Sport die neuesten Nike entdeckte. Nur schon das Ansehen verursacht einen Magenkrampf. So, wie wenn man Hunger hat. Warum konnte ich sie mir nicht kaufen? Warum andere und ich nicht? Was, beim Propheten, habe ich denn gemacht? All diese Fragen kommen einem in den Kopf. Und nur eine einzige Antwort. Ungerechtigkeit. Sie sehen, so fängt es an.

Wir hatten mehrere Male mit Driss darüber gesprochen. Auf Arabisch. Ich sage das, weil man es beim Verein im Allgemeinen vorzog, dass wir französisch redeten. Am Eingang hing eine Tafel an der Wand, auf der stand: »Wer die Sprache des Volkes spricht, verhütet sein Unglück.« Mir tat es gut, in meiner Sprache zu sprechen, zumindest wenn ich Dinge sagen wollte, die mir durch den Kopf gingen. Ich konnte mich besser ausdrücken. Und mich auch besser verstehen.

»Und dann gibt es Rico«, hatte ich Driss erklärt. »Ich kann ihn nicht im Stich lassen. Du kümmerst dich um mich, ich kümmere mich um ihn … Er wird bald sterben.«

»Vielleicht kann man ihm ja helfen.«

Genau das hatte man Rico vorgeschlagen, als er zum Asyl in der Rue Forbin kam. Ihm helfen. Ihn betreuen.

»Mir bei was helfen?«, hatte er geantwortet.

»Aus dem Elend herauszukommen. Einen kleinen Job für dich finden. Das haben wir auch schon für andere gemacht. Oder willst du etwa so weitermachen?«

»Warum nicht?«

»Mensch Rico, das ist doch kein Leben. Das weißt du doch selber.«

»Und was ist das Leben? Das hier?« Er deutete auf einen Typen im Anzug, der eilig an ihnen vorbeiging, mit einem Handy am Ohr. »Ich kenn das. Geh mir nicht auf den Wecker, Jeannot.« Und er hatte die Brücken hinter sich abgebrochen. Zu den Nachtasylen. Zu den Tagesasylen. Zuerst, als er noch eine Bude suchte, hatte er sogar in den Containern am Hafen geschlafen.

Rico gehörte nicht zu denen, die in der Wiedereingliederungsstatistik erfasst wurden. Andere ja, zweifellos. Glücklicherweise. Oder unglücklicherweise, wer weiß. Aber für einen, der wieder auf die Beine kam, wie viele stürzten da wohl im gleichen Moment ab? Darüber habe ich auch mit Driss gesprochen. Er konnte mir nicht antworten und mir auch nicht sagen, wie viel es waren, die wie Rico in Marseille auf der Straße lebten. Eintausend? Zweitausend? Und wie viele illegale Jugendliche wie mich gab es? Allein schon bei den *Jeunes Errants* waren einhundertachtzig eingetragen ...

»Wir sind die Privilegierten des Unglücks«, sagte ich zu Driss.

Er wurde sauer. »Scheiße, Abdou! Der Sozialdienst kann sich um ihn kümmern. Sei doch vernünftig! Die können ihn ordentlich behandeln. Du sagst, er ist dein Freund ...«

Es kam mir so vor, als ob ich Rico hörte, der versuchte, Titi zu überzeugen, ins Krankenhaus zu gehen. Ich wollte nicht, dass Rico sich mir entzog und sich weigerte, mit mir zu sprechen, wie Titi es mit ihm getan hatte. Ich akzeptierte. Ich versuchte, zu verstehen. Ich wollte ihn bis zum Ende seines Weges begleiten. Und das tat mir weh. Verdammt weh. Scheiße, können Sie sich das vorstellen?

»Hör auf, Driss! Rico will das nicht.«

Er war genervt. »Niemand will sterben.«

Ich habe ihn angesehen. Mein großer Bruder in Marseille. Wir waren nicht immer auf derselben Wellenlänge. Eher in verschiedenen Lagern, zwar keine Feinde, aber ... Fremde, und doch konnten wir untereinander reden. Warum?

»Mir geht das oft so«, sagte ich. »Morgens, wenn ich die Augen aufschlage.«

»Hör auf mit dem Blödsinn, Abdou!«

Ich hatte natürlich aufgehört. Mit einer Pirouette, deren Geheimnis ich kannte. So in der Art: Schluss jetzt, mach dir keine Sorgen, Driss, mein Ding in diesem Leben ist, mir ordentlich einen reinzuziehen. Solange ich Shit hab, so lange hab ich Hoffnung ... Dann warf ich Christine ein Küsschen zu und machte mich auf die Suche nach Rico.

Mein Tag begann.

Der schönste Moment am Tag war, wenn Rico und ich loszogen, um aufs Meer zu schauen. Ganz gleich, bei welchem Wetter, außer es regnete Bindfäden. Zuerst gingen wir zu seiner Bude. Er packte seinen Einkaufsroller aus, sortierte und ordnete seine Sachen, dann nahm er, mit einem Schluck Wein oder Bier, eine Hand voll Paracetamol, und wir gingen bis zum Ende der Mole am Fort Saint-Jean. Und zwar über die Kais, dort, wo man die alten Lagerschuppen abgerissen hatte.

Wir mochten diese Gegend an der Hafeneinfahrt sehr gern. Gegenüber vom Leuchtturm Sainte-Marie, der auf der anderen Mole stand, auf der großen, die Digue du Large genannt wurde.

»Wenn schönes Wetter ist, nehm ich dich mal mit auf die andere Seite. Zum Leuchtturm. Siehst du die Treppe, da links? Da steigst du hoch, und oben setzt du dich auf den Boden, lehnst dich an die Mauer und brauchst nur noch zu schauen. Das Meer, die Inseln. Einfach herrlich. Das ist das Schönste, was ich je im Leben gesehen habe.«

Lea hatte ihn dorthin geführt. Sie hatte von ihrer Schule einen Ausweis für das Hafengebiet bekommen, um Fotos zu machen. Was sie eigentlich wollte, war, mit Rico den Sonnenuntergang auf der Reede beobachten.

Sie hatten sich oben auf dem Leuchtturm geliebt, auf der Plattform.

Wenn er über das Meer schaute, fielen ihm oft bestimmte Dinge wieder ein. Erinnerungsfetzen. Die Zeit fügte sich in seinem Kopf wieder zusammen.

Ricos Augen waren auf den Leuchtturm gerichtet.

Sie hatte seinen Hosenschlitz aufgeknöpft, ihr Kleid hochgezogen und sich auf ihn gesetzt. Ihr Körper war gegen seinen gepresst. Brennend, verschlungen hatten sie verweilt, die Augen ineinander versunken. Eine Ewigkeit.

Ihre Lippen hatten die seinen gestreift und dort einen Salzgeschmack hinterlassen. Sie waren über seine Wange geglitten, zu seinem Hals, seinem Ohr, kitzelten sein Ohrläppchen und waren dann zu seinem Gesicht zurückgekehrt. Zu seinem halbgeöffneten Mund, der ihren Kuss erwartete. Ihre Zunge.

»Beweg dich nicht«, hatte sie geflüstert.

Rico konnte es kaum aushalten.

»Beweg dich nicht.«

Ihre Beine hatten wie Algen seine Hüfte umschlungen, und sie begann sich unmerklich zu bewegen, die Hände an seine Schultern geklammert. Ihr gebräunter Teint glänzte im Licht der untergehenden Sonne und in der salzigen Gischt.

»Unsere Schicksale verflechten«, flüsterte Rico, ohne den Leuchtturm aus den Augen zu lassen.

»Was?«, fragte ich.

»Ich glaub, das hat sie gesagt, unsere Schicksale verflechten, dort an diesem Meer. Ich weiß nicht mehr.«

Wie so oft, wenn er sich bemühte, sich zu erinnern, kam

nichts mehr. Er hatte die Hände vor sich gefaltet, wie zum Gebet. »Sie liebte das Meer. Dieses Meer. Und hat mir beigebracht, es zu lieben. Ja, ich glaube, indem sie unsere Wünsche mit ihm verband. Sie sagte ... dass es wie ein Traum ist. Ja. Ein Traum, den man mit offenen Augen sieht, aus dem man nicht mehr erwacht. Verstehst du das?«

Ich nickte. Eigentlich verstand ich es nicht richtig, aber ich spürte, was das heißen sollte und dass ich das auch so empfand.

»Man kann sich täuschen«, sagte Rico lakonisch und steckte sich eine Kippe an.

»Kannst du mir das erklären? Ich komm da nicht mit.«

»Puh ...« Er zog heftig an seiner Zigarette und kramte dann das Buch aus seiner Tasche. Die *Odyssee*. Dieses Buch erinnerte ihn an Lea, hatte er mir erzählt. Ich las ihm schon seit einiger Zeit daraus vor. Rico konnte sich nicht mehr auf die Wörter und Sätze konzentrieren. Ich hatte nichts dagegen, und außerdem war das eine schöne Geschichte.

Zu Anfang war Rico genervt, weil ich andauernd Fragen stellte, wenn ich auf einen Namen stieß, den ich nicht kannte. »Was ist denn eine Nymphe?«, hatte ich gefragt.

»Verdammt, Abdou, du kannst doch nicht bei jedem Wort stehen bleiben! Es ist doch völlig egal, was eine Nymphe ist! Sie heißt Kalypso, gut. Und sie ist eine Nymphe, auch gut ... Das Wichtige ist die Geschichte! Und was dahinter steckt! Wenn man jedesmal alles ganz genau wissen und verstehen will, wird man ja völlig verrückt ... Alles klar? Also, fang wieder an.«

*»Er nur allein blieb fern von Haus, entbehrte der Gattin, weil ihn Kalypso, die Nymphe, die Göttliche unter den Göttern, lang in Geschlüft und Höhlen verhielt, auf dass er sie freie.«*

So konnten wir Stunden zubringen, ohne zu sprechen. Gegeneinander gelehnt. Bis die abendliche Feuchtigkeit uns aus unserer Erstarrung löste. In diesen Momenten rauchte Rico abwesend eine Zigarette nach der anderen. Er schien sich in etwas zu verlieren, das mir unverständlich war. Manchmal flog ein Lächeln über seine Lippen, das mich erschauern ließ.

»Was bringt dich zum Lächeln?«, fragte ich.

Das war zwei Tage vor alledem.

»Ich lächele über meinen Traum, wenn du es genau wissen willst. Aber verdammt, kannst du nicht mal einen Moment die Klappe halten!«

Ich spürte die Kälte, die sich in uns beiden ausbreitete.

Das war nicht der Traum von Lea. Das war nicht der Traum von Mirjana. Ich wusste das. Das war jene Frau ohne Gesicht mit der sanft liebkosenden Stimme, die ihn nachts immer öfter heimsuchte, seine Hand nahm und ihn fragte: »Warum lächelst du nicht? Warum willst du mich nicht anlächeln?«

Ich hatte Lust aufzustehen, durch die Straßen von Marseille zu rennen und nach Lea zu suchen. Scheiße! Es musste doch eine geben. Eine Lea, die zu ihm sagen könnte: »Ich bins, Rico. Ich hab ja so auf dich gewartet, wenn du nur wüsstest ...« Eine Lea, die seinen Erinnerungen und Jugendhoffnungen wieder Leben verleihen würde. Und die schließlich wieder Ordnung in seinem Kopf schaffen würde. Ein für alle Mal!

Ich sah das, verdammt! Ich sah das genau. Die Welt würde wieder ihren Lauf nehmen. Aber anders. In die gute Richtung.

Ich hätte jetzt gern gehabt, dass Rico mich in die Arme nahm und zu mir sagte: »Ich liebe dich, mein Sohn.« Wie mein Vater, wenn ich schlafen ging. Nur um mir vor dem Einschlafen Gewissheit zu geben, dass es morgen ein Morgen geben würde, große Feste, Hammelspießbraten, Fußball, endlose Strände am Hafen, hübsche Mädchen ...

»Ich frier mir gleich einen ab«, sagte ich und stand auf.

»Ich komm schon«, antwortete Rico.

Ich hatte den Eindruck, dass er nicht mehr da war. Dass er schon lange nicht mehr da war.

Ich marschierte mit den Händen in den Taschen. Ein alter Algerier war beim Angeln. Ich hatte ihn schon gesehen, als wir herkamen. Er war mindestens zwei Stunden da, und ich hatte nicht gesehen, dass er den geringsten Fisch rauszog.

»Beißen sie denn?«, fragte ich auf Französisch.

»*Meïtta*«, antwortete er auf Arabisch.

Alles tot.

Das hatte ein Angler schon einmal zu uns gesagt, zu Zinedine und mir. Im letzten Sommer, im Hafen von Algier.

*Meïtta.*

Ich glaube, es war Lea, die zu Rico gesagt hatte: »Wenn ich über das Meer schaue, spüre ich das ganze Leben, das in mir steckt. Bei der Erde ist das nicht so. Die Erde ist hässlich. Nichts ändert sich. Alles ist wie tot. Selbst die Leute ...«

Aber vielleicht war es auch Mirjana, die das gesagt hatte.

Oder Rico, der es eines Abends geflüstert hatte.

Oder ich, der es gedacht hatte.

Denn genau das dachte ich.

## 23

# Eine kleine Autotour, Rue Sainte-Françoise

Auf der alten Matratze sitzend, wartete ich schon seit Stunden auf Rico.

»Was denkst du darüber, Zinedine?«, fragte ich den Teddybären. Er dachte sich nichts, und so warteten wir weiter.

Ich hatte Rico den ganzen Tag nicht gesehen. Ich war seinen Rundweg zweimal vorwärts und rückwärts abgegangen, vergeblich. Centre Bourse, die Kirche Saint-Ferréol, Quai du Port, Rue Caisserie, Place de Lenche, Quai du Fort Saint-Jean. Jedesmal hatte ich bei seiner Bude vorbeigesehen.

Ich hatte schlechte Laune, weil ich nicht wusste, wo er war. Es musste etwas geschehen sein, das ihn dazu gebracht hatte, seine Gewohnheiten zu ändern. Etwas sehr Wichtiges.

Als ich zum zweiten Mal an seiner Bude vorbeikam, war sein Einkaufsroller da. Aber die Sachen, die er eingesammelt hatte, waren nicht sortiert. An einer Seite des Einkaufsrollers hing ein dicker, verschlissener Seesack.

Er hatte sich mit jemandem getroffen.

Ich drehte mir einen großen Joint und rauchte langsam vor mich hin. Karim hatte mir gerade Stoff geliefert. Kolumbianischen. »Echt super, du wirst schon sehen.«

Diesen Moment mochte ich besonders, den des ersten Zuges, wenn der Rauch auf dem Grund meiner Kehle ankam. Mit geschlossenen Augen und angehaltenem Atem spürte ich, wie er sich in mir ausbreitete. Ich entspannte mich langsam, genau in dem Moment, in dem meine Schläfen zu pochen begannen. Das ist wirklich gut.

Es wäre schön gewesen, ein hübsches Mädchen dabei zu haben. Ach ja! Das Mädchen von der Aubade-Reklame zum Beispiel. Salima würde sie heißen. Nein, nicht Salima! Bist du bescheuert, Abdou, oder was? Hast du je eine arabische Frau gesehen, die ihren nackten Hintern zeigt? Nein. Dann also Marina. Das klang italienisch, nicht schlecht. Oder Carmen. Nein, nicht Carmen ...

Ich sah zu Zinedine hin und blies etwas Rauch über seinen Kopf. Spürst du es, Zinedine? Dieses Zeug ist echt gut. Wirklich cool.

Vanessa. Das ist es. Vanessa. Mit Titten wie Sophie Marceau.

»Gib mir einen Zug«, würde sie sagen und an ihrem kleinen Spitzenhöschen ziehen.

So würde sie verharren, in derselben Haltung wie auf dem Plakat. Die ganze Zeit. Jedenfalls eine ganze Weile. Bis die Lektion 27 erfüllt war. Ich würde meine trockenen Lippen auf die ihren legen, und, wie Mirjana es mit Rico gemacht hatte, ich würde ihr den Rauch in den Mund blasen.

»Magst du das, Vanessa?«

Sie würde das mögen, bestimmt.

Mein Bruder sagte, dass ein bisschen Shit vor dem Vögeln gut für die Mädchen ist. Ihr Körper ist dann wie gut durchgeknetet, aufgegangen und geschmeidig, das kannst du dir gar nicht vorstellen.

Ich konnte mir das nicht vorstellen. Ich kann es immer noch nicht. Ich hab immer noch nicht mit einem Mädchen geschlafen. Aber nach einigen Zügen von diesem Kolumbianer wäre Vanessa bestimmt so gut wie *khobz-al-aïd,* das Festtagsbrot, das meine Mutter machte.

Ich drückte die Kippe aus. Ich hatte einen Ständer wie ein marokkanischer Esel. Zinedine sah darüber hinweg. Ich packte meinen glühenden Schwanz. In seinem Inneren brannte es, als ob er voller Pfeffersauce wäre. Voller *dersa*.

Dieser geile Kolumbianer!

Vanessa.

Ich schlief ein.

Ihre Stimmen auf dem Gang rissen mich aus dem Schlaf. Ich sprang auf. Rico trat ein. Und hinter ihm irgendein Typ. Rico hielt zwei große Pizzaschachteln und eine Plastiktüte in den Händen, in der Flaschen klirrten. Der Typ trug vier weitere große Tüten.

»Das ist Dede!«, rief Rico. Er war völlig aus dem Häuschen. »Dede, stell dir vor! Er ist schon vier Tage in Marseille, dieser Blödmann!«

»Hallo«, sagte Dede.

»Ich bin Abdou.«

»Ich weiß.«

»Leg alles auf die Matratze«, sagte Rico.

Es gab zwei Zwölferpack Bier, sechs Flaschen Wein und eine halbe Flasche Whisky.

»Wir feiern ein Fest«, verkündete Rico.

»Pfui, stinkt das hier«, sagte Dede und steckte sich eine Zigarette an.

»Wo, zum Teufel, seid ihr gewesen? Ich hab dich gesucht.«

»Wir haben ein paar Gläser getrunken«, antwortete Dede. »Ich hab diesen Blödmann schon seit vier Tagen gesucht. Bin überall rumgerannt. Zum Nachtasyl in der Rue Forbin, zum Heim in Madrage, zur Tagesunterkunft an der Place Marceau. Die reinste Schnitzeljagd. Immer gab es jemanden, der glaubte, ihn gesehen zu haben ...«

»Es ist unglaublich, dass wir uns getroffen haben«, fuhr Rico fort. »Am Alten Hafen. Die Zeit, die hier vergangen ist, und dann haben wir erzählt, was wir erlebt haben ... In einem Jahr, verdammt! Mensch, stell dir mal vor! Jo ist entlassen worden! Vor ... Wie viel hast du gesagt?«

»Sechs Monaten.«

»Ja, sechs Monate. Und dann, zusätzlich zu den Entschuldigungen des Gerichts, hat er den Jackpot gewonnen. zweitausendsechshundert Eier pro Tag im Knast! Stell dir das mal vor, Abdou. So ein Haufen Knete.«

»Wenn Jo lebenslänglich gekriegt hätte«, scherzte Dede, »wäre er Milliardär!«

»Und Felix?«, fragte ich.

Dede zuckte mit den Schultern.

»Er ist verschwunden«, erklärte Rico. »Eines Morgens hat ihn niemand mehr gesehen. Er hat nur seinen Ball mitgenommen. Sonst nichts.«

»Ich dachte, er ist nach Marseille gegangen. Er hat so oft davon gesprochen. Und von dir ...«

»Scheint, dass Norbert, sein Chef, ihn dabei überrascht hat, wie er mit seiner Frau geschlafen hat, mit Anne.«

»Das erzählt man in der Stadt«, präzisierte Dede.

»Und Norbert, was hat der gesagt?«

»Keine Ahnung! Denkst du, ich bin zum Hof gegangen und hab Norbert gefragt: ›Na mein Lieber, ist es wahr, dass Felix deine Frau gefickt hat?‹« Dede brach in Gelächter aus, wie bei einem dreckigen Witz.

»Ich glaub kein Wort davon«, meinte Rico. »Ich kann mir nicht vorstellen, dass Felix so was macht.«

Ich konnte mir das auch nicht vorstellen. Nach dem, was Rico mir erzählt hatte, war das nicht Felix' Art. Es muss etwas zwischen Felix und Dede vorgefallen sein, dachte ich. Wegen Jo. Wegen Jo und Monique. Felix fand bestimmt nicht gut, was Dede machte.

»Was starrst du mich so an, Kleiner?«

»Nichts«, antwortete ich. »Nichts.« Ich fand, Dede hatte eine dreckige Visage. Wir beide würden bestimmt keine Freunde werden. Rico hat mir nie gesagt, was er davon hielt, aber ein Kumpel, der deine Tussi bespringt, wenn du im Knast bist, das war für mich ein echter Schweinehund.

Während ich meinen Teil der Pizza aß, musste ich weiter darüber nachdenken. Armer Felix. Ich hätte mich gefreut, wenn er hierher gekommen wäre. »Ich möchte nicht mehr darüber reden«, hätte er bestimmt gesagt.

»Wir haben dir noch gar nicht erzählt …«, setzte Rico an.

Nachdem sie in einer Kneipe an der Grand'Rue ein paar Pastis getrunken hatten, blieben ihnen beiden zusammen nicht mal hundert Francs übrig.

»Wir sollten zusehen, dass wir wieder flott werden«, hatte Dede vorgeschlagen.

»Ich bin aus dem Alter raus. Siehst du, Dede, wenn was schief geht, kann ich nicht weglaufen. Ich würde ruckzuck im Knast sitzen.«

Aber schließlich war es Dede gelungen, Rico zu überzeugen. Das war nicht besonders schwierig, glaube ich. Als ich Rico zuhörte, wie er von ihrem Abenteuer erzählte, verstand ich, dass er sich dem Vergnügen, ich sage absichtlich Vergnügen, nicht widersetzen konnte, sich Furcht einzujagen. Den Dieb zu spielen. Ein letztes Mal. Sehen Sie, er hatte kein Fünkchen Gewalt in sich. Weder Hass noch Bösartigkeit. Trotz allem, was er erlebt hatte. Ein Ding zu drehen, war nicht seine Sache. Er war ein ehrlicher Mann, und das nicht erst seit heute.

Dede war ein bisschen durch die Innenstadt spaziert und hatte einen geeigneten Geldautomaten ausgemacht. Bei der Place Sadi-Carnot. An der Rue de la République, auf halber Strecke zwischen dem Alten Hafen und der Place de la Joliette.

»Um acht Uhr ist da kaum was los. Aber es gibt jede Menge Typen im Auto, die anhalten. Mal eben schnell an den Automaten, du verstehst. Sie kümmern sich nicht groß darum, richtig zu parken … Man braucht nur ein bisschen Geduld …«

Die Uhr des Finanzamtes zeigte genau acht Uhr, als sie vor der Bank ankamen. Sie hockten sich auf die Eingangstreppe eines Wohnhauses, einen Liter Wein vor sich, und rauchten, während sie warteten.

»Zwei Penner, da macht sich niemand Sorgen«, erklärte Dede. »Das beruhigt wahrscheinlich eher.«

Nach einer Viertelstunde näherten sich ihnen zwei Schwarze, die sich seit kurzem auf dem Gehsteig herumtrieben.

»He! Ihr Penner«, knurrte einer von ihnen, »schlaft euern Rausch woanders aus. Wir haben hier zu tun! Und eure Visagen stören das Panorama.«

»Los, verpisst euch!«, fügte der andere hinzu.

»Okay. Ist ja schon gut«, sagte Dede mürrisch. Sie standen auf und gingen schlurfend über die Straße.

»Das war wohl nichts, Dede. Dieser Automat steht bestimmt im Michelin!«

»Diese Scheißkerle!«

»Du sagst es.«

Genau in diesem Moment blieb ein schwarzer Clio stehen. Dede und Rico setzten sich hin und beobachteten neugierig, wie die Schwarzen vorgingen. Eine junge Frau, eine Brünette mit Brille, saß am Lenkrad. Der Typ, ein Spargeltarzan in Lederjacke, ging langsam zum Geldautomaten.

»Verdammt, die beiden wären ideal für uns gewesen!«

Blitzschnell stürzten sich die Schwarzen auf sie. Der Typ drehte sich um und hatte eine riesige Knarre in der Hand: »Polizei!«, schrie er. »Keine Bewegung!«

Der andere Schwarze wandte sich zur Flucht.

»Polizei!«, rief die Polizistin ihm nach, eine ebenso große Knarre in den Händen. »Keine Bewegung!«

Im selben Moment erklang eine Sirene in der Straße. Ein Polizeiwagen bog um die Ecke und versperrte dem Flüchtenden den Weg.

Rico und Dede hätten beinahe Beifall geklatscht.

»Besser als im Fernsehen«, grinste Rico.

»Ja ... Und dann ... die sind verflucht gut gebaut, die weiblichen Polizisten hier.«

Rico stand auf. »Diese Bank muss sogar im Michelin der Polizei stehen!« Während er zusah, wie die Bullen abzogen, nahm er einen Schluck Wein und reichte Dede die Flasche.

»Gut, es bleibt uns nichts übrig, als nach Haus zu gehen, angearscht wie wir sind ...«

»Wir bleiben hier! Ist doch alles bestens ...«

»Was ist bestens?«

»Die Bullen kommen einmal vorbei, nicht zweimal. Diese

Typen haben wahrscheinlich immer hier gearbeitet. Deshalb mussten sie ja geradezu geschnappt werden. Und dabei haben sie uns die Bahn frei gemacht. Stimmts etwa nicht?«

»Du bist völlig übergeschnappt, Dede.«

»Nein, ich hab nur Durst! Es wird schon klappen, sage ich dir.«

Und sie nahmen wieder ihren Platz neben dem Automaten ein. Mit der Weinflasche vor sich. Drei Wagen hatten angehalten. Ein Typ. Noch ein Typ. Dann noch ein Typ und eine Frau.

»Es wird nichts mehr übrig bleiben«, seufzte Rico. Er wurde langsam müde. Das Ganze machte ihm keinen Spaß mehr, glaube ich.

»Der da«, sagte Dede plötzlich.

Ein weißer Opel. Ganz neu. Innen drin saß ein Paar.

»Keine Panik, Rico. Wir machen alles wie abgesprochen.«

Rico nickte.

Eine junge Frau stieg aus. Blond, den Hintern in eine schwarze Jeans gezwängt. Sie ließ die Wagentür offen. Rico und Dede traten näher.

»Haben Sie mal hundert Francs?«, fragte Dede die junge Frau.

»Nein«, antwortete sie trocken.

Rico war in den Wagen geglitten. »Mein Kumpel hat ein Messer. Und er ist verrückt. Wenn du dich rührst oder wenn du schreist, kannst du deiner Schwedin Adieu sagen.«

Der Mann war ein gealterter Schönling, angegraute Schläfen, ein kleiner Schnurrbart. Er hatte Ringe an allen Fingern. Und zitternde Hände am Lenkrad.

»Bingo!«, rief Dede. Er öffnete die Hintertür und stieß die Frau hinein. Sie roch nach Lavendel.

»Wir wohnen nur zwei Schritte von hier«, sagte Dede. »Erklär dem Herrn den Weg.«

»Lassen Sie uns doch zufrieden«, flennte der Typ.

»Es ist nicht weit«, antwortete Rico. »Kennst du die Rue Sainte-Françoise?«

Er schüttelte den Kopf.

»Ihr treibt euch wohl nicht bei den Armen rum, was? Los, ich sag dir, wos langgeht.«

In der Rue de l'Évêché kamen sie am Polizeirevier vorbei. »Da wohnen die Bullen«, scherzte Rico, »aber wir werden heute Abend nicht erwartet.«

An der Place des Treize-Cantons, oberhalb der Rue Sainte-Françoise, bat Rico den Typen, nach rechts abzubiegen. Eine sehr schmale Einbahnstraße. Die Rue du Petit-Puits. Er war derartig durchgedreht, dass er zweimal ansetzen musste, um das Manöver auszuführen.

»Stopp«, sagte Rico dann plötzlich. »Wir sind da, wo wir aussteigen wollen. Du fährst schön geradeaus weiter. Ohne anzuhalten. Da hinten geht es wieder runter. Und da ist die Zivilisation.«

Der Typ fuhr sang- und klanglos weiter. Ohne seine Tussi auf den Beifahrersitz umsteigen zu lassen.

Rico und Dede gingen die Treppen runter, um wieder in die Rue de l'Évêché zu gelangen. Dann gingen sie gemütlich in Richtung Place de la Joliette. Man hätte meinen können, dass der Pizzawagen nur auf sie gewartet hatte. Der chinesische Lebensmittelhändler hatte Tag und Nacht geöffnet.

Vier Flaschen Wein waren schon erledigt, waren Geschichte. Jeder zwei. Ich hielt mich ans Bier. Aber vorsichtig. Auch wenn ich geschlafen hatte, die Wirkung des Joints war noch nicht ganz abgeklungen. Ich war immer noch angeturnt und hatte das Gefühl zu schweben. Und war kurz vorm Einnicken.

»Was hast du gesagt?«, fragte Rico.

»Es gibt Nike, bei Go Sport«, brabbelte ich. »Die sind echt super. Vielleicht krieg ich ja ein Bakschisch.«

Und ich schlief wirklich ein.

Letztendlich zog ich die Gesellschaft von Vanessa vor. Meiner schönen Kolumbianerin.

## 24

# Manchmal ist das Leben schöner als die Träume

Sie sangen aus vollem Hals. Vor allem Dede, mit einer lauten und bedrohlichen Stimme. Rico hustete wie ein Irrer. Ein Husten, den er mit kleinen Whiskyschlucken zu beruhigen versuchte. Während meines Nickerchens hatten sie offensichtlich die beiden letzten Weinflaschen geleert.

Lachend warfen sie Chansontitel wie Herausforderungen in den Raum. Oft erinnerten sie sich nur an den Refrain, den sie schnell sangen und dann zum nächsten übergingen.

Und der da, von Aznavour?

Und der da, von Brel?

»*Jeff*«, sagte Dede. »Erinnerst du dich an *Jeff*? Titi hat das unheimlich gern gemocht.«

»Auf dich, Titi!«

*Non, Jeff, t'es pas tout seul …*

»Verdammt, diese Arschlöcher, wenn ich wieder daran denke …«

»Hör auf, Dede, bitte.«

Auf der Matratze ausgestreckt, beobachtete ich sie seit einigen Minuten. Ich mochte nicht, wie Dede sang und heulte, als ob die Wörter keinen Sinn hätten.

»Und der von Julien Clerc?«, stieß Rico hervor:

*Je le sais, sa façon d'être à moi, vous déplaît,*
*Mais elle est …*

Und Dede fiel ein:

*Ma préférence à moi …*

Ich drehte mich langsam um. Mein Kopf schien als Hubschrauberlandeplatz zu dienen! Er drehte und drehte sich in einem Höllenlärm. »Was macht ihr bloß für einen Radau!«

»*C'est la fête, c'est la fête …*«, grölte Dede.

»Was hast du?«, fragte Rico mich. Er reichte mir die Whiskyflasche. Ich verzog das Gesicht und lehnte ab. Ich hätte gern den Niagara-Wasserfall ausgetrunken. Mein Mund war verklebt, pappig, und meine Zunge musste sich verdreifacht haben.

»Und dann das«, rief Dede.

*La belle de Cadix a des yeux de velours …*

»*La belle de Cadix*«, fiel Rico ein, »*bumm, bumm, bumm, bumm, bumm, bumm.*«

»Verdammt, Luis Mariano! Das haben wir immer bei mir zu Hause gehört. Jeden Sonntag, gnadenlos! Georges Guétary, all das … und die andere … Wie hieß sie noch? … Gloria Lasso, ja. Gloria Lasso.«

»Ja, so was hätte ich auch gemocht, glaub ich. Mein Vater, der stand mehr auf Strauß-Walzer, Violinkonzerte und all diesen Zinnober! *Ta li tan tan tan, tsoin, tsoin, tsoin, tsoin …*«

Ich fühlte mich ein bisschen wie ein Marsmensch. Ich kannte keines von ihren Liedern. Angesichts ihres Zustands würden sie noch die ganze Nacht brauchen, um ihre Vorräte zu erschöpfen! Schließlich machte ich mir ein Bier auf. Das Bier war im Grunde gar nicht so schlecht.

»Und Renaud«, versetzte Dede.

»Renaud! Den hab ich ja ganz vergessen! Scheiße, und dabei mochte ich ihn wirklich gern.«

»Er ist zumindest von unserem Ast. Er singt über die Straße.«

»Erinnerst du dich an *Mistral gagnant*?«

»Wie geht das noch?«

Und Rico begann zu singen, leise und mit gebrochener Stimme:

*A m'asseoir sur un banc, cinq minutes avec toi*
*regarder le soleil qui s'en va*
*Te parler du bon temps,*
*qui est mort, et je m'en fous*
*Te dire que les méchants c'est pas nous …*

Ich beobachtete Rico. Wässrige Tränen standen ihm in den Augen. Tränen eines Betrunkenen.

Liebestränen. »*Et les Mistrals gagnants*«, grölte Dede.

Rico nahm einen tiefen Schluck Whisky, legte einen Arm um meine Schulter und sang leise weiter:

*Te raconter enfin, qu'il faut aimer la vie,*
*et l'aimer même si*
*le temps est assassin et emporte avec lui*
*les rires des enfants,*

*et les Mistrals gagnants*
*et les Mistrals gagnants*

Es wurde still. Dede steckte sich eine Kippe an. »Verdammt, du bringst uns noch zum Heulen, Rico.«

Rico schenkte ihm keine Aufmerksamkeit, legte seinen dreckigen Zeigefinger auf meine Nase und sah mir direkt in die Augen. Er hob wieder an:

… *et les Mistrals gagnants* …

Seine Augen waren geschlossen. Ich spürte, wie sich mein Magen zusammenschnürte. Rico ging fort. Immer weiter. Von mir, von uns. Von sich selbst. Und ich konnte ihn nicht zurückhalten. Jedes Wort hallte in meinem Kopf wie ein Abschiedswort.

Das war die erste Nacht, die ich in seiner Bude verbrachte. Mir wäre es lieber gewesen, wenn wir allein gewesen wären. Dedes Anwesenheit war eine Last.

Sie lastete auf Rico.

Wie der Tod, dachte ich. Sehen Sie, genau das habe ich gedacht. Wirklich seltsam.

Genau in diesem Moment begann Dede, in seiner Tasche zu wühlen. »Hab ich dir das eigentlich schon gezeigt?«, fragte er.

Er gab Rico einen Zeitungsausschnitt. Ein grausames Lächeln trat auf seine Lippen.

»Was ist das?«

»Hab ich aus dem *Ouest-France* ausgeschnitten.«

Ich rutschte hinter Rico und las über seine Schulter.

*Rennes: Als sie nach Hause kam: Vergewaltigt und ermordet*, lautete die Überschrift. Der Artikel war fünf Wochen alt.

Rico begann zu zittern.

Die Frau war seine Frau.

Sophie.

Sie wurde überfallen, als sie von ihrer täglichen Jogging-Tour im Thabor-Park zurückkehrte, zwischen 12 und 14 Uhr. Ihr nackter Körper wurde von ihrem Ehemann im Wohnzimmer ihres Hauses in der Rue de Fougères gefunden, berichtete der Journalist.

Rico las den Bericht langsam noch einmal. Wie um sich zu überzeugen, dass das, was er las, auch wirklich stattgefunden hatte.

Für die Polizei, so fuhr der Journalist fort, war der Hauptverdächtige der ehemalige Ehemann des Opfers, heute »ohne festen Wohnsitz«. Bekannten zufolge war dieser mehrfach nach Rennes gekommen, um sie zu bedrohen, sogar bis zur Schule ihres Sohnes. Mehrere Zeugen bestätigten, dass sie gesehen hätten, wie er sich in den letzten Tagen in der Nähe des Hauses herumtrieb.

Er wurde als »ein eifersüchtiger und gewalttätiger Mann, den der Alkohol zerstört hatte«, beschrieben.

Rico ließ den Zeitungsausschnitt fallen und starrte Dede an.

»Sie war doch nur eine Schlampe! Nicht wahr! Das hast du mir doch immer wieder gesagt!«

Ricos Faust zischte los. Mitten in Dedes Gesicht. Auf die Nase. Mit unerwarteter Geschwindigkeit und Kraft.

»Verdammt! Du bist ja verrückt!« Aus Dedes Nase rieselte das Blut. Mitten auf sein Hemd. »Du Idiot! Sieh mal, was du gemacht hast!«

Rico stürzte sich auf ihn, aber er hatte all seine Energie und Gewalt mit diesem einen Faustschlag erschöpft. Er brach schluchzend über Dede zusammen.

»Und mein Sohn! ... Und mein Sohn! ... Hast du an ihn gedacht, an meinen Sohn! Der Vater weg. Und jetzt die Mutter!«

Dede stieß Rico heftig zurück. Sie rollten auf die Matratze.

»Julien«, begann Rico zu weinen.

Ich griff nach dem Stiel einer alten Hacke, der an der Wand lehnte. Wenn dieses Arschloch von Dede Rico anfasste, würde ich ihn kalt machen.

»Du kannst nichts anderes als heulen.« Dede wischte sich die Nase mit einem dreckigen Stofffetzen ab. »Du hattest doch Bock darauf, sie zu bespringen, sie zu erwürgen, diese Schlampe, nicht wahr ... Das hast du doch andauernd gesagt ... Aber du hattest nicht den Mumm dazu. Du hast in deinem ganzen Leben keinen Mumm gehabt. Und deshalb hat sie dich sitzen lassen.«

»Verzieh dich«, sagte Rico nur.

Dede stand auf.

Ich auch. Den Hackenstiel in der Hand. Bereit, zuzuschlagen.

Wir starrten uns an.

Hass gegen Hass.

Wenn er zu einer solchen Schweinerei fähig war, dann konnte er auch mit Anne geschlafen haben, der Frau von Felix' Chef. Das sagte ich mir. Es stimmte vielleicht nicht, aber für mich passte es. Und Felix musste das angewidert haben. Denn Anne mochte er wirklich gern. Deshalb war er abgehauen.

Bloß weg von Dede. Von allen.

Ja, sehen Sie, das wiederholte ich mir, während ich den Hackenstiel fester packte.

Ich ging einen Schritt auf Dede zu. »Verzieh dich, hat man dir gesagt.«

Er hob seine Tasche auf. Vor der Tür drehte er sich um und warf Rico ins Gesicht: »He, ich bedaure nichts ...«

»Verpiss dich!«, schrie ich und hob den Hackenstiel.

»Ich hab noch nie so was Geiles gefickt wie ihren Arsch!«

Sein Gelächter hallte durch den Gang.

Rico war völlig am Boden.

Ich hockte mich neben ihn. »Es wird schon wieder, Rico. Er ist weg. Wir schlafen ein bisschen, willst du?« Ich reichte ihm die Whiskyflasche, und er nahm einen kräftigen Schluck. »Das wird schon wieder, Rico.«

»Eine Zigarette ...«

Ich steckte eine Kippe an und schob sie ihm zwischen die Lippen.

Er zitterte. »Was wird Julien nur ganz allein machen?«

»Er ist nicht allein, Rico.«

Die Traurigkeit seines Blicks entsetzte mich. »Ich kann ihn nicht mal mehr besuchen.«

»Er ist nicht allein ...«

Er starrte mich erneut an. Ich senkte den Kopf. Diese Verzweiflung in der Tiefe seiner Augen war unerträglich. Rico begann, von innen zu zerfallen. Bald würde er nur noch Staub sein. Ein Haufen Staub.

»Da ist doch dieser Typ«, wagte ich zu sagen, »der mit ihr zusammenlebte. Alain. Er wird sich um ihn kümmern. Er ist nicht sein richtiger Vater, er ist nicht du, aber er liebt ihn doch auch, oder? Glaubst du nicht?«

Ricos zitternde Hand stieg bis zum Mund hoch, und er zog an der Kippe. Die Asche fiel auf seine schwarze Skijacke.

»Rico?«

»Ja.«

»Wenn ... Wenn sie damals fortgegangen ist, um mit diesem Typen zu leben, dann doch deshalb, weil sie ihn liebte ... und lieben bedeutet doch, Vertrauen zu haben, oder?«

Er drückte seine Zigarette aus und streckte sich mit geschlossenen Augen auf der Matratze aus.

»Rico? Hörst du mich?«

Er bewegte langsam den Kopf.

»Sie hatte Vertrauen zu ihm, Rico.«

Ich streckte mich neben ihm aus und flüsterte ihm ins Ohr.

»Vertrau du ihm auch, diesem Typen. Julien ist nicht allein.« Dann zog ich den Teddybären heran und schob ihn Rico unter den Arm. Er drückte ihn an sich.

Meine Augen fielen zu.

Einmal in der Nacht hat Rico sich zu mir umgedreht. Ich spürte, wie seine Hand vorsichtig mein Haar streichelte. Wie es mein Vater getan hatte.

»Ich liebe dich, kleiner Mann«, flüsterte er.

Diese Worte und diese Hand auf meinen Haaren waren gut wie ein Traum. Ich träume, sagte ich mir. Denn das konnte nur ein Traum sein, diese Worte, diese Hand auf meinen Haaren.

»Papa«, flüsterte ich.

Ich hätte ahnen müssen, dass das kein Traum war.

Ich hätte das spüren müssen, als Ricos Lippen sich auf meine Stirn legten und als sein fauliger Atem sich über mein Gesicht ausbreitete.

Ich hätte aufwachen müssen, anstatt den Teddybären an mich zu drücken.

Ich glaubte, das war ein Traum.

Man glaubt immer, dass die Träume schöner sind als das wirkliche Leben.

## 25

# Ein letztes Lied, und warten, warten ...

Ich schreckte hoch.

Ein Geräusch. Wie eine schwere Tür, die geschlossen wird. Und Stille. Eine schwer lastende und feuchte Stille. Und dieser starke Ekelgeruch, der vom Boden aufstieg.

Ich öffnete die Augen in der Dunkelheit. Zwei rote Augen starrten mich an.

Die Ratte.

Ich stand mit einem Satz auf. Dabei drückte ich den Teddybären an mich.

»Rico!«

Mit zittriger Hand tastete ich nach seinem Rücken, seiner Schulter. Ihn schütteln. Ihn aufwecken. Ihn bitten, die Ratte zu verjagen. Ich wagte nicht, mich zu rühren. Furcht.

Rico war nicht mehr da.

Die Tür, die sich schloss.

Ich drückte den Bären noch stärker.

»Hab keine Angst, Zinedine. Das ist nur eine Ratte.«

Ich fuhr mit der Hand durch die Dunkelheit. Die Ratte rührte sich nicht. Ich hatte den Eindruck, dass ihre Augen größer wurden. Die Ratte wurde riesengroß. Eine Wolfsratte. Eine Löwenratte. Eine Elefantenratte.

»Ganz ruhig, Zinedine. Ganz ruhig.«

Ich dachte an Jerry. Und ich war Tom.

»Buh!«, schrie ich.

Die Ratte bewegte sich immer noch nicht.

»Rico! Bitte.«

Rico war nicht mehr da.

Nun wurde ich richtig wach. Und in meinem Kopf fügte sich alles zusammen. Das Streicheln meiner Haare. Der Kuss auf meine Stirn. Und der Bär, der unter meinen Arm geschoben wurde.

Ein Abschied.

»Rico! Nein!«, heulte ich.

Ich zündete ein Streichholz an. Die Ratte huschte zur Tür und verschwand. Ich steckte eine Kerze an. Ihr flackerndes Licht erhellte den Lagerraum.

Das Fahrrad.

Ich zerrte die Tüten beiseite, die Rico vor dem Rad angehäuft hatte, und schob es vor die Tür. Dann hob ich eine lange Schnur auf und band mir den Bären vor den Bauch.

»Los, wir gehen, Zinedine. Okay?«

Er gab sein Okay.

Man konnte Rico nicht so allein lassen. Nein, man konnte ihn nicht im Stich lassen.

Das Ende des Weges. Der Leuchtturm.

»Da finden wir ihn bestimmt, was Zinedine?«

Der Mistral hatte wieder eingesetzt. Kalt. Ein Windstoß peitschte mir ins Gesicht. Die eisige Luft krallte sich an meinen Narben fest, die zu brennen begannen. Ich hatte den Kragen meines Pullovers bis zur Nase hochgezogen und stieg auf das Fahrrad.

»Bist du bereit, Zinedine?«

Ich fuhr die Rue François-Moisson bis zur Place de la Joliette hinunter. Dort nahm ich den Boulevard, unter der Autobahnüberführung, zwischen den Quais und Docks.

Ich trat mit voller Kraft in die Pedale. Das verdammte Rad fuhr schlecht, aber es fuhr. Drei Umdrehungen mit den Pedalen, eine Umdrehung der Räder. Dazu kam bei drei Umdrehungen der Pedale ein Windstoß. Die Gangschaltung knirschte, aber ich kam voran.

Ich musste einen guten Kilometer zurückfahren, um zu der Brücke im Hafen zu kommen, über die man von den Quais zur Digue du Large gelangte. Wenn ich auf der anderen Seite war, brauchte ich nur noch die gleiche Entfernung überwinden, allerdings in die entgegengesetzte Richtung.

Bis zum Leuchtturm.

Nicht denken.

Radeln. Radeln.

Rico. Warte auf mich.

Warte.

Tor 4. Kein Wächter in Sicht. Er war wohl einen Kaffee trinken gegangen. Es war Frühstückszeit. Wie spät es genau war, wusste ich nicht. Aber es war Frühstückszeit, so viel war sicher. Der Tag war gerade erst angebrochen. Je mehr ich radelte, umso blauer wurde der Himmel. Und kälter.

Jetzt hatte ich den Mistral im Rücken. Es kam mir vor, als ob ich Flügel hätte. Eine Umdrehung der Pedale, drei Umdrehungen der Räder.

Nicht denken, Abdou.

Radeln, radeln.

Die letzte gerade Linie. Das gelbe Trikot an der Spitze. Das Siegerpodest.

Der Leuchtturm.

Rico. Warte.

Das Ende der Mole. Das Ende des Weges.

Ich ließ das Fahrrad auf den Boden fallen und rannte, immer gleich vier Stufen auf einmal nehmend, die Treppe des Leuchtturms hinauf. Bis zur Plattform. Der eisige Hauch des Mistrals empfing mich.

Rico war da.

Er saß auf dem Boden, den Rücken gegen den weißen Stein gelehnt. Die geöffneten Augen waren auf das weite Meer gerichtet. Auf die Inseln. Auf den Horizont.

Das Schönste, was ich jemals gesehen habe.

Und das Rico sehen wollte.

Eine Welle brach sich am Fuß des Leuchtturms und stieg gerade hoch in den Himmel. Das Meer schuf sein eigenes Feuerwerk. Für Rico.

»Rico!« Das nützte nichts. Rico lächelte. Mit geöffneten Augen.

Ich wagte nicht mehr, ihn anzusehen. Ich setzte mich neben ihn, band Zinedine los und klemmte ihn zwischen die Beine.

Und jetzt?

Ich lehnte meinen Kopf an Ricos Schulter, schloss die Augen und flüsterte leise das Lied, das mein Vater immer an schlechten Tagen gesummt hatte:

*Ich versuche immer wieder, mich zu erinnern,*
*aber vergeblich,*
*die Jugend ist mir zwischen den Fingern zerronnen.*
*Ich hab mir die Schuhsohlen durchgelaufen,*
*nun bin ich im Ekel erstarrt,*
*von tausend Qualen*
*bewahrt die Erinnerung keine einzige.*

*Wenn ich nicht mehr weiß, woher ich komme,*
*hab ich verdammtes Glück gehabt.*

Meine Tränen begannen zu fließen. Ganz langsam.

»Weine nicht, Zinedine. Weine nicht.«

Eine Schiffssirene hallte durch den Hafen. Jetzt stand die Sonne hoch am Himmel.

Eine fahle, kalte Sonne. Die Sonne der Sterbenden, dachte ich.

Die Sonne der Sterbenden.

Ich schob meine Hand in Ricos Hand. Meine Finger mit seinen verflochten. Ich wartete.

Sehen Sie, ich habe gewartet.

Denn, das sagte ich mir, so kann dieses Leben nicht weitergehen.

Das kann einfach nicht sein.

## *Worterklärungen*

*Jack Kerouac* Sein bekanntestes Buch *On the Road* bekam im Deutschen den Titel *Unterwegs* (1959). Sein Buch *The Dharma Bums* erschien in Frankreich unter dem Titel *Les clochards célestes* (1963), deutsch wurde daraus *Gammler, Zen und hohe Berge* (1963). *(Back) On the Road Again ist* ein Song, der durch *Canned Heat* bekannt wurde.

*Jiminy Grille* Figur aus der *Pinocchio*-Verfilmung von Walt Disney (1940)

*Inspektor Gadget* Film von David Kellogg (USA 1999)

*Cheb Mami* franco-algerischer Raï-Sänger. Das Stück *Alache Alache* findet sich auf seiner CD *Saïda* von 1994.

*Homers »Odyssee«* wird hier in der Übersetzung von Rudolf Alexander Schröder zitiert.

*Henri Bosco, »Der Hof Théotime«* Roman, übers. von Günther Vulpius, Frankfurt a. M. Hamburg 1962.

*Saint-John Perse, »Vent/Winde«* in *Das dichterische Werk,* hrsg. von Friedhelm Kemp, Bd. I, München 1978, S. 405. Und auch »Exil«, Bd. I, S. 169ff., sowie »Amers/See-Marken«, Bd. II, S. 131.

*Lektion Nr. 27 von Aubade* ist anzusehen unter: http://www.chez.com/telou30/pubs/aubade/27.jpg

Zu diesem Roman habe ich mich von Reportagen, Untersuchungen und Interviews anregen lassen, die in den letzten Jahren in den Zeitungen erschienen sind, insbesondere in *Libération* und *Le Monde*, aber auch in *La Provence* und *La Marseillaise*.

Außerdem habe ich mich auf das unentbehrliche Werk von Hubert Prolongeau, *Sans domicile fixe* (Paris 1993), sowie auf die Berichte von Yves Le Roux (und Danie Lederman), *Le cachalot: Mémoires d'un SDF* (Paris 1998) und von Lydia Perréal, *J'ai vingt ans et je couche dehors* (Paris 1995) gestützt.

*Jean-Claude Izzo*

## Jean-Claude Izzo

Jean-Claude Izzo wurde 1945 in Marseille als Sohn eines italienischen Barmanns und einer spanischen Schneiderin geboren. Nach der Ausbildung zum Metallarbeiter ging er zur Armee, wo er nach einem Hungerstreik schließlich mit einem Strafbataillon nach Djibouti geschickt wurde.

Zurück in Frankreich, wurde er Mitglied der Kommunistischen Partei, arbeitete in der Friedensbewegung, wurde Journalist und später Chefredakteur der Zeitung *La Marseillaise*. Als 1978 die Einheitsfront der linken Parteien zerbrach, gab er alle Ämter auf und ging zurück in die Fabrik. Erst Jahre später begann er wieder mit dem Journalismus und wurde Chefredakteur der Zeitschrift *Viva*.

Schon früh veröffentlichte er vereinzelte Gedichtbände. Aber erst 1995, im Alter von fünfzig Jahren, trat er durch den Kriminalroman Total Cheops auf einen Schlag ins literarische Rampenlicht. Seine *Marseille-Trilogie* wurde zum Bestseller, in kurzen Abständen folgten weitere Romane.

Am 26. Januar 2000 starb Jean-Claude Izzo in Marseille an Lungenkrebs.

## Der Übersetzer

Ronald Voullié, geboren 1952 in Bremen. Studium der Germanistik, Soziologie und Romanistik. Übersetzt neben »postmodernen« Philosophen wie Baudrillard, Deleuze, Lyotard in den letzten Jahren auch Kriminalromane, lebt in Hannover.

# Izzo im Unionsverlag

Die Marseille-Trilogie:
*Total Cheops, Chourmo, Solea*

»Total Cheops«, rappen die Kids vom Marseiller Hafen, wenn es mal wieder drunter und drüber geht. Daran ist Fabio Montale nicht ganz unschuldig, der Polizist mit dem Hang zum guten Essen und einem großen Herz für all die verschiedenen Bewohner der Hafenstadt. In ersten Band, »Total Cheops«, kämpft Fabio Montale mit den Widersprüchen seiner Arbeit, in »Chourmo« steigt er aus. In »Solea« stößt er in einem atemberaubenden Finale an seine Grenzen und geht den Weg, der ihm schon so lange vorgezeichnet ist.
»Fiebrige Lebenslust, überbordende Vitalität auf der einen, die Tragödien der Gestrandeten auf der anderen Seite.« *Robert Hültner, Abendzeitung*

*Aldebaran:*

Im Hafen von Marseille liegt die *Aldebaran,* deren Reeder Konkurs gegangen ist. Drei Männer harren an Bord aus, erzählen von ihrer Vergangenheit, von Frauen, die auf sie warten oder die sie verloren haben, von Ländern, die sie nicht vergessen können.
»Der Stillstand der Zeit, die Vergeblichkeit der Wünsche, die Tiefe der Vergangenheit und die Explosion von Hass und Gier in ›Aldebaran‹ sind eine vielschichtige Hommage an Marseille, dessen Hafen langsam stirbt, aber dessen morbider Zauber noch immer nicht erloschen ist.« *Ingeborg Sperl, Der Standard, Wien*

*Izzo's Marseille:*

Die geheime Heldin aller Romane von Jean-Claude Izzo ist Marseille. Bislang unveröffentlichte Texte erzählen von den Menschen, dem Licht und den Farben der Stadt. Izzo führt durch die Gassen und Kneipen, erzählt von Kräutern und Düften, von Vergangenheit, Gegenwart und Zukunft einer ewigen Stadt.